———— 阅读之前 没有真相

午夜文库

宾客名单
The Guest List

［英］露西·福利 著
周力 译

新 星 出 版 社　NEW STAR PRESS

现在
新婚之夜

灯光熄灭。

转瞬间，一切陷入黑暗。乐队停止了演奏。主帐篷中的婚礼宾客们连声尖叫，抓紧彼此。桌上蜡烛发出的光芒只是将黑影投映到了帆布墙上，使场面愈加混乱。谁都看不见别人的位置，也听不清别人在说什么；狂风骤起，风声压过了宾客们的声音。

风暴在外肆虐，猛烈袭击着主帐篷，围着宾客们发出尖利的咆哮。伴随金属发出的巨大呻吟，整座帐篷瑟瑟发抖，每一击似乎都会让它发生弯曲；宾客们惊慌失措地蜷成一团。帐篷门的连接处已经被吹开，兀自在入口处不住拍打。映照着帐篷门口的煤油火把的火焰则在发出窃笑。

这场风暴感觉像是特意为谁而来一般，仿佛它已为他们攒足了满腔怒火。

电力系统短路已经不是头一回了。不过上一次，照明在几分钟之内便迅速恢复了。宾客们于是回去继续跳他们的舞，喝酒，嗑药，做爱，吃东西，并且放声大笑……忘了刚才的停电。

而现在这次有多久了呢？在黑暗之中很难说得清。几分钟？一刻钟？还是二十分钟？

他们开始感到害怕。这黑暗给人几分不祥之感，让人觉得似有所图。仿佛在它的笼罩之下，什么事都有可能发生。

终于，电灯泡闪烁着亮了起来。宾客中响起了起哄声和欢呼声。在灯光的映照下，他们发现彼此的样子都有些尴尬：大家蹲在地上，像是做好了抵御攻击的准备。他们对此一笑置之，差不多都要说服自己并没有被吓坏了。

毗邻主帐篷的三个帐篷中被照亮的本应是一派喜庆景象，但看上去却更像是经历了一番浩劫。在主餐饮区，凝结成块的葡萄酒在强化木地板上四处飞溅，一团深红色的污渍在白色亚麻布上扩散开来。一瓶瓶香槟酒成堆摆放在四面八方，成为这个祝酒与庆典之夜的明证。一块台布下微微露出一双无人问津的银色凉鞋。

在舞蹈帐篷中，爱尔兰乐队再次演奏起来——是一首激情洋溢的小调，意在恢复庆典的活力。许多宾客匆匆忙忙奔向那个方向，迫切地想要来点儿调剂。如果凑近看看他们走过的地方，就会看到一位光着脚的客人踩到碎玻璃上，又走过木地板时留下的带血足印已经干燥成为铁锈色污渍，然而并没有人注意到。

其余宾客移动聚集到了主帐篷的各个角落里，宛如残余香烟散发的缥缈烟雾。不愿留下来，但也不愿在狂风依然肆虐的时候走出主帐篷这个避难所。谁也没法离开这座岛，还不行，船在大风平息之前是来不了的。

那块巨大的蛋糕矗立在众星捧月的位置上。这一天的大部分时间里，它在他们面前都呈现出完美无缺的样子，糖做的叶子在蛋糕上排成一串，灯光下闪闪发亮。不过就在灯光熄灭之前的几分钟，宾客们刚刚聚集在它周围，看着它被仪式性地开膛破肚。

现在，这块深红色的海绵蛋糕从里到外裂了个大口子。

接着，从外面又传来一个新的声音。你很可能会把它错认成风声。不过那声音的调门和音量在逐级升高，一直升到你不会再听错为止。

宾客们呆住了。他们面面相觑。突然间，他们又感到了害怕。那种害怕比灯光熄灭之时更甚。他们都知道自己听见的是什么。那是一声惊恐的尖叫。

前一天

奥伊弗

婚礼统筹人

参加婚礼的宾客现在已经来得差不多了。各项事务也即将进入下一个环节：有选定客人出席的今晚的婚礼彩排，所以婚礼其实今夜就会开始。

我已经冰镇了作为餐前酒的香槟。那是优质的堡林爵：一共有八瓶，再加上为晚餐准备的葡萄酒和两三箱健力士黑啤——全部遵照新娘的指示。本来轮不着我品头论足的，但似乎还是有些多。不过他们都是成年人了。我相信他们知道怎么约束自己，但也可能不知道。那个伴郎看起来有些累赘——说老实话，所有的迎宾员也都是。至于伴娘——新娘同母异父的妹妹——我看到过她独自一个人在岛上徘徊，弓着腰快步走着，像是想要超过什么东西似的。

做这种工作，你会得知所有内部秘密。你能有幸看到其他人都看不到的东西。还有所有那些客人拼命想要打听到的八卦传闻。作为一名婚礼统筹人，漏掉任何事你都承受不起。你不得不留意每一个细节，留意水面之下所有的细小漩涡。如果我没有集中注意力，一个小小的涡流就有可能转变成巨大的波涛，进而毁掉我所有的精心筹划。这也是我学到的另一件事——有时候最小的涡流才是最强大的。

我走遍这幢富丽宫楼下的房间，逐个点燃炉栅里的泥炭，这样到了晚上它们就能够烧得很旺。弗雷迪和我已经开始把我们从沼泽地里弄来的泥炭切开并烘干，如同过去几百年间所做的一样。泥炭火散发出的那种带有泥土气息的烟熏味会平添一些本地氛围。客人们应该会喜欢。现在已是盛夏，但入夜后岛上还是会变得凉飕飕。这幢富丽宫古老的石墙能把温暖挡在外面，却不保温。

今天出奇地暖和，至少以这个地方的标准而言，不过明天看起来可能就不一样了。我在收音机里听见了天气预报的尾巴，里面提到了风。我们经受着此地各种天气的冲击；风暴常常要比它们最终抵达本岛①上的时候厉害得多，仿佛它们在我们身上用尽了力气。外面依然艳阳高照，不过今天下午，门厅里老气压计的指针从晴朗摆到了多变。我已经把它拿下来了，我可不想让新娘看见。不过她不见得是那种会惊慌失措的人，倒更像是那种会生气、然后找个人指责一番的人。而我很清楚谁会首当其冲。

"弗雷迪，"我冲着厨房里喊道，"你很快要开始准备晚饭了吗？"

"是啊，"他也对我喊，"一切尽在掌控之中。"

今晚，他们会吃一顿在传统康尼马拉渔夫杂烩浓汤基础上做成的炖鱼：里面有熏鱼，还有很多奶油。我第一次拜访这个地方的时候吃过，那时候这儿还有人。今晚将会有更为精制的按照通常配方做成的菜肴，就好像待在我们这里的是一群举止文雅、彬

---

① 本岛：指爱尔兰本岛。后文同。

彬有礼的客人一样。或者至少我猜他们喜欢把自己想成这样。我们倒要看看他们喝了酒之后会发生些什么。

"接下来咱们就得开始准备明天的开胃小菜了。"我在脑子里过着清单的同时喊道。

"我正弄着呢。"

"还有蛋糕:我们得在合适的时间把它组装好。"

这块蛋糕可是非比寻常,值得一看。理应如此啊。我知道它花了多少钱。新娘对于这样昂贵的价格眼都没眨一下。我相信她已经习惯于什么都要最好的。四层的深红色天鹅绒蛋糕,包裹在洁白无瑕的糖霜之中,为了和小教堂与主帐篷中的绿叶相配,还点缀了糖做的绿色植物。它是按照新娘的明确要求,在都柏林一家非常高档的蛋糕坊制作完成之后,千里迢迢被送到这里的,极其易碎——让它完好无损地渡海着实费了不少劲。当然,明天它就会被毁掉。不过,一切都是为了那个时刻——婚礼。一切都是为了这一天。其实不管大家怎么说,它根本就跟结婚没什么关系。

瞧,我的职业就是精心安排你的幸福。这就是为什么我成了一名婚礼统筹人。生活是乱七八糟的,我们都懂。可怕的事会发生,这在我还是个孩子的时候我就知道了。然而无论发生了什么,生活也就是一天接着一天罢了。你没法控制超过一天的时间,但二十四小时还是可以筹划组织的。举行婚礼的日子就是一个整洁的小小时间包裹,在这个包裹中,我可以创造出值得珍藏一生的完美无缺的东西,就像从项链上散落下来的珍珠。

弗雷迪穿着他污迹斑斑的屠夫围裙从厨房里冒出来。"你感觉怎么样?"

我耸耸肩。"说实话,有些紧张。"

"你没问题，亲爱的。想想这种事你都做过多少次了。"

"但这回不一样。因为这次的人——"让威尔·斯莱特和朱尔斯·基根把婚礼安排在这里举行真是个高招。之前我在都柏林做活动策划人。到这儿来安家落户，修复这座岛上倾颓破败的建筑，把它变成一处拥有十间卧室附带餐厅、客厅以及厨房的房产，这些全都是我的主意。弗雷迪和我长期住在这里，不过当只有我们两个人时，我们也只使用其中很小的一部分空间。

"嘘。"弗雷迪上前一步把我揽入怀中。一开始我觉得自己浑身僵硬。我太专注于我的任务清单了，感觉我们好像都没有时间分分心。随后我让自己在拥抱中放松下来，体会他带给我的安慰以及那种熟悉的温暖。弗雷迪很会抱人。他是人们口中的那种"让人想要拥抱的人"。他喜欢他的食物——这是他的工作。我们搬来这里之前，他在都柏林开着一家餐馆。

"结果一定会很好的，"他说，"我保证。一定会特别完美。"他吻了吻我的头顶。在这行里我已经有了大量经验。但从另一方面来讲，我又从来没有如此投入地干过一件事。而这位新娘非常特别——说句公道话，或许对于她所做的事，也就是运行一本自己的杂志来说，这些都是理所当然的吧。在她的要求之下，其他人可能会觉得有些筋疲力尽，但我却乐在其中。我喜欢挑战。

好了，关于我已经说得够多了。毕竟这个周末是属于那对幸福的新人的。听大家说，新娘和新郎在一起的时间并不是很长。鉴于我们的卧室也在富丽宫里，昨晚我们跟所有其他人一样，都能听见他们的声音。"我的天哪，"我们躺在床上的时候弗雷迪说道，"我可听不得这个。"我明白他是什么意思。很奇怪，一个人处在那种愉悦的阵痛中时，怎么能够听上去那么痛苦。他们看起来深陷爱河，不过愤世嫉俗的人可能会说为什么他们似乎就不能把手从对方身上拿开呢？欲壑难填或许是更准确的描述。

弗雷迪和我已经在一起共度了二十年最好的时光，尽管如此，我也还有些事在瞒着他，我相信他也一样。这让你不由得想知道那两个人互相之间又能了解多少。

他们是否真的知道彼此心中那些不可告人的秘密呢？

汉娜
陪同来宾

海浪在我们面前涌起,大海翻滚着白色的浪花。在陆地上,这是个美好的夏日,可出海到这里就相当难受了。几分钟以前,我们离开了本岛上安全的港湾,也就在那时,海水的颜色看起来就变暗了,海浪也高了几英尺。

这是婚礼前夜,我们正在去往小岛的路上。作为"特邀嘉宾",我们今晚就住在那里。对此我充满了期盼。至少——我觉得我是这样。不管怎么说,此时此刻我需要稍微分分神。

"抓紧!"从我们身后的船长室里传出一声大喊。喊话的人叫马蒂。我们还没来得及思考,小船就从一个浪尖直接被抛到了另一个浪尖。海浪掀起一个巨大的弧线泼溅到我们身上。

"天哪!"查理大叫一声,我看到他身体的一侧已经湿透了,而我身上奇迹般地只是有些潮。

"你们那儿会不会有点儿湿啊?"马蒂叫道。

我哈哈大笑,不过那是我不得已强装出来的,因为实在是太吓人了。小船不知怎么回事突然就摇来晃去,从这边到那边,让我的五脏六腑也跟着一起翻江倒海。

"哎哟。"我感到一阵恶心袭遍全身。一想到我们登船之前吃的奶油点心,我突然就想要呕吐。

查理看着我，把一只手放在我的膝盖上捏了一下。"噢，上帝啊。已经开始了是吗？"我一直都有很严重的晕动病。其实我什么都晕，怀孕那段时间是最糟糕的。

"嗯嗯。我已经吃了几片药了，不过还是没什么用。"

"听我说，"查理迅速说道，"我给你读些关于这个地方的东西，转移一下你的注意力。"他在手机中滚动翻找着。我丈夫永远都是老师；他下载了一份旅行指南。小船突然又倾斜了一下，苹果手机差点儿从他手里跳出来。他骂了一句，同时用两只手抓紧了手机——我们可没钱换手机。

"这儿也没说那么多。"页面刚一加载完他就略带歉意地说道。"关于康尼马拉的很多，对，不过关于那个岛本身的——我猜它可能太小了……"他目不转睛地盯着手机屏幕，似乎希望它能帮上点儿忙。"哦，这儿呢，我找到了一点点。"他清了下嗓子，然后开始读起来，我想那嗓音很可能就是他在课堂上用的。"Inis an Amplóra，或者翻译成英语叫鸬鹚岛，长约两英里。这个狭长小岛由一块从大西洋中庄严浮现的花岗岩构成，距离康尼马拉海岸线有几英里远。一个由泥煤（或者按照当地的叫法"泥炭"）构成的沼泽覆盖了它表面的许多地方。想看看这个岛，最好的其实也是唯一的方法就是乘坐私人小船。本岛和这座岛之间的航道上波涛会格外汹涌——"

"这点他们说中了！"我一边咕哝道一边紧紧抓住船帮，又一个浪头让我们像坐跷跷板似的被抛上去再狠狠摔下来。我的胃再一次翻腾起来。

"我能告诉你们的可不止这些，"马蒂在他的船舱里叫道，我都没意识到他能从那里偷听到我们说话，"从旅游指南上你们得不到太多关于 Inis an Amplóra 的信息。"

查理和我换了个离船长室更近的地方以便能听清。马蒂这个人说起话来操着一口浓郁的可爱口音："第一批定居在那儿的人呢，"他告诉我们说，"就目前所知，是一个被本岛某些人所迫害的教派。"

"哦，没错，"查理看着他的指南说道，"我觉得我看到过一些关于——"

"从那玩意儿里面你没办法得知一切，"马蒂皱着眉头说道，对于他的话被打断显然不为所动，"我一辈子都住在这儿，明白吧——而且我家族的人在这儿也有几百年了。我能告诉你们的可比你们网上那家伙多多了。"

"不好意思。"查理说着脸就红了。

"反正呢，"马蒂说道，"大约在二十年前，考古学家找到了他们。他们全都在泥炭沼泽里，一个挨着一个，挤得满满当当的。"我能听得出来他正在自得其乐，"据说保存得可好了，因为在那下面没有空气。这是场大屠杀。他们全都是被砍死的。"

"噢，"查理瞥了我一眼，说道，"我也不确定——"

太晚了，此时我脑海中已经形成印象：长埋的尸体自黑土之中显露出来。我试着不去想象，但那画面就像是录像带中的故障一样不断再现。在我们翻越下一个浪头时，突如其来的恶心因为需要我集中起全部精力，倒成了一种解脱。

"现在那儿没人住了吧？"查理爽朗地问道，想要换个话题，"我是说除了新主人之外。"

"没有，"马蒂说，"只有鬼魂。"

查理轻点屏幕。"这里说这个岛直到九十年代之前都有人居住，最后那批人决定返回本岛是因为想要自来水、电力以及现代化的生活。"

"哦，那上面是这么说的，是吗？"马蒂似乎觉得很好笑。

"怎么？"我成功找回了自己的声音，问道，"他们离开还有其他什么原因吗？"

马蒂看起来刚要开口，接着脸色就变了。"你俩小心！"他吼道。查理和我想方设法抓住栏杆还没几秒钟，船底就好像要把一切都扔出去一样，我们被猛然从一个浪头上抛下来，紧跟着又一头撞上了另一个。我的天哪。

晕船时，人都会有意找一个固定的点。我就把我的眼睛盯准了小岛。那是地平线上一个带些蓝色的小污点，形状就像一块扁平的铁砧，从本岛出发后一路上它都在视野之内。朱尔斯可不会挑一个不那么惊艳的地方，可我还是不禁觉得跟艳阳高照的天气相比，那个黑影看上去弯腰弓背，怒目而视。

"相当惊艳，是不是？"查理说道。

"嗯，"我不置可否，"算啦，咱们还是盼着这几天那儿能有自来水和电吧。我折腾完这一路可需要洗个好澡。"

查理咧嘴笑了。"你了解朱尔斯的，就算之前他们没给那地方排线铺水管，现在应该也已经干完了。你知道她是什么样子的人。她实在太能干了。"

我确定查理不是故意的，不过这话给人感觉是在两相比较。我不是世界上最能干的。我进哪个房间似乎都不可能不把它搞得一团糟，而自从我们有了孩子，我们的房子就成了一个永恒的垃圾场。当家里破天荒来人的时候，我的终极大招就是把东西都扔进橱柜，塞满之后再关上柜门，这样一来整个地方好像屏住了呼吸，努力不爆炸一样。我们第一次去朱尔斯家吃饭时，看到她那栋位于伊斯灵顿的维多利亚时期雅致住宅就好似杂志上的一般；像是她创办的线上杂志——《下载》上登载的一样。我意识到配上半长不短的黑色发根和大路货衣服让我显得有多扎眼,我一直都认为她可能会想要把我收拾起来藏在某处。我发现自己甚至在努力消除自己的曼彻斯特口音,让元音发得更柔和一些。

朱尔斯和我,我们俩简直有天壤之别。又同时是我丈夫生命中最重要的两个女人。我斜倚在船栏杆上,深深呼吸着海上的空气。

"关于那座岛,"查理说,"我在那篇文章里读到不少。据说那儿有白色的沙滩,在爱尔兰这一片还挺有名的。而沙子的这种颜色就意味着海湾里的海水会变成漂亮的绿松石色。"

"噢,"我说,"那听起来可比泥炭沼泽强。"

"对啊,"查理说,"没准儿咱们能有机会去游泳呢。"他向我微微一笑。

我看着海面,与绿松石色相比,海水倒更像是冷冷的石板绿,让人看了直打哆嗦。不过我在布莱顿的海滩边游过泳,那里属于英吉利海峡,对不对?风平浪静。那儿给人的感觉比这片波涛汹涌的海面可要温顺多了。

"这周末会是个挺好的散心机会,不是吗?"查理说。

"是啊,"我说,"但愿如此。"这将是很长时间以来我们最接近度假的一次了。而我眼下真的需要一次度假。"我真搞不明白朱尔斯为什么要选这么个远离本岛海岸的小岛,"我补充道。选个独一份的去处,让她的客人在试图抵达那里的路上就有可能被淹死,这看起来特别像她的风格。"她想在哪儿办就能在哪儿办啊,又不是负担不起。"

查理皱了皱眉。他不喜欢谈钱,那会让他有些尴尬。这是我爱他的理由之一。除了有时候,我会忍不住想知道假如钱能再多那么一丁点儿会是番什么情景,也只是有时候而已。我们为礼物清单伤透了脑筋,还为之小吵了一架。通常我们都是五十镑封顶,然而查理坚持我们必须再多花一些,因为他和朱尔斯已经是老相识了。由于清单上列出的所有东西都是从利伯提百货(Liberty's)挑的,所以我们最终达成一致的一百五十镑也只够让我们买一个样子再普通不过的陶瓷碗罢了。那上面还有个香薰蜡烛要价二百镑。

"你了解朱尔斯,"查理此刻说道,小船正又一次向下俯冲,不知撞到了什么,感觉上比单纯的海水要坚硬得多,再次被弹起来的同时还猛地向一侧歪了一下,"在做事上她喜欢与众不同。这可能跟她父亲是爱尔兰人有关。"

"可我觉得她和她父亲不大合得来吧?"

"说来话长。她父亲从来就没真正在她身边待过,而且还有那么点儿混蛋劲儿,不过我觉得她一直都对她父亲有几分崇拜。这也是为什么多年以前她想让我教授她帆船课的原因。她父亲有艘帆船,她想让他为她感到骄傲。"

很难想象朱尔斯处在低人一等的位置上想要别人以她为傲。我知道她爸爸是个了不得的房地产开发商,白手起家。作为一个在始终缺钱的环境下长大的火车司机和护士的女儿,我会着迷于——同时也会有一点怀疑——那些赚了大钱的人。对于我来说,他们全然像另一个物种,一种时髦又危险的大型猫科动物。

"或许也可能是威尔选的地方,"我说,"看上去很像他的路数,特别有拓展训练的感觉。"一想起要见到那么有名的人,我心中就会突然涌起一阵小小的兴奋。把朱尔斯的未婚夫当成一个完全真实的人真的很难。

我已经神不知鬼不觉地补上了那个真人秀。相当好看,然而要保持客观可不容易。我着迷于朱尔斯想要跟这个男人在一起的念头……触摸他，亲吻他，和他睡觉。即将和他结婚。

那场名为《幸存之夜》的真人秀的基本设定是威尔在半夜时分被遗弃在某个地方，被捆住手脚、蒙上双眼。比如说在一片森林里，或是在北极苔原的腹地，除了身上所穿的衣物以及可能藏在腰带中的小刀之外一无所有。随后他必须运用自己的聪明才智和方向感，单枪匹马逃出生天并抵达会合点。一路上会充满戏剧性：在一集中，他不得不在黑暗中穿过瀑布；而另一集里又会被狼群跟踪。偶尔你会忽然想起摄制组就在那里盯着他，拍摄他。如果情况真的有那么糟糕，他们当然会出手相助的吧？不过他们无疑干得非常漂亮，让你能感受到那种危险。

我一提到威尔，查理的脸色就黯淡下来。"我依然不明白，朱尔斯为什么只认识了他那么短的时间就要嫁给他，"他说，"我猜朱尔斯就是这个样子吧。她一旦下定决心就会迅速付诸行动。不过你记住我的话，汉：威尔隐瞒着什么事。我觉得他表里不一。"

这就是我要偷偷摸摸看那个真人秀的原因。我知道查理不喜欢。我时不时会忍不住觉得他对于威尔的厌恶看起来有点儿像是嫉妒。我其实希望那并非嫉妒。不过那还能意味着什么呢？

也有可能跟威尔的单身派对有关。查理作为朱尔斯的朋友也去参加了，不过那似乎是个天大的错误。在瑞典过完那个周末回家时，他的样子看上去就有几分不爽。每次我哪怕拐弯抹角地提起来，他都会变得怪怪的，很不自在。所以我不再打听这件事。他毕竟完好无损地回来了，不是吗？

海浪似乎愈发汹涌了。老旧的渔船此刻正四下里俯仰翻滚，好似那种骑牛机一般，试图要把我们甩下去似的。"继续往前走真的安全吗？"我朝马蒂喊道。

"安全啊！"他的喊声穿过浪花的撞击声和狂风的呼啸声传

了回来,"今天天气其实还不错。现在离鸬鹚岛已经不远啦。"

我能感到湿漉漉的头发一绺绺贴在脑门上,其余的头发在我的头顶周围飘起来,乱糟糟的,就像一个硕大云团。我能想象到的只是当我们最终抵达时,出现在朱尔斯和威尔以及其他所有人面前的我会是什么样子。

"鸬鹚!"查理一边指着一边大叫。我知道他是在努力帮我从晕船的感觉中分散注意力。我觉得自己就像个被带去医生那里打针的孩子。不过我顺着他的手指看到在波浪中浮现出一个光滑的黑脑袋,像个小型潜艇的潜望镜似的。接着它又一猛子扎到了水面之下,像一条移动迅捷的黑线。在如此恶劣的环境中,想象一下在家里的感觉。

"我在哪篇文章里看到一些专门提到鸬鹚的内容,"查理说,他再次捡起话头,"啊,在这儿呢。据说它们在这段海岸线上特别常见。"他操起了他的教师腔,"'在当地民间传说中,鸬鹚是一种备受非议的鸟。'噢,天呐,'在历史上,这种鸟曾被当作贪婪、霉运以及邪恶的象征。'"当鸬鹚又一次从水中出现的时候,我俩都注视着它。它尖锐的喙中叼着一条很小的鱼,银光一闪,这只鸟张开喉咙,把那条鱼整个吞了下去。

我的胃在翻腾。我感觉仿佛是我吞下了那条鱼,在我肚子里,它正快速溜滑地四处游动。随着小船开始向另一个方向倾斜,我也倒向了那一边,把胃里的奶油点心全都吐了出来。

朱尔斯
新娘

我站在我们房间的镜子前，这自然也是富丽宫里十间卧室中最大最气派的一间。从这里我只需稍微转头，就能透过窗户看到大海。今天的天气无可挑剔，阳光下的海面波光粼粼，让人难以直视。明天最好还给我保持这样。

我们的房间在这幢建筑的西侧，而这座岛是距离这段海岸线最靠西边的岛，所以在我和美洲之间的这上千英里中，杳无一物，空无一人。我喜欢这种戏剧化的感觉。富丽宫本身是一幢被修复得很漂亮的十五世纪建筑，走的是介于奢华与不朽、壮观和舒适之间的路线：石板地面上铺着年代久远的地毯，还有爪足浴缸和用闷烧泥炭点燃的壁炉。它大到足以安置我们所有的宾客，却又小到足以让人产生亲切之感。完美无缺。一切都将完美无缺。

别去想那张字条，朱尔斯。

我不会去想那张字条的。

该死，真他妈的。我不知道这件事怎么会让我这么烦。我从来不是个爱担心的人，不是那种会因为焦虑不安而在凌晨三点钟就醒过来的人，至少之前不是。

那张字条是三周前被投递到我们信箱里的。那上面写着让我别嫁给威尔。让我取消婚礼。

不知怎么,这种想法背后隐含的黑暗力量已经征服我了。每念及此,我内心深处都会泛起一股酸溜溜的感觉,一种类似于担忧的感觉。

荒唐可笑。通常情况下,我都对这种事嗤之以鼻。

我看向镜中。镜中的我正穿着那件婚纱。那件婚纱。在我的婚礼前夜,我觉得穿上它再最后检查一次非常重要。上周我试穿过一次,不过我对任何事从来都不会抱侥幸心理。不出所料,完美无瑕。丝绸看上去宛如鲜奶油淋洒在我全身一般,里面的紧身衣则塑造出极具代表性的沙漏身形。没有蕾丝花边,也没有无用的饰物,有的话就不是我了。丝绸表面的细小绒毛无比精美,唯有戴上专用的白色手套才可以触摸,显然,我现在正戴在手上。这件婚纱价格不菲,同时它也物有所值。我对时尚感兴趣并非因其本身,但我却对衣物在创造最佳视觉效果方面的能力颇为推崇。我当场就知道这件婚纱会让我看起来像个女王。

到那天晚上结束的时候,这件婚纱很可能会脏得一塌糊涂,就算是我也没法减轻几分。不过我将来会把它裁短到刚刚过膝,再染成更深一些的颜色。我是个很务实的人。我一直会、永远会有计划,从儿时起我就是这样。

我移步到钉着婚宴座位安排计划的那面墙前。威尔说我就像个在挂作战地图的将军。但是这很重要,不是吗?座位安排几乎能够左右宾客们对于婚礼的享受程度。我知道我今晚就能安排得无可挑剔。这些全都在计划之列:这也是我如何能够在几年之内,用三十名员工就把《下载》从一个博客发展成为一本成熟的线上杂志的原因。

多数宾客会在明天出席婚礼,随后返回他们在本岛上的酒店——我很喜欢在请柬上用"午夜小舟"替换通常的"马车"。不过重要的来宾今晚和明天都会跟我们一起住在岛上这座富丽宫中。这是一份内部的宾客名单。威尔不得不在他的迎宾员中挑选他最喜欢的几个人,因为他的人选实在太多。对我而言就没有那么难,因为我只有一个伴娘——我同母异父的妹妹奥利维娅。我没有多少女性朋友。我也没有时间去闲聊八卦。而成群的女人凑在一堆,总能够让我回想起学校里那个从未接纳过我的恶毒的女生小团体。在单身派对上看见那么多女人真是令人吃惊——不过她们大多是我《下载》杂志的雇员——正是她们把派对安排成了一个不那么让人愉快的惊喜——再有就是威尔那帮哥们儿的配偶。我最亲密的朋友是个男人:查理。事实上,这个周末他将是我的伴郎。

查理和汉娜此时正在来的路上,他们是今晚最后抵达的客人。能见到查理真是太好了。感觉我们在他还没有孩子时像成年人似的混在一起已经是很久以前的事了。那时,我们总是能见面——哪怕是他跟汉娜在一起之后也是一样。他始终会为我腾出时间。然而,当有了孩子之后,他就好像移居到了另一个王国:晚上十一点就是深夜,每次不带孩子的外出都必须精心策划。直到那时,我才开始不再独自占有他。

"你看起来美艳绝伦。"

"噢!"我吓了一跳,随后从镜子里看见了他:是威尔。他斜倚在门边,望着我。"威尔!"我发出"咝"的一声,"我穿着婚纱呢!快出去!你不该看见——"

他没动。"就不能让我先看一眼吗?而且现在我已经看见了。"他迈步朝我走来,"生米反正也煮成熟饭了,再纠结也没意义。你的样子——我的老天——我简直等不及想看到你穿着它走上那条通道了。"他来到我身后站定,抓住了我裸露的双肩。

我应该大发雷霆才对。我也的确很生气。但我却感到那股怒火时断时续。因为他的双手此刻就在我身上,从肩膀向下移到了胳膊上,而我则体会到了渴望带来的第一丝颤抖。我也在提醒自己,对于新郎事先看到婚纱的事我绝对不迷信——我从来都不相信那套说法。

"你就不该在这儿。"我气鼓鼓地说道。不过那听起来已经有点儿不像真心话了。

"看看咱俩,"当我们的目光在镜中相遇时他说道,同时一根手指向下探到了我屁股的侧面,"我们在一起难道不够养眼吗?"

他说得没错,我们站在一起确实令人赏心悦目。我的头发如此乌黑,皮肤如此白皙,而他则是一头金发,肤色精心做了美黑。在任何房间里我们都是最迷人的一对儿。想象一下明天我们会如何出现在外界——以及我们的客人面前,我并不打算假装说这不属于激动的一部分。我想起了学校里那些曾经取笑我是个勤奋的胖子的女生(我是个晚慧的人),心想:看看是谁笑到了最后吧。

他咬住我肩头裸露的皮肤。我下腹中涌起一股因欲望而生的勇气。就像一条突然绷断的松紧带,最后的抵抗也随之化为乌有。

"你差不多都弄完了?"他越过我的肩膀看着那份座位安排计划。

"我还没怎么想好每个人的位置。"我说。

他在审视那份计划的时候,屋子里一片静默,他的呼吸温暖着我的颈侧,在我的锁骨周围盘旋。我还能闻到留在他脸上的须后水——松木和苔藓的气味。"咱们邀请皮埃尔了吗?"他温和地问道,"我不记得他在名单上。"

我忍住了翻白眼的冲动。所有邀请都是我发出去的。是我完善了名单,挑选了文具店,核对了所有地址,买好了邮票,最后一份一份寄出去。威尔为了拍新的系列节目经常不在。偶尔他嘴里会突然蹦出个名字来,某个他之前忘了提到的人。我认为他最后一定非常仔细地检查过这份名单,声称他想要确保我们没有漏掉谁。皮埃尔是后来加上的。

"他是没在名单上,"我承认道,"不过那次我看见他夫人在格劳乔喝酒。她问起婚礼的事,似乎不邀请他们根本说不过去。我是说,咱们为什么不请他们呢?"皮埃尔是威尔的节目制作人。他是个好人,他和威尔看起来一直都很合得来。所以对于增加这份邀请我并不需要深思熟虑。

"好啊,"威尔说,"没错,这样当然说得通。"然而他的声音带着一种尖刻。出于某种原因,这件事让他有点儿心烦。

"听我说,亲爱的,"我用一只胳膊搂住他的脖子说道,"我觉得让他们到这儿来你应该会感到很高兴的。请他们的时候他们看上去肯定是很开心的。"

"我无所谓,"他小心翼翼地说道,"有些出乎意料,仅此而已。"他把手挪到我的腰间。"我一点儿都不介意。事实上,这算个惊喜吧。很高兴能让他们来。"

"好的。对了,我准备让每对夫妻都挨着坐。这行得通吗?"

"永恒的困境。"他故作深刻地说道。

"上帝啊,我知道……不过人们对那种事真的会很在意的。"

"嗯,"他说,"如果你我作为客人,我知道我想要坐在哪儿。"

"哦?坐哪儿?"

"就坐你对面,这样我就可以干这个了。"他的手向下方游移,弄皱了丝绸裙子的面料,从裙子下面往上探进来。

"威尔,"我说,"这丝绸——"

他的手指已经探到了我内裤的蕾丝边。

"威尔!"我半是恼怒地说道,"你到底在干吗——"接着他的手指已经溜进我的内裤里,开始在我身上蹭来蹭去,而我也不再那么在意什么丝绸裙子了,一头扎进他的怀中。

这全然不像我。我不是那种认识一个人才几个月就订婚……或者订婚几个月后就结婚的人。我想有人会表示怀疑,不过我认为这并非轻率鲁莽或者一时冲动。要说有什么的话,也是正相反。那是你了解自己的心意,了解你想要什么并且采取了行动。

"我们现在就可以做,"威尔贴着我的脖子说道,声音是那种温情的低吟,"我们有时间,不是吗?"我试图回答——不——然而在他手指持续不断的摩挲中,回答变成了一阵绵长的呻吟。

跟其他所有对象在一起,我都会在几周之后就感到厌倦,性爱会那么快就变得平庸乏味,变成一件琐事。而和威尔在一起,我感觉自己好像从来不曾满足过——即使从更低级的意义上来讲,我其实也要比跟其他任何一个情人在一起时都更满足。这不仅仅是因为他那么迷人——当然,客观上他的确如此。这种贪得无厌的原因要比那深奥得多。我有一种想要占有他的感觉。每次做爱都是对从未完全实现过的占有的一次尝试,但他身上某个重要的部分却始终逃离在我无法触及的地方,在外表之下潜行。

这和他的名气有关吗?事实难道是人一旦成了名,就会从某种意义上变得为公众所有?还是说有别的什么他骨子里的原因?秘密的,不可告人的,需要隐藏的原因?

这种想法不可避免地令我想起那张字条。我不能想那张字条。

威尔的手指还在继续它们的动作。"威尔,"我半推半就地说道,"别人可能会进来的。"

"要的不就是这种刺激吗?"他悄声说。没错,我猜也是这样。在性的问题上,威尔绝对让我大开眼界。是他最初带着我在公共场合做爱。我们在夜间公园做,在几乎空场的电影院的后排座位上做。每当想起这些,我都会为自己感到惊讶:我无法相信做出这些事的人会是我。朱莉娅·基根不做违法的事。

他也是唯一一个我允许给我拍摄裸体影片的人——即使是在做爱过程中,也就那么一次。自然,我只是在我们订婚以后才同意了这一次的。我可不是个他妈的白痴。不过这是威尔喜欢做的事,既然我们已经这么做了,就由他喜欢,尽管我并不喜欢这样——那代表着一种失控;而在其他每段关系中,我都是掌控一切的那个人——这种失控感还是有几分令人陶醉的。我听见他解开了皮带扣,正是这声音给我发出了命令。他往前推我,把我推向梳妆台——带着一点点粗暴。我抓住桌面。我感到他的尖端已经在那里准备就绪,马上就要进入我的身体。

"你好?屋里有人吗?"门"嘎吱"一声开了。

真该死。

威尔马上从我身边离开,我听到他在匆忙中摸索着他的牛仔裤和皮带。我感觉我的裙子掉下去了。我几乎不忍心转过身去。

来人就站在那儿,斜倚着门框:是乔诺,威尔的伴郎。他看见了多少?全部吗?我感觉一股热气涌上脸颊,我对自己感到愤怒,同时也在生他的气。我从不脸红的。

"不好意思,伙计们,"乔诺说,"我是不是打断你们了?"那是种幸灾乐祸的笑吗?"噢——"他一眼看见了我穿的衣服。"这是……?这不会意味着要倒霉吧?"

我真想抄起个有分量的东西冲他砸过去，然后朝他大喊，让他滚出去。不过我的举止非常得体。"噢，看在上帝的分儿上！"我如是说，同时希望我的语气在问：我看着像是相信那种事的人吗？我交叉双臂，朝他扬了扬眉毛。我是这种扬眉毛游戏的老手了——在工作中我用这招能带来神奇的效果。量他也不敢再说一个字。别看乔诺虚张声势，我觉得他其实有些怕我。通常情况下，人们都会有些怕我。

"我们正在检查座位安排计划，"我告诉他，"所以你打断的是这件事。"

"呃，"他说，"我可真够笨的……"我能看出来他有些被吓到了。很好。"我才意识到我忘了相当重要的东西。"

我感到我的心跳开始加速。别是戒指。直到最后关头，我还跟威尔说别信任他让他拿戒指。他要是把戒指忘了，我可没法对我接下来的行为负责。

"是我的西服，"乔诺说，"我本来都准备好了，就在西服罩里……结果到了最后……哎，我也不知道发生了什么。我能说的就是，它一定还挂在我英国老家的门上。"

他们离开这个房间时，我把目光从他俩身上收了回来。努力专注于不要说任何会让我后悔的话。这个周末我必须要控制住我的脾气。大家都已经知道我压不住火。这个事实不会让我引以为傲，尽管我正变得越来越好，但我还是发现自己从来都不能完全控制住它。新娘一脸怒容可真不好看。

我没明白威尔怎么会跟乔诺交上朋友，为什么到现在还没把他从自己的生活中赶出去。让他一直这么赖下去绝非聪明的做法。我猜这家伙应该不会惹什么麻烦……至少，我假定他不会吧。不过他们两人可以说有天壤之别。威尔展现的形象是如此充满活力，如此卓有成就，如此聪明潇洒；而乔诺则是个懒蛋，一个遁世者。我们从本岛当地火车站接他时，他身上一股杂草的味道，看上去就像一直在野外露宿似的。我还指望他在来这里之前至少能刮个胡子、理个发。让你的伴郎看起来别像个穴居的野人，这要求不算太高，对吗？一会儿我得让威尔送个剃须刀到他的房间去。

威尔对他太好了。据说他甚至还带乔诺去《幸存之夜》试过镜，当然，没有结果。我问威尔他为什么要跟乔诺在一起时，他只是简单地把原因归结为"过往经历"。"我们现在看起来没什么共同点，"他说，"不过我俩是老相识了。"

但威尔也可以相当冷酷无情。说老实话，那有可能是我们初次相遇时他吸引我的特质之一，一种让我立刻就发现我们两人都具有的特质。我能够嗅到的，和他金子般的外表以及胜利者的微笑同样吸引我的，是在他魅力之下散发的野心。

所以这就是令我担忧的事。为什么仅仅因为一段共同的过往，威尔就要一直把一个像乔诺这样的朋友留在身边呢？除非那段过往中有什么事对他构成了威胁。

乔诺
伴郎

威尔带着一箱健力士从地板门中爬了上来。我们在这栋富丽宫屋顶的城垛上,透过大石头之间的缺口往外看。地面在下方很远处,而上面这里的一些石头已经颇为松动。如果你有恐高症的话,这里可能会让你感到不适。从这里放眼望去,可以一直看到本岛。阳光照在我的脸上,我觉得自己就像这里的国王。

威尔从箱子里拿出一罐打开。"给。"

"啊,好东西。谢了,哥们儿。另外不好意思,我刚才在那儿撞破你们了。"我冲他眨了眨眼,"不过我还以为你打算把这事留到结婚以后呢。"

威尔抬了抬眉毛,一脸无辜。"我不明白你在说什么。朱尔斯和我当时正在检查座位安排的计划。"

"是吗?他们现在都用这种说法来代替了?不过说实话,"我说,"关于西服的事,我真的很抱歉,哥们儿。我感觉自己就像个用来忘事的工具似的。"我想让他知道我非常愧疚——对于给他当好伴郎的事我很认真。我真的很认真,我想要让他以我为傲。

"这都不是问题,"威尔说,"我就是不确定我那身备用的合不合适,不过你尽管拿走就是了。"

"你确定这件事在朱尔斯那儿能过得去?她看起来可没那么

高兴。"

"能啊,"威尔挥了一下手,"她会没事的。"我猜这句话的意思是她很可能不怎么开心,但他会想办法处理的。

"好嘞。谢了,哥们儿。"

他倚在我们身后的石墙上,喝了一大口啤酒。然后他似乎想起什么事来。"噢,顺便说一句,你还没见过奥利维娅呢,是吧?朱尔斯同母异父的妹妹。她一直不见踪影。她有一些——"他做了个手势:那意思是"傻",不过嘴里说的却是"脆弱"。

我早些时候见过奥利维娅了。她个子高挑,满头黑发,一张大大的嘴看起来像是在生闷气,两条大长腿感觉好似往上延伸到了胳肢窝。"害羞,"我说,"因为……哎,你不会跟我说你没注意到吧?"

"乔诺,看在上帝的分儿上,她才十九岁,"威尔说,"别恶心人。再说,她还碰巧是我未婚妻的妹妹。"

"十九岁,那也就是说已经到法定年龄了,"我想要气气他,说道,"这是个传统,对不对?伴娘里面最好的归伴郎。而现在只有一个伴娘,所以我也就没那么多可选的了……"

威尔的嘴撇得仿佛吃了什么恶心东西似的。"我觉得这条惯例在她们比你小十五岁的时候不适用,你个白痴。"他说。别看他此刻表现得一本正经,可他向来看女人都是很有眼光的。而作为回报,女士们也一直都很欣赏他,这个幸运的杂种。"别想打她的主意,明白吗?用你的榆木脑袋给我记住。"他用指节敲着我的头说道。

我不喜欢"榆木脑袋"这种字眼。我不一定是收银机里最闪亮的那个钢镚,可我也不喜欢被当成傻子。威尔知道这件事。这是在学校时经常会把我惹毛了的几件事之一。不过我还是一笑了之了。我知道他不是这个意思的。

"听我说,"他说,"我可不能让你在跟我十几岁的小姨子调情这种事上犯错误。朱尔斯会杀了我的,她也会杀了你的。"

"好吧,好吧。"我说。

"还有,"他压低声音说,"你要知道这也是事实,她……"他又一次做出那个代表傻的手势。"她肯定是从朱尔斯她妈那儿遗传来的。谢天谢地,朱尔斯错过了继承那些基因的机会。总之,别碰她,明白吗?"

"好,好……"我喝了一大口啤酒,随后打了个大大的嗝。

"你最近是有机会经常爬山吗?"威尔明显想要换个话题,于是问我道。

"没有啊,"我说,"真没有。要不怎么我都有这个了呢。"我拍了拍肚子,"跟你不一样,没人付报酬我可懒得动。"

有意思的是,对户外探险这种事更有兴趣的向来是我。我喜欢所有户外拓展那些事。直到最近,我还在湖区的一个探险中心工作,以此谋生。

"对。我猜也是,"威尔说,"真可笑,其实也没有看起来那么有趣。"

"对此我表示怀疑,哥们儿,"我说,"你可是有做世界上最棒的工作来谋生的机会。"

"唉,你知道……不过也没有那么真实;就是一大堆烟雾,一大堆镜子……"

我敢打赌,他在拍摄难度更大的部分时用了替身。威尔从来都不喜欢把自己的手弄得那么脏。但他还是声称他为真人秀进行了大量训练。

"然后还有发型、化妆啊什么的,"他说,"你在拍一个关于生存的节目时，这看起来很可笑。"

"我打赌你喜欢所有这一切，"我说着话冲他一挤眼，"你可骗不了我。"

他一直都有些爱慕虚荣。我说这话显然是怀着真情实感的，不过我喜欢惹他生气。这家伙仪表堂堂，而他自己也心知肚明。你能看得出来他今天穿的所有衣服——甚至包括牛仔裤，都是上等货，价格不菲。或许这是受朱尔斯的影响：朱尔斯本人就是个时髦女郎，你都能想象到她逼着威尔进商店的情景。不过你也能想象到威尔有多不在意。

"这么说，"我拍了拍他的肩膀，"你已经准备好做个已婚男人了？"

他咧嘴一笑，点了点头。"准备好了。我还能怎么说？我已经神魂颠倒了。"

我不打算撒谎，威尔告诉我他准备结婚时，我大吃一惊。我一向视他为花花公子。没有哪个女人能够抵御得了这黄金小子的魅力。在单身派对上，他给我讲了一些在朱尔斯之前他有过的约会。"我是想说，在某种程度上，那真是棒极了。玩那些 App 之前，我从来没跟那么多不同的女人发生过那么多次关系，即使上大学的时候也没有过。我不得不让自己每隔几周就去做一次检查。不过你知道吗，还是会有些狂热的、黏人的女人。我可没那么多时间给那些人。再后来朱尔斯就出现了。而她实在是……太完美了。她那样自信，那么确定自己想要从生活中得到什么。我们是同类人。"

我打赌伊斯灵顿家族也不会受到什么损害，我并没有说出口。老爸富得流油嘛。我不敢拿这件事跟他开玩笑——谈到钱，人都会变得很奇怪。不过要说有一样东西是威尔一直喜欢，也许还要更甚于女人的,那就是钱了。这一点或许源于儿时,他从未拥有过像我们学校里其他人那么多的钱。这个我明白。他能上学是因为他老爸是校长,而我进学校是靠着体育奖学金。我的家族压根儿不属于什么上流社会。我十一岁时,因为参加克罗伊登的校际橄榄球锦标赛而被相中,于是他们去跟我老爸接洽。那种事情在特里维廉学校确实发生过:对他们而言能派出一支优秀的队伍无比重要。

从我们下方传来一个声音。"嘿嘿嘿!上面干吗呢?"

"兄弟们!"威尔说,"上来找我们啊!人越多越热闹!"

胡说八道。我就很喜欢只有威尔和我的时候。

他们正往上爬,从地板门钻出来——是那四个迎宾员。我挪开一些以便腾出地方,然后依次跟每个人点了点头:先是费米,接着是安格斯,邓肯和彼得。

"见鬼,这上面够高的。"费米从围墙边缘看过去,说道。

邓肯一把抓住安格斯的肩膀,作势要推他一下。"喔,救你一命!"

安格斯尖叫一声,我们全都哈哈大笑。"别闹!"他一边让自己镇定下来一边生气地说道,"我的老天——这他妈多危险呐。"他死死抱着石头,仿佛很惜命的样子,然后慢吞吞地走过来坐到了我们旁边。在我们这群人中,安格斯一直都有些窝囊,不过他还是因为在开学时乘着他老爸的直升机来学校而获得了社交声望。

威尔把我已经盯着看了一小会儿的那几听健力士拿出来分给大伙儿。

"谢了,哥们儿,"费米说道,他看了看啤酒罐,"嘿,入乡随俗啊?"

皮特[1]冲着我们脚下的落差点了点头。"安格斯老弟,我觉得你可能必须喝点儿这个才能把那事忘了。"

"没错,不过你并不想喝太多,"邓肯说,"或者说你不会对那事那么在意。"

"噢,闭嘴吧!"安格斯变了脸色,恼火地说道。然而他的脸依然相当苍白,我认为他正在尽一切努力不从墙边往下看。

"这周末我可是带了药过来的,"皮特低声说,"那玩意儿会让你觉得你能跳下去并且还他妈能飞起来。"

"本性难移啊,是不是,皮特?"费米说,"把你老妈的药柜扫荡一番——我还记得短假期回来的时候你那个帆布包里叮咣直响。"

"对啊,"安格斯说,"咱们全都欠他老妈一句谢谢呢。"

"我会感谢她的,"邓肯说,"我一直记得你老妈风韵犹存,皮特。"

"你赶明儿最好能分享一下这份爱,哥们儿。"费米说。

皮特冲他丢了个眼神。"你了解我。在兄弟们身边我总是会干得很漂亮的。"

"那现在呢?"我问道。我突然觉得需要吸点儿什么来让自己的视线模糊起来,而我之前吸的大麻已经过劲了。

"我喜欢你的态度,乔兄,"皮特说,"不过你必须得悠着点儿。"

"你们明天最好都规矩点儿,"威尔假装严肃地说道,"我可不想让我的伴郎们给我丢人。"

"我们会乖乖的,哥们儿,"皮特伸出胳膊一把搂住他的肩膀

---

[1] 皮特(Pete),彼得(Peter)的昵称。

说道,"我们就是要确保让我们兄弟的婚礼永生难忘。"

威尔向来是一切的中心,是这个小团体的主心骨,我们全都围着他转。他擅长体育运动,成绩也足够好——还能时不时额外帮点儿小忙。每个人都喜欢他。而我猜这看起来似乎毫不费力,就好像他没有为任何东西付出过努力似的。如果你不像我那么了解他,那就是这样了。

我们在阳光下坐着,默默地喝了一会儿酒。

"这好像又回到了特里维廉。"安格斯说道,他永远都像个历史学家。"还记得咱们以前经常把啤酒偷偷带进学校,然后爬到体育馆的屋顶上去喝吗?"

"记得啊,"邓肯说,"似乎还记得你吓得都拉裤子了。"

安格斯一脸怒容。"滚蛋。"

"其实是乔诺偷偷带进来的,"费米说,"从村里那家卖酒的商店。"

"对,"邓肯说,"因为他是个又高又丑体毛又重的家伙,即使才十五岁,是不是啊,哥们儿?"他倾身过来,一拳打在我肩膀上。

"而我们就用易拉罐喝常温的,"安格斯说,"因为咱们没有任何办法把它们冰镇。那大概是我这辈子喝过的最好喝的东西了——你们知道,哪怕到现在,咱们都能喝酒了,一周七天只要想喝就能喝到他妈的冰凉的法国廊酒也一样。"

"你是说像咱们几个月之前那样,"邓肯说,"在皇家汽车俱乐部那次。"

"这是什么时候的事?"我问。

"啊,"威尔说,"不好意思,乔诺。我知道对你来说当时要过来的话实在太远了,你那会儿在坎布里亚之类的地方。"

"哦，"我说，"对，那就说得通了。"我想起他们一起在皇家汽车俱乐部吃过一顿美味的陈年香槟午餐，那是只允许高级会员去的地方之一。没错。我痛饮了一大口手里的健力士。其实还可以再来点儿大麻。

"刺激就在于此，"费米说，"回到学校，回到特里维廉。这正是刺激之所在，在于知道我们有可能被抓到啊。"

"天呐，"威尔说，"咱们真的非得说起特里维廉吗？我不得不听我老爸谈论这个地方就已经够糟糕的了。"他说这话的时候咧嘴一笑，不过我能看出他的表情中略带痛苦，就像他喝下的健力士呛到气管里了似的。我常常对威尔有这么个老爸感到同情。也难怪他觉得他非得要证明自己不可。我知道他宁可从头到尾忘掉在那个地方的日子。我也想。

"在学校的那些年当时看起来是那么可怕，"安格斯说，"不过现在回首往事——天知道这能说明什么——我认为从某些方面来看它们就像是我生命中最重要的部分。我是想说，我肯定不会把我自己的孩子送到那儿去——没有任何冒犯你老爸的意思，威尔——但那儿也并非一无是处啊。对吗？"

"我不知道，"费米迟疑地说道，"我被老师们差别对待的次数太多了。该死的种族主义者。"他用轻描淡写的方式说出了这句话，但我知道作为那里唯一的一个黑人孩子，这对他来说从来都不容易。

"我爱那儿！"邓肯说，当我们其他人都看向他的时候，他接着说道："真的！如今我回忆起来才意识到那段日子有多重要，你们知道吗？我可不愿意用任何其他的方式来度过。它把我们团结在了一起。"

"无论如何，"威尔说道，"说回现在吧。我想说的是对于我们所有人来说,眼下的一切都很好,你们不觉得吗?"

对他而言,一切的确都很好。其他几个家伙也都干得不错。费米是个外科医生,安格斯在他老爸的开发公司工作,邓肯是个风险投资人——甭管这是什么职业吧——而皮特在广告业谋生,这大概对他的可卡因成瘾没什么帮助。

"话说最近你在忙什么呢,乔诺?"皮特转向我,问道,"你一直还做着攀岩教练对吧?"

我点点头。"在探险中心,"我说,"也不仅仅是攀岩。还教丛林生活技能,建造营地——"

"对了,"邓肯打断了我的话,"你知道吗,我正想着办个团队合作日的活动——打算要跟你说呢。给我打个友情折呗?"

"我很乐意啊,"我嘴上说着,心想像邓肯这么有钱的人没必要要求看在哥们儿的分儿上打折,"不过我现在已经不做这个了。"

"哦?"

"不做咯。我已经着手经营威士忌的生意了,很快就开业。大概再有半年吧。"

"那你也找到有囤货的供应商了?"安格斯问。他的声音听起来有点儿不爽。我猜这不太符合他印象中那个大而蠢的乔诺的形象。我已经想方设法避开乏味的办公室工作并且出人头地了。

"找到了,"我边点头边说道,"找到了。"

"韦特罗斯?"邓肯问道,"森宝利?"

"还有其他的。"

"竞争很激烈啊。"安格斯说。

"是啊,"我说,"一大堆老字号,名人名牌——连终极格斗冠军赛(UFC)的拳手康纳·麦格雷戈都有。不过我们还想去找,我也不知道,更有手工感觉的吧。就像那些新的杜松子酒。"

"咱们够幸运的,明天就能品尝到了,"威尔说,"乔诺带了一箱过来。咱们今晚必须也得尝尝。叫什么名字来着?我知道那名字挺不错的。"

"捣蛋鬼(Hellraiser)。"我说。事实上,我对这个名字非常自豪,完全不同于那些陈腐的老品牌。我还对威尔的忘性有些生气——名字就在我昨天给他的酒瓶子的标签上。不过这家伙明天就要结婚了,他现在满心都是其他事。

"谁能想得到?"费米说,"咱们所有人,都是体面的成年人了,并且都从那地方出来了?我还得说,威尔,没有冒犯你老爸的意思。不过那儿就像个来自另一个世纪的地方。咱们有幸都活着出来了——据我的回忆,每学期都会有四个男生离开。"

我无论如何都不可能离开。当我得到橄榄球奖学金的时候,我的家人都特别激动,因为我要去一所贵族学校上学了——一所寄宿学校。那里会给我所有的机会,至少他们这么认为。

"对,"皮特说,"还记得有个男生喝了科学部里的乙醇,就因为他敢喝——结果他们赶紧把他送医院去了吧?然后还总有孩子精神崩溃——"

"我靠,"邓肯兴奋地说道,"还有那个瘦弱的小孩子,就是死了的那个呢。只有强壮的才能活下来!"他冲我们大伙儿咧开嘴笑了。"闹腾的那些,我说得对吗,兄弟们?这周末又全都凑齐啦!"

"没错,"费米说,"不过看看这个。"他俯下身,指了指自己脑袋顶上已经变得有些稀薄的一小片。"咱们现在都变得老而无趣了,不是吗?"

"哥们儿,那是你!"邓肯说,"我想着要是场合需要的话,咱们还是能把气氛煽动起来的。"

"你们可别在我的婚礼上闹啊。"威尔嘴里这么说,但脸上挂着微笑。

"尤其是你的婚礼我们才得闹啊。"邓肯说。

"想来你可是第一个结婚的,哥们儿,"费米对威尔说,"平时那么有女人缘的。"

"我还琢磨着你永远都不会结婚呢,"安格斯一如既往地拍马屁,"简直太有女人缘了。干吗要安顿下来?"

"你还记得你上过的那个小妞吗?"皮特问道,"当地综合中学的那个,还有你手里那张她裸着上身的宝丽来快照?我的天哪。"

"一张用来打飞机的照片,"安格斯说,"现在有时候还会想起来呢。"

"是啊,那是因为你自己从来没实际干过。"邓肯说。

威尔眨眨眼睛。"不管怎么说吧。鉴于咱们又都凑到了一起——费米,借用一下你刚刚那种特别讨人喜欢的说法,就算咱们已经老而无趣——我觉得那也应该干一杯。"

"我要为此干杯。"邓肯说着举起了啤酒罐。

"我也是。"皮特说。

"敬幸存者。"威尔说。

"敬幸存者!"我们一起回应他。有那么一刻,当我看着其他人的时候,他们看起来都不一样了,变得更年轻了。阳光仿佛给他们镶上了金边。从这个角度,你看不到费米的秃顶,看不到安格斯的肚腩,皮特看上去也不太像只在晚上出去活动的人。如果有可能的话,就连威尔看上去都更好,更加光彩照人了。我突然产生一种错觉,好像我们回到那里了,就坐在体育馆的屋顶上，什么糟糕的事都还没有发生过。要是能回到那时候，我愿意出一大笔钱。

"好啦，"威尔说着喝干了他的健力士，"我最好下楼去了。查理和汉娜很快就要到了。朱尔斯想要在码头上举行个欢迎会。"

我猜想一旦所有人都到了，这个周末就会郑重其事地开始。不过有一瞬间我盼望着能够回到其他人来之前，只有威尔和我在一起闲扯的时候。最近我都没怎么见过威尔。然而他还是这个世界上比任何人都更了解我的那个人，真的。而我也是最了解他的那个。

奥利维娅
伴娘

　　显而易见，我的房间以前是仆人的住处。我很快就搞明白我正好在朱尔斯和威尔的房间楼下。昨天夜里，我可以听到一切。很显然，我的确想要不听来着；但似乎我越努力，我听到的一声声细微声响、一次次呻吟和喘息就越多。仿佛他们有意想让人听到似的。

　　今天早上他们也做了，不过至少我可以躲出去，逃离这座富丽宫。我们都收到了天黑以后不要在岛上四处走动的提示。不过如果今天晚上还这样的话，无论如何我都不会待在这儿的。我宁可到泥炭沼泽和悬崖绝壁去碰碰运气。

　　我再次把手机切换到飞行模式并且关机，想看看针对这个小小的无信号，信息会发生些什么，然而什么都他妈没发生。我想我压根儿也没收到什么新的信息。我和所有朋友都失去了联系。并不是说我们闹翻了，更多的是因为自从我大学退学以后，我已经离开了他们的世界。起初，他们还会给我发信息：

　　　　希望你一切都好，宝贝
　　　　如果需要视频聊天你就打电话
　　　　盼望很快见到你

我们想念你！💔

出什么事了？？？？

突然间，我觉得自己无法呼吸了。我伸手去够床头桌。剃须刀片就放在那儿：如此小，却又如此锋利。我褪下牛仔裤，把刀刃按在了大腿内侧靠近内裤的地方，然后硬生生把它拉进我的肉里，直到血流出来。与那里蓝白色的皮肤相比，这血的颜色是如此暗红。那不是个很大的口子，我还拉过更大的。不过那种刺痛感把一切都集中到了一点，集中到了进入我肉体的金属上，以至于有那么一会儿，任何其他事物都不存在了。

我的呼吸稍稍容易了一些。或许我可以再拉一个——

有人敲门。我丢下刀片，笨手笨脚地把牛仔裤拉上。"是谁？"我问道。

"我。"是朱尔斯的声音，我还没来得及告诉她可以进来，她就已经把门推开了，这太像朱尔斯的风格了。谢天谢地，我反应还够快。"我需要看看你穿上伴娘礼服的样子，"她说，"在汉娜和查理到达之前我们还有点儿时间。乔诺把他那身该死的西服忘了，所以我想要确保婚宴上至少有一个成员看起来很不错。"

"我已经试过了，"我说，"特别合适。"谎话。我也不知道究竟合不合适。我本来是该去商店里试穿一下的。但每次朱尔斯试图让我去，我都会找个借口；最后她也放弃了，直接买了那身礼服，只要我试一下，然后立刻告诉她合适就行。我告诉她合适了，不过我没法让自己穿上它。自从朱尔斯把礼服送过来，它就一直在那个大大的硬纸包装盒里。

"你或许已经试过了，"朱尔斯说，"但我想看看。"她突然朝我微微一笑，仿佛她刚刚才想起来要这么做似的。"如果你愿意的话，可以到我们的卧室里去试。"说这话时，她就好像提供了什么令人惊叹的特权一般。

"不了，谢谢，"我说，"我还是更愿意待在这儿——"

"来吧，"她说，"我们屋有一面超棒的大镜子。"我意识到这件事没什么选择余地了。我走到衣柜前，拿出那个鸭蛋青色的大盒子。朱尔斯的嘴绷紧了。我明白她是在为我还没把礼服挂起来生气。

和朱尔斯一起长大，有时候感觉就像是有了第二个母亲，或者是一个像其他人的妈妈那样的人——专横，严厉，等等等等。妈妈从来不是这样的人，但朱尔斯是。

我跟随她上楼，来到他们的卧室。尽管朱尔斯是个超级爱整洁的人，尽管有一扇窗子开着，能让新鲜空气进来，这里闻起来还是有人的味道，有男士须后水的味道，我想（我并不愿意想）还有性爱的味道。在这里，在他们的私人空间里，感觉很不合时宜。

朱尔斯关上门，双臂交叠着转过身来。"开始吧。"她说。

我觉得我别无选择。朱尔斯很善于让人产生这种感觉。我把衣服脱到只剩内衣，紧贴双腿，以防大腿还在流血。朱尔斯要是看到了，我就不得不告诉她我来月经了。从窗外吹进来的微风让我的皮肤直起鸡皮疙瘩。我能感到她在看着我；我希望她能够让我有些隐私。"你减肥了。"她审慎地说道。她的语气中充满关切，可听起来不太像真心的。我明白她大概是有些嫉妒。以前一喝醉酒，她就喋喋不休地说上学时那些孩子是如何因为她"胖"而一再指摘她。她还总是对我的体重发表评论，好像她不知道我从小就一直瘦得皮包骨似的。不过当人很瘦的时候，也确实有可能对自己的身体产生厌恶。那种感觉就像是它在对你保守秘密，就像是它在让你失望。

不过朱尔斯说得没错。我的确减肥了。此时此刻我只能穿我最小号的牛仔裤,即便如此,它们也会从我的髋部往下滑。我并没有试图要减轻体重什么的。但当我不吃那么多时感受到的那种空空如也……完全匹配我内心的感觉。这似乎是正确的。

朱尔斯正从包装盒子里把礼服拿出来。"奥利维娅!"她生气地说道,"这件礼服是自始至终都放在这里面的是吗?看看这些褶皱!这丝绸多精美啊……我还想着你能把它打理得好一点儿呢。"她的口吻听起来就像是在跟一个孩子说话。我猜她自己也是这么觉得的。可我已经不再是孩子了。

"对不起,"我说,"我忘记了。"谎话。

"好吧。幸亏我带了个蒸汽熨斗。不过这也得花很长时间才能熨平。待会儿你得把这件事干了。但现在你先给我试穿一下。"

她让我把两个胳膊伸开,像个孩子一样,与此同时,她把礼服从我的头上往下套。她这么做的同时,我发现在她手腕内侧有个一英寸长的亮粉色痕迹。我想那是一处烫伤。它看起来就很疼,而我则很纳闷儿她是怎么弄的:朱尔斯如此小心谨慎,通常是不会笨到把自己烫伤的。不过我还没来得及看清楚,她就抓着我的上臂,引着我来到镜子前,这样我们两人都能看到我穿着礼服的样子。礼服是粉红色的——我永远都不会穿的颜色,因为它会使我的肤色看上去更加苍白。这跟上周在伦敦朱尔斯让我去做的时髦美甲几乎是同一种颜色。朱尔斯对我指甲的状况很不满意:她告诉美甲师"尽你最大努力弄好"。现在,当我看手的时候,它会让我想要哈哈大笑:一本正经的公主粉色指甲油光泽闪亮,下面紧挨着甲根处被我咬得乱七八糟、流着血的死皮。

朱尔斯退后一步,双臂依然交叠,眼睛眯缝起来。"太松了。

上帝啊，我确定这是他们那儿有的最小号。看在上帝的分儿上，奥利维娅。要是你早告诉我这件礼服不合身多好——我就可以把它拿去改紧一些了。不过……"她眉头紧蹙，缓缓地围着我转了个圈。我又一次感受到从门那里吹进来的微风，不禁打了个哆嗦。"我不知道，或许松点儿也行吧。我觉得还挺像模像样的。"

我端详着镜中的自己。这件礼服本身的外形并不特别招人讨厌：一条采用斜裁法剪裁的衬裙，颇有九十年代之感。若是其他颜色的，我甚至可能已经穿上了。朱尔斯没有错；它看起来并不是很糟糕。不过透过礼服的料子，你能看见我的黑色内裤，还有我的乳头。

"别担心，"朱尔斯说，似乎已经看透了我的心思。"我给你准备了胸贴，还给你买了一条肉色的丁字裤——我知道你不会有这个。"

好极了。那就会让我感到好像没他妈那么赤身裸体的了。

我们一起站在镜子前，朱尔斯在我身后，两个人同时看着镜子里我的映像。我俩之间的区别显而易见。比方说，我们的身材就迥然不同，我的鼻子更细长——像妈妈的鼻子——而朱尔斯的头发更好，又浓密又有光泽。然而当我们像现在这样站在一起的时候，我能看出我俩比别人可能认为的更为相像。我们的脸型一样，都像妈妈。你能看得出来我们是姐妹，非常相像。

我想知道朱尔斯是不是也看出来了——看出了我们之间的相似性。她的表情非常奇怪，看上去一脸病容。

"噢，奥利维娅。"她说道。随后——在我还未实际感受到之前，就已经从我们面前的镜子中看到了——她伸出手来一把握住了我的手。我呆住了。这太不像朱尔斯了：她并不喜欢身体接触,或者情感表达。"听我说,"她说,"我知道我们一直以来相处得并不太好。我真的很骄傲由你来做我的伴娘。你是知道这一点的,对不对?"

"没错。"我说,声音听起来有些低沉沙哑。

朱尔斯捏了捏我的手,对她而言,这就如同一个彻底的拥抱。"妈妈说你跟那个家伙分手了?你要知道,奥利维娅,在你这个年纪,可能会感觉像是到了世界末日一般。不过之后你会遇到一个真正和你来电的人,你会明白那种区别。这就像威尔和我——"

"我没事,"我说,"挺好的。"谎话。我不想和任何人谈论任何跟这件事有关的话题。尤其不想跟朱尔斯谈。如果我告诉她我都不记得自己为什么要费尽心思地去化妆,穿漂亮内衣,买新衣服,或是去剪头发,她也是最不可能理解的那个人。所有那些事就好像都是别人干的一样。

突然之间,我感觉非常奇怪。有点儿晕,也有点儿恶心。我微微一晃,朱尔斯扶住了我,她抓着我上臂的手抓得更紧了。

"我没事。"我在她还没来得及问怎么回事时便说道。我弯下腰,解开了朱尔斯为我挑选的这双过于花哨的灰色绸面船形高跟鞋,那些装饰着珠宝的搭扣花费了我很长时间,因为我的手已经变得笨拙不堪。接着我抬起胳膊,把礼服从我头上硬生生地拽下来,拽得如此用力,让朱尔斯不由得倒抽一口冷气,她好像觉得我会把它拽坏似的。我才不用她打扮。

"奥利维娅!"她说。"你到底怎么了?"

"对不起。"我说。不过我只是动了动嘴,却并没有发出声音来。

"听我说,"她说,"我想让你试试做一点点努力,就这几天时间。好吗？这是我的婚礼啊，利维[①]。我已经拼了命地想要让它完美无缺。我给你买了这件礼服——我希望你能穿上它，因为我想让你在场，做我的伴娘。那对我很有意义。对你应该也很有意义。不是吗？"

我点点头。"是。对，有意义。"然后因为看见她似乎还在等着我往下说，我便继续说道，"我没事，我也不知道之前……之前怎么了。我现在已经好了。"

谎话。

[①] 利维（Livvy），奥利维娅（Olivia）的昵称。

朱尔斯
新娘

我推开母亲房间的门走进去，一团夏尔美①香水的雾气扑面而来，也有可能是香烟的烟雾缭绕。她最好没在这儿吸烟。妈妈穿着她的丝质和服坐在镜子前，正忙着用她标志性的胭脂红色勾画唇线。"天哪，一脸凶残的表情。你要干什么，亲爱的？"

亲爱的。

这个词有一种奇怪的残忍。

我让我的语气保持着平静和理性。今天我要做最好的自己。"奥利维娅明天会老老实实的，对不对？"

我母亲疲惫地叹了口气，喝了一口放在旁边的酒。那酒看起来很像是马提尼。好极了，就是说她已经开始喝烈酒了。

"我让她做我的伴娘，"我说，"我本来可以从其他二十来个人里挑选的。"不完全是真的，"可她却表现得好像这事很无聊，是个沉重的负担一样。我几乎没法让她做任何事。她也没去参加单身派对，哪怕别墅里都给她留了空房间。看起来真的挺怪的——"

"我本来可以替她去的，亲爱的。"

---

①夏尔美（Shalimar），法国香水世家娇兰代表作之一，又译一千零一夜。

我目不转睛地看着她。我从未考虑过她也许会想要来参加。况且，我也绝对不可能邀请我母亲来我的单身派对。那样的话就会不可避免地变成一场阿拉明塔·琼斯秀了。

"听我说，"我说，"这些其实都不重要。我认为那都是过去的事了。可她难道不应该至少为了我去努力一次，让自己看上去高兴一些吗？"

"她这段时间也很难。"妈妈说。

"您是说因为她男朋友跟她分手了还是别的什么事吗？根据我在 Instagram 上看到的，他们约会也不过才几个月的时间。很显然是一段史诗般的浪漫爱情啊！"尽管我用心良苦，一丝怒气还是悄然而生。

我母亲的精力正集中于描她上嘴唇那道丘比特之弓上，那是个更精细的活儿。"不过，亲爱的，"她一描完便开口说道，"你想想看，你和那个性感帅气的威尔在一起的时间可还没那么长呢，对吗？"

"这可是截然不同的，"我有点儿恼火，"奥利维娅十九岁，还算青少年。爱就是那种十几岁的青少年，其实只是因为身体里充满了荷尔蒙，便以为已然降临的东西。我在差不多她这个年纪的时候也以为自己坠入爱河了。"

我在十八岁那年想起查理：那深褐色的皮肤，那沙滩裤下时隐时现的人鱼线。我突然想到我母亲从来都不知道——或者不想知道——我青少年时期的那些恋爱往事。她那时候光顾着忙活着她自己的爱情生活了。感谢上帝，我不确定有哪个青少年想要那种审查监督。然而我还是忍不住觉得所有这些都证明她和奥利维娅要比我们之间更亲密。

"你必须要记得，"妈妈说道，"你父亲离开我的时候，我也差不多是同样的年纪。我还有个刚出生的宝宝——"

"我知道,妈妈。"我尽可能耐心地说道。关于我的出生是如何终结了我母亲确定,或者很可能,或者也许会极其成功的职业生涯的事,我已经听过太多次,比我需要的多得多。

"你知道那对我来说是怎样一副光景吗?"她问我。啊,这就来了:还是老掉牙的故事。"试着去找份工作同时养个小宝宝?努力去赚钱谋生,然后有所成就?就这样我能维持生计吗?"

您不一定非得继续去找演戏的工作,我心想。如果您真想养家糊口,做那种工作大概不是最明智的选择。我们不一定非得把您微薄的收入都花在离伦敦一区沙夫茨伯里大街不远的那间公寓上,而结果却是连吃饭的钱都没有。您还是个十几岁少女的时候做出的错误决定导致自己怀孕也不是我的错啊。

跟往常一样,上面那些话我一句也没说出口。"咱们刚才正谈到奥利维娅呢。"相反地,我说道。

"哦,"妈妈说,"那这么说吧,就奥利维娅的经验而言,比一次惨痛的分手要多那么一点点。"她仔细检查着她光亮的指甲面——也是胭脂红色,仿佛她的手指刚刚蘸过血似的。

当然了,我想。这是奥利维娅,所以就非得在某些方面与众不同。小心些,朱尔斯。别说难听话。要举止得体。"那又是什么呢?"我问道,"还有什么?"

"这不该由我来说。"这种谨慎从我母亲身上表现出来令人惊讶。"更何况,"她说,"奥利维娅在这个问题上跟我很像——是个共情者。我们没法像某些人能够做到的那样,简单地……抑制住我们的感情,装出一副勇敢的样子。"

我知道从某种意义上来说这是真的。我知道奥利维娅的确对事情的感受很深,应该说简直是太深了,什么事她都真的往心里去。她是个不切实际的空想家。从学校回来的时候,她身上总是会带着在操场上造成的擦伤,还有撞到东西形成的瘀青。她爱咬指甲,爱钻牛角尖,又想太多。她很"脆弱"。不过她也被宠坏了。

而且我也忍不住能感觉到妈妈口中的"某些人"里暗含着的批评之意。只是因为我们剩下的这些人不那么感情外露,只是因为我们找到了控制我们情绪的方法——但这并不意味着我们没有感情。

深呼吸,朱尔斯。

我想起当我告诉奥利维娅由她做我的伴娘我很开心时,她是如何用那么奇怪的眼神看着我的。为了试穿那件礼服,她飞速脱掉了自己的衣服,露出她修长而毫无肥胖纹的身体,我不禁感受到她当时那一阵短暂的痛苦。我知道她觉得我在盯着她看。她真的太瘦削也太苍白了,然而看上去却又是那么无可争辩地美丽动人。很像九十年代那些海洛因时尚模特中的一个:慵懒地坐在客卧两用房间里,身后是一串装饰彩灯的凯特·莫斯。看着她,我便被夹在了两种情绪之间,每当想起奥利维娅,我似乎总会产生这两种情绪:一种是深深的、几乎令人痛苦的温柔;另一种则是可耻的、不为外人所知的嫉妒。

我想我总是不能尽量对她温暖一些。如今她长大了,也聪明点儿了——而且最近,尤其是从订婚派对以来,她已经明显变得很酷了。不过在奥利维娅还小的时候,她常常跟在我屁股后面围着我转,就像一只崇拜我的小狗。在嫉妒她的同时,我也非常习惯于她对这种得不到回报的感情的展示。

此时,妈妈从椅子上转过身来。她的表情一下子变得非常忧郁,一反常态。"听我说。她那段时间特别难,朱尔斯。你可能连其中的一半都不了解。那可怜的孩子经历了很多。"

那可怜的孩子。我能感觉到。我还以为我现在已经可以不为所动了,但却惭愧地发现我并没有:那支小小的嫉妒之箭,就在我的肋下。我深呼吸了一下,提醒自己来这里是准备结婚的。如果威尔和我有了孩子,那他们的童年也会和我的完全不同——妈妈以及她那一长串全是演员的男朋友们,一直都是"大好机会近在眼前"。在所有那些躲不开的苏荷区余兴派对上,有人会给我找个地方,让我睡在大衣上,因为我当时才六岁,我所有的同班同学在几个小时以前就都已经上床睡觉了。

妈妈又转回去对着镜子。她眯起眼睛打量着镜中的自己,把头发全都往一边推,接着又推向另一边,然后又在脑后把它们盘起来。"在新来的人面前必须得看着很漂亮,"她说,"他们难道不帅吗?我是说所有威尔的那些朋友?"

噢,上帝啊。

奥利维娅并不知道她过得有多好,不知道她有多幸运。对她来说这一切都很正常。当她的爸爸鲍勃露面的时候,妈妈就会变成一个称职母亲的样子:做饭,坚持八点钟上床睡觉,家里还有一间满是玩具的娱乐室。妈妈终究还是厌倦了合家欢的游戏。不过在那之前,奥利维娅已经拥有了一个完整且令人满意的童年。在那之前,我已经开始有些讨厌这个拥有了一切、自己却浑然不知的小丫头了。

我真的特别想打烂点儿什么东西。我拿起梳妆台上的 Cire Trudon 香薰蜡烛,放在手里掂了掂分量,想象着看着它碎成无数块会是种什么感觉。我不会再这么做了——我已经能够控制住了。我绝对不想让威尔看到我的这一面。然而和家人在一起时,我发现自己在倒退，在让所有那些旧时的狭隘、嫉妒以及痛苦席卷回来，直至我回到十几岁，我发现自己在谋划逃离这一切。我肯定比这个要强大。我的路是我自己走出来的。这稳定而强有力的一切全是我自己建造起来的。而这个周末就是对此的声明。我的胜利进行曲。

透过窗户，我听到小船引擎熄火的声音。肯定是查理到了。查理会让我感觉好一些的。

我放下了手中的蜡烛。

汉娜
陪同来宾

等我们最终到达这座岛风平浪静的水湾中时,我已经吐了三次,并且浑身湿透,寒彻骨髓,感觉自己就像一块被扭成一团的旧抹布,紧紧地抓着查理,仿佛他是个人类救生筏。我不确定自己是怎么下的船,因为我的腿如同没了骨头一般。我也不知道查理带着这种状态下的我出现会不会有些尴尬。在朱尔斯身边时,他总是会变得有点儿风趣。我妈妈会把这个叫作"装腔作势"。

"噢,看哪,"查理说,"看见那边的沙滩了吗?那沙子真的是白色的。"我能看到海水在浅滩处变成了惊人的碧绿色,浪花反射着日光。在岛的一端,陆地中断分开,变成陡峭的高耸悬崖和巨大岩柱。而在另一端,有一座似真似幻的小城堡位于海角之上,它的下方则是数层岩石和轰鸣的大海。

"看那座城堡。"我说。

"我想那就是富丽宫吧,"查理说,"不管怎么说,朱尔斯是这么称呼它的。"

"就知道上流社会的人会给它起个特别的名字。"

查理无视我的话,继续说:"我们就住在那儿。应该会很有趣。而且也会是个不错的放松机会,不是吗?我知道这个月一直都挺难的。"

"是啊。"我点点头。

查理捏了捏我的手。有那么一会儿，我们俩同时陷入了沉默。

"而且，你也知道，"他突然开口说道，"没带孩子，是为了换换环境。又可以做成年人了。"

我瞥了他一眼。他的语气中是有那么一丝丝渴望吗？最近我们除了养活那两个小人儿之外确实并没有做太多。有时候我甚至能感觉到，查理对于我在孩子们身上倾注了那么多爱和关注，有一点嫉妒。

"还记得最初的那些日子，"一个小时之前，当我们驱车穿过康尼马拉美丽的乡村、一路欣赏着红色的帚石南和黑色的山峰时，查理说道，"周末是咱们带着帐篷坐火车到野外找个地方去露营的日子吗？上帝啊，好像都是很久以前的事了。"

那时候，我们用整个周末来做爱，只在要吃东西或者散步时才抛头露面。我们似乎总能有些闲钱。没错，我们如今的生活以另一种方式变得很丰富，不过我明白查理是什么意思。我们俩是这群朋友中最先有孩子的——在我们结婚前我就怀上了本。尽管我不愿意做任何改变，但我还是不知道我们是否错失了再多几年无忧无虑的快乐时光。我有时会觉得还有另一个自我被我丢在了半路上——那个总想要再喝一杯，并且热爱舞蹈的姑娘。有时候，我很想念她。

查理是对的。我们需要周末出去一下，就我们两个人。我只是希望，我们俩第一次这么长时间的彻底逃离不必非得跟查理这个有些可怕的朋友光彩夺目的婚礼撞上。

我不愿意费那么大劲去想我们之间最后一次性爱是什么时候，因为我知道答案会让人太过沮丧。无论如何，挺久的了吧。为了庆祝这个周末，我还做了比基尼蜜蜡脱毛……天哪，不管怎么说，如果不算上浴室柜里大部分闲置的那些小盒自助式脱毛蜡纸的话，这可是好长时间以来的头一回。自从有了孩子，我们两个人的关系有时候似乎更像是同事或者搭档，而非情人，同在一家根基未稳的草创小公司，不得不将所有的关注都投入其中。情人。我们上一次把彼此视为情人又是什么时候呢？

"别废话了，"我把自己从这些思绪中拉回来，"看那顶大帐篷！真是巨大无比。"那顶帐篷如此之大，看上去更像是一座帐篷城。要说有人能拥有一顶真正的豪华帐篷，就是朱尔斯了。

如果有可能的话，这座岛的其余部分近观要比远看时更加充满敌意。很难相信接下来的几天时间里，我们要住在这么个令人生畏的地方。随着我们逐渐靠近，我能看到在富丽宫后面有一片黑色的小房子。而在山顶之上，一堆黑影屹立在大帐篷外。起初我以为那些是人影——一群在等待着我们到达的人。只不过他们看上去有些古怪，全都不可思议地纹丝不动。待我们离近时，我才意识到那些奇怪地竖立着的东西似乎是墓碑。而那些看似球形的大脑袋其实是十字架，凯尔特风的圆形十字架。

"他们在那儿！"查理说道，同时挥了挥手。

现在我也看见了码头上正在挥手的那群人。我用手指梳理了一下头发，尽管长期的经验告诉我，这么做很可能会把它们弄得更乱。我期望能给我一瓶水，让我喝一大口，帮我去去嘴里的酸味。

随着距离岸边越来越近，我看他们也能看得更清楚一些了。我看见了朱尔斯，而且即便离得这么远，我也能看出她的纤尘不染：她是唯一一个能够在这种地方身穿一袭白衣还不会马上弄脏的人。在朱尔斯和威尔身边站着两个女人，我只能认为她们一定是朱尔斯的家人——因为那一头光亮的黑发暴露了她们的身份。

"那是朱尔斯的妈妈。"查理指着年纪较长的女人说道。

"哇哦。"我说。她和我想的完全不一样。她穿着黑色的紧身牛仔裤,一副小的猫眼黑色眼镜向后推到了光亮乌黑的波波头上。她看上去真不像到了有个三十多岁女儿的年纪。

"没错,她有朱尔斯的时候还很年轻。"查理仿佛读懂了我的心思,说道,"而那个肯定是——我的上帝啊!我猜那肯定是奥利维娅。朱尔斯同母异父的小妹妹。"

"她现在看起来也没那么小。"我说。她比朱尔斯和她妈妈都高;身材跟朱尔斯的凹凸有致截然不同。她看上去十分俊秀,相貌迷人,身材骨感,而且肤如凝脂,白到只有配上像她那一头黑发才真正好看的地步。她在牛仔裤里的双腿看起来好似用木炭画出来的两条细长线。天哪,这样的两条腿可真是让我梦寐以求。

"我真不敢相信她都这么大了。"查理说。他此时是在低语,我们离他们很近,他们或许可以听到我们说话。他的声音听起来有些惊慌失措。

"她是那个曾经迷恋上你的人吗?"我从依稀记得的某段与朱尔斯的谈话当中挖出了这个事实,问道。

"是啊,"他咧着嘴苦笑了一下,说道,"我的天,朱尔斯以前还总拿这事取笑我呢。那真是相当尴尬。挺好笑的事,但也很让人尴尬。她总是找各种借口过来跟我说话,还用那种十三岁小孩子能做出来的令人不安的挑逗方式在我身边晃悠。"

我看着码头上那个美丽的身影心想——我打赌他现在就不会那么尴尬了。

马蒂在我们身边突然开始忙活起来,他在船的一侧放上护舷,并且准备了一根绳子。

查理上前一步:"我来帮忙——"

马蒂挥手示意让他躲开，我怀疑查理有点儿被这个动作惹怒了。

"扔到这儿来！"威尔在码头上大步朝我们的方向走来。电视上的他英俊潇洒。而见到本人再一看，他……嗯，简直是帅气逼人。"我来帮你！"他冲马蒂喊道。

马蒂扔给他一条绳子，威尔轻车熟路地在半空中接住，露出了一部分粗线针织毛衣下的腹肌。不知是不是出于想象，我觉得查理在我身边有点儿恼火。驾船本是他擅长的事：他年轻时是个帆船教练。不过眼下看来似乎所有跟户外有关的事都是威尔拿手的。

"欢迎二位！"他咧嘴一笑，向我伸过来一只手。"用拉一把吗？"我其实不需要，但无论如何我还是接受了。他从腋下抓住我，一把把我提过了一侧的船舷，仿佛我轻得就像个孩子。我闻到了某种淡淡的男性香水的味道——是苔藓和松木——同时也沮丧地意识到我自己闻起来是什么味道，就像呕吐物和海草的混合。

我已经知道了，他在现实生活中也这样，那种魅力，那种吸引力。在看他真人秀的那阵子，我读过一些关于他的文章——因为很显然，我不得不开始用谷歌去搜索能找到的关于他的一切——其中一篇文章里，撰稿记者开玩笑说她基本上就是盯着节目看，因为她没法把眼睛从威尔身上移开。许多人变得义愤填膺，声称这是一种物化，假如同样的文章出自男记者之手，那他会被活烤了的。不过我敢打赌，真人秀的公关团队已经在开香槟庆祝了。

其实，我能明白她是什么意思。有很多镜头都是威尔裸着上身，或者哼哧哼哧地在岩壁上往上爬，看着总是令人难以置信地充满魅力。然而还不止这些。他能以一种独特的方式面对镜头说话，一种很亲密的感觉，让你觉得你或许可以在他用树枝和树皮搭建的临时庇护所里，躺在他的身边，在他头灯的光线中眨眼睛。那是种十分友善的孤独感，荒野之中只有你和他。是一种诱惑。

查理朝威尔伸出了一只手。"噢，怎么搞的啊？"威尔说着就要给查理一个大大的拥抱，却并未理会他伸出的手。从这里我能看出查理的后背都绷紧了。

"威尔。"查理立刻一步躲开，唐突地一点头说道。在威尔如此热情的情况下，这差不多可以算得上是粗鲁了。

"查理！"此时朱尔斯走上前来，伸出了双臂。"好久不见。天哪，我都想你了。"

朱尔斯，查理生命中的另一个女人。他生命中最重要的女人——直到我出现之前都是。他们相拥良久。

最终，我们跟随着朱尔斯和威尔朝着海角之上的富丽宫走去。威尔告诉我们它最初是作为海防工事建造的，一个世纪以前，被某个富有的爱尔兰人改造成了度假别墅：一个你可以退避其中，招待朋友待几天的地方。不过假如你不知道的话，你可能几乎会相信它是座中世纪的建筑。那上面有一个小的塔楼，较大的窗户之间还有极小的窗户："假箭孔"，查理说道——他对于城堡相当热衷。

我们在半路看到一座小教堂，或者说小教堂的遗迹隐藏在富丽宫后身。屋顶看起来已经完全不见了，只剩下几面墙和五根高高的柱子——可能曾经是教堂的尖顶——直插天际。窗户是石头上裂开的空洞，整个正面肯定已然倾颓。"那里就是明天将要举行仪式的地方。"朱尔斯说。

"真漂亮，"我说，"还那么浪漫。"所有的一切都是那样恰如其分。我认为这里很漂亮，有一种严酷的美。查理和我是在当地登记处结的婚，那里绝对称不上漂亮：是一间狭小的市政办公室，有点儿破旧，有点儿局促。当然，朱尔斯也在场，不过她穿着时髦，使她看上去有些格格不入。整个过程大约也就用了二十分钟，我们出去的路上还碰到了下一对新人。

不过我并不想在像这座小教堂这样的地方结婚。这里是很漂亮，没错，不过它的美绝对带着一些悲剧色彩，甚至稍微有些令人恐惧。它矗立在那里，仿佛从地面伸出来的扭曲着长长手指的手，高耸入云。围绕它的则是一种阴魂不散的感觉。

我们跟在他们身后时，我看着威尔和朱尔斯。我从来都没把朱尔斯看作一个特别喜欢动手动脚的人，不过她的手可把他浑身上下摸了个遍，就好像她没办法不摸他一样。你能看得出来他们存在亲密关系。而且有很多次。当她的手滑进他牛仔裤的后兜，或者从他T恤衫的里面往上摸时简直让人不忍直视。我打赌查理也注意到了。但我不想提起这些。因为那只会提醒我们注意到我们缺少性生活的事实。我们曾经拥有过非常美好并且大胆的性爱。不过这些天以来，我们一直都处在精疲力竭的状态之中。而且自从有了孩子，我发现我自己也不知道是不是对查理的感觉跟以前不一样了，或者说查理是不是还那么想要我。如今我的两个乳房已经不同于给孩子喂奶之前，肚子上也全都是奇怪的松松垮垮的皮肤。我知道我不该问，因为我的身体已经创造了一个奇迹；事实上，是两个。然而对夫妻二人来说，依然对对方充满渴望是很重要的，不是吗？

在查理和我在一起的这段时间里，朱尔斯从来都没有真正拥有过一段持久的关系。我总觉得她太专注于《下载》这本杂志了，以至于都没有时间做任何正经事。查理喜欢预测他们能持续多久:"三个月,充其量"。或者说"你要是问我的话,这段关系已经过有效期了"之类的。而每当朱尔斯真的跟他们分手以后又总是会给查理打电话。一部分的我很想知道,看见她如今终于安定下来,他会是什么样的感觉。我猜应该并不十分开心吧。我对他们两人的怀疑有要浮出水面的苗头,我还是把它压了回去。

当我们走近那座建筑时,一阵咯咯的大笑声从上面某个地方突然爆发出来。我抬眼一看,看见富丽宫顶上的城垛那儿有一群男人正往下看着我们。笑声中透出一股嘲弄,我猛然意识到我身上衣服以及头发的状态。我相信我们就是他们的笑柄。

奥利维娅
伴娘

再次见到查理让我想起了以前我是怎么跟在他后面闲晃的。其实也就是几年前的事,但那时我还是个孩子。想起从前的我令人有些难为情。不过也让我有几分难过。

我正在找地方,以便躲开他们所有人。我走上那条经过毁弃房屋的小路,这些房屋是当初人们还住在这座岛上的时候遗留下来的。朱尔斯告诉我,岛民之所以放弃他们的家园,是因为他们发现生活在本岛上会更容易些,他们想用上电,想要各种东西。我明白。仅仅是被困在这里的事实就会让人发疯的。即使你想方设法弄到一条船到达了本岛,你离任何地方也都还有十万八千里呢。离你最近的,比如说 H&M,我也不知道,恐怕得有好几百英里远。我一直都觉得妈妈和我住在偏远地区,不过现在我只觉得很庆幸我们没有住在大西洋中部的小岛上。所以,没错,我能明白你们为什么想要离开。不过看看这些有空空如也的窗户、摇摇欲坠外观的废弃房屋,很难不让人觉得这里发生过什么不好的事。

昨天,我在一处海滩上看见了某种东西:那东西是灰色的,比其余的岩石块要大,不知什么缘故,样子看起来却更加光滑、更加柔软。我走近了去看,发现那是一头死去的海豹。我想应该是个幼崽，因为它实在太小了。我慢慢地靠得更近一些，结果吓了我一跳。在另一面，也就是之前我看不到的那一面，海豹的尸体是完全敞开的，内里是暗红色，里面的东西都涌了出来。我无法将这幅画面从我脑海中抹去。从那时开始，这个地方就会让我想到死亡。

我只花了几分钟时间就下到那个洞穴里，富丽宫里的一幅小岛地图上标记着这个洞穴。在地图上，它被称为耳语洞。它就像是地面上长长的一道伤口——两端都是开放的。你有可能在没有意识到的情况下掉进去，因为洞口就藏在茂盛的草丛中。昨天我无意中发现这个洞时就差点儿掉进去。我可能会把脖子摔断。这样就会毁掉朱尔斯完美的婚礼，不是吗？这种想法几乎能让我面露微笑。

洞里一侧的岩石像一段台阶，我沿着它们往下爬。我脑袋里的所有噪音都降低了一个等级，我开始能够更容易地呼吸了，即使这个地方有一股奇怪的气味——像是硫黄，也有可能是什么东西腐烂了。这气味有可能来自四周到处都有的像大黑绳子一般的海草，也可能来自洞壁上斑驳生长着的地衣。

在我前方，是很小的一片砾石海滩，再远处就是大海。我在一块岩石上坐了下来。岩石有些潮湿，不过这整个地方都是潮乎乎的。今天早上我穿衣服的时候就能感觉出来，仿佛衣服被洗过还没有完全干。如果我舔舔嘴唇，还能尝到皮肤上咸咸的味道。

我想过要在这里待上很长时间，甚至在这里过夜。我可以藏在这个地方，直到整个仪式结束，直到一切尘埃落定。当然，朱尔斯会暴跳如雷。尽管……她也有可能是假装生气，但实际上却偷偷松了一口气呢。我认为她根本就不是真心想让我参加她的婚礼。我觉得她恨我是因为妈妈跟我的关系更好，也因为我至少偶尔会想要见见我的爸爸。我知道我就是个婊子。有时候朱尔斯真的会为我做些好事,比如去年夏天她让我待在她伦敦的公寓里。而每当我想起这个感觉就会很糟糕,仿佛嘴里有股令人作呕的味道。

我拿出手机。因为这个地方的垃圾信号,我的 Instagram 被卡在了最顶端的一张照片上。那当然会是埃利最新的帖子。好像他们是在嘲笑我似的。下面的评论是这样的:

> 你们这帮家伙！❤❤❤
> 我的天呐,太太太可爱了。
> 妈妈＋爸爸
> ＃同感❤
> 那我们现在可以假定这是正式的了,是吗？＊眨眼睛＊

依然扎心。我的胸口感到一阵疼痛。我看着他们那些自以为是的微笑脸庞,一部分的我想要用尽全力把手机朝着洞壁扔过去。但那样也没法帮我解决问题。它们都还在我的身边。

我听见洞里传来一阵声音——是脚步声——吓得我差点儿把手机掉在地上。"是谁？"我问道。我的声音听上去又小又害怕。我真心希望别是那个伴郎乔诺。早些时候我碰巧发现他在看着我。

我站起身来,开始紧贴着洞壁往外爬去,手指尖都被附着在洞壁上的成千上万个微小而粗糙的藤壶擦破了。最终我把脑袋探出了岩石壁。

"噢,我的老天！"那个人影向后一个踉跄,手捂住胸口。原来是查理的妻子。"天呐！你吓了我一大跳。我没想到会有人在这下面。"她有着北方口音,很好听。"你是奥利维娅,对不对?我是汉娜,查理的太太。"

"是啊,"我说,"我知道,你好。"

"你在这下面干什么呢?"她迅速回过头扫了一眼,好像在检查有没有人偷听。"想找个地方藏起来吗?我也是。"

冲这个我就断定我有点儿喜欢她。

"噢,"她说,"听起来可能有些糟,是不是?我只是——我猜如果我不在旁边的话,查理和朱尔斯能更好地叙叙旧。你知道,他们俩有好多往事,而那里面不包括我。"

她的话里带着些许厌倦。往事。我有90%的把握查理和朱尔斯在过去的某个时候上过床。我不知道汉娜有没有想过这件事。

汉娜在一块岩架上坐了下来。我也同样坐下来,因为是我先来的。我其实希望她能够理解我的暗示,让我一个人待着。我从口袋里拿出我那包香烟,从里面倒出一根,然后等着看汉娜会不会说些什么。她什么也没说。于是我再进一步,我想这也是在试试她,我给了她一根,同时递上了我的打火机。

她一副愁眉苦脸的样子。"我不该抽的,"她说,接着又叹了口气,"可为什么不抽呢?咱们在这儿有了如此的精神交汇——我现在都开始浑身发抖了。"随后举起一只手来给我看。

她点上烟,深深吸了一口,再次长叹一声。我能看出来她有点儿晕。"喔。这玩意儿直接上头啊。好长时间没抽了。我怀孕以后戒的。不过我逛夜店那会儿抽得很多。"她看了我一眼,"是啊,我明白——你在想那肯定是八百年前的事了。一定是这种感觉。"

我感到有些内疚,因为我刚才就是这么想的。不过从更近的距离看她,我能看到她一边的耳朵上打了四个耳洞,在手腕内侧有一处文身半掩在袖子里。也许她还有另外一面。

她又深吸了一口。"天呐,这烟真棒。我戒掉它们的时候就想,我最终会对这种味道失去兴趣的,或者不会再去想念它。"她发自内心地朗声大笑起来,"是啊。终究没有实现。"说完便吐出了四个完美的烟圈。

这给我留下了深刻的印象。卡勒姆以前也尝试过,但从来都不得要领。

"你在上大学,对吗?"她问道。

"是啊。"我说。

"哪个学校?"

"埃克塞特。"

"那学校不错,对不对?"

"对,"我说,"我觉得是。"

"我没上过,"汉娜说,"我们家没人上大学,"她咳嗽了一声,"除了我姐姐艾丽斯。"

对此我不知该说些什么。我真的不知道有谁没上过大学。就连妈妈都上过表演学校。

"艾丽斯一直都是聪明的那个,"汉娜接着说道,"我则是比较野的那个,信不信由你。我们两个人上的都是同一所差学校,但艾丽斯从那儿出来的时候成绩惊人。"她弹了弹香烟上的烟灰,"不好意思,我知道我有点儿絮叨。此时此刻,我心里一直在想着她。"

我注意到她脸上的表情变了。不过鉴于我们两个人素不相识,我觉得我也没法问她怎么回事。

"无论如何,"汉娜说,"你喜欢埃克塞特吗?"

"我不在那儿了,"我说,"退学了。"我也不知道为什么要说这个。其实，附和她、假装我还在那儿应该简单得多。然而我突然不想对她撒谎。

汉娜皱了皱眉。"哦，是吗？你不喜欢上学了？"

"不喜欢，"我说，"我想……我交了个男朋友。而他又跟我分手了。"哇，听起来好无力的说辞。

"他肯定是个混账东西，"汉娜说，"如果你离开大学是因为他的话。"

一想起去年发生的桩桩件件，我的头脑就会发热，变成一片空白，我没办法认真思考，也没办法在脑子里把它们都理清。没有一件事说得通，尤其是现在试图把它们都拼在一起的时候。我觉得如果不把来龙去脉都告诉她的话，我没法解释清楚。所以我耸耸肩，说道，"嗯，我想他是我第一个正经的男朋友。"

正经指的是跟在私人聚会时勾搭上的人相比。不过这话我没跟汉娜说。

"而且你爱他。"她说。

她这句话并不像是问问题，所以我觉得也不必非要回答。不过我依然点点头。"是啊。"我说。我的声音非常小，还很嘶哑。我并不相信一见钟情，直到我在迎新周时在吧台对面看见卡勒姆，这个男孩有着黑色的卷发和漂亮的蓝眼睛。他慢悠悠地冲我微微一笑，就好像我认识他似的。仿佛我们一直以来都想要走到一起，要找到彼此一样。

是卡勒姆先表白的。我太害怕自己做傻事出洋相了。不过最终我觉得我还是不得不说出同样的话，似乎那是从我心中迸发出来的。当他和我分手的时候，他告诉我他会永远爱我。但这话就是一坨屎。如果你真的爱一个人，你不会做任何伤害他的事。

"我退学并不仅仅是因为他跟我分手了，"我随即说道，

"是……"我狠狠抽了一口烟,我的双手在颤抖,"我猜如果卡勒姆没跟我分手的话,其他的事一件都不会发生。"

"其他的事?"汉娜问道。她往前坐了坐,很感兴趣。

我没有回答。我正试着想个办法继续说下去,不过却找不到合适的词句。她没有逼我。所以我们陷入了一段长长的沉默,我们两个人就坐在那里,抽着烟。

"该死!"汉娜随后突然说道,"是我的错觉,还是咱们坐在这儿的这段时间里天色暗了很多呢?"

"我想太阳已经开始落山了。"我说。因为我们并没有面对着正确的方向,所以从我们这里看不到太阳,不过从漫天粉红色霞光中也能够推断出来。

"噢,天啊,"汉娜说,"咱们该回富丽宫去了。查理做任何事都讨厌迟到。他真是个老师。我想我还能再躲上个十分钟,不过——"她此时已经掐灭了她的烟。

"你去吧,"我说,"我没事。没什么大不了的。"

她斜眼看了我一眼。"听起来像有事。"

"没有,"我说,"真的没有。"

我无法相信我距离对她和盘托出竟然已如此之近。我还没告诉过任何人这件事,连我的朋友们也没有。这是种解脱,真的。假如我告诉了她,说出去的话可是收不回来的。我做过的事就将大白于天下了。

奥伊弗
婚礼统筹人

　　七点整。餐厅里摆好了晚餐的桌子。弗雷迪已经把晚餐盖起来了,这也就意味着这半小时是自由的。我决定去一趟墓地。花需要换新,而明天我们会忙得四脚朝天。

　　当我走到屋外时,太阳刚刚开始西沉,把一片火红洒在水面上。夕阳把沼泽上开始聚集的薄雾染成了粉红色,这片薄雾保守着沼泽的秘密。这是我最喜欢的时光。

　　迎宾员们坐在高高的城垛上;我离开富丽宫时能听到他们的声音飘落下来——声音很大,比之前稍微有些含混不清,我敢打赌,这是健力士的功劳。

　　"必须大张旗鼓地把他们轰走。"

　　"对啊,咱们得做些什么。只能是传统的……"

　　我有点儿想留下来听听,以便确保他们别在我眼皮子底下出什么幺蛾子。不过听上去应该不会有什么麻烦。而我只有这短短的一段时间是留给自己的。

　　小岛今晚在夕阳的映照下看起来格外美丽。不过也许永远都不会如我记忆中儿时来这里旅行时那般漂亮。我们一家四口到这里过暑假。没有哪个地方能够配得上那段美好的时光。但那是对你,对那份童年记忆所蕴含的无法抗拒的力量的怀念,那记忆给人的感觉是那么珍贵、那么完美。

我到墓地时听到一阵飒飒声响,那是微风在石碑之间穿行扰动的开始。这或许是明天天气的预兆。有时候,当风真的刮起来,它似乎会从这里带上几个世纪以前女人们演奏挽歌①时的回响,带上她们为亡魂的恸哭哀号。

这里的坟墓相互之间挨得异乎寻常近,这是因为岛上真正的旱地非常紧俏。即使这样,沼泽也已经开始了对墓地边缘的蚕食,有几个坟墓被吞没到只剩最顶上的几英寸。其中一些石碑已经移得更近了,彼此靠拢,仿佛是在分享什么秘密。上面那些仍能看见的名字都是些康尼马拉常见的名字:乔伊丝,弗利,凯利,康尼利。

当你想到即使现在一部分客人已经来了,这个岛上的死人数目依然远远超过活人时就会觉得有些奇怪。等到明天,这个平衡应该会恢复吧。

跟这座岛有关的本地迷信有一大堆。弗雷迪和我在大约一年以前买下富丽宫时,并没有其他的出价人。岛民们向来都不受信任,被看成一个被分离出去的物种。

我知道本岛上的人把弗雷迪和我当作外人。我就是个从都柏林来的油滑专断的"城里人",而弗雷迪则是个英国人,我们是一对不怎么明事理、很可能贪多嚼不烂,还对鸬鹚岛的黑暗历史以及岛上幽灵都不了解的夫妻。实际上,我对这个地方的了解比他们认为的要多。从某些方面来讲,这个地方于我而言,比我这辈子了解的其他任何地方都更熟悉。而且我并不担心它闹鬼。我有自己的幽灵。无论走到哪儿,我都会带着它们。

---

① 此处挽歌为 caoineadh,源自爱尔兰盖尔语。

"我想你了。"我一边蹲下来一边说道。石碑回视着我,空无一物,悄无声息。我用指尖触摸着它。它粗糙,冰冷且十分坚硬——与我能清晰回想起的脸颊的温暖,或者柔软而富有弹性的头发相去甚远。"但我希望你能以我为荣。"每次我在这里蹲下来,都会产生同样的感觉:那股熟悉却又于事无补的愤怒在我心中升起,之后便把它苦涩的味道留在了我的嘴里。

随后我听到一阵咯咯声从我头顶上方的某处传来,就好像是在嘲笑我说的话。无论已经听见过多少次,这声音依然总能让我毛骨悚然。我抬起头,看见它就在那儿:一只大鸬鹚栖身于已然荒废的小教堂的最高处,它弯曲的黑色翅膀张开着,就像一把晾干的破伞。教堂尖顶上的鸬鹚:这是个不祥之兆。这里的人们管它叫魔鬼之鸟。卡莱赫·霍夫,黑巫婆,带来死亡的人。希望新娘和新郎不知道这个吧……或者他们别是那种迷信的人。

我拍了拍手,但那只动物并没有动。相反,它缓缓地转过头去,使我能够看到它完整的侧影,看到它嘴的冷酷外形。而且我明白它也在用它一侧闪着微光的炯炯有神的眼睛看着我,仿佛它知道什么我不知道的事。

回到富丽宫,我端着一托盘的香槟杯子去餐厅,为今晚他们喝酒做准备。我打开门时,看到有两个人正坐在沙发上。我花了一点儿时间才意识到那是新娘和另一个男人:马蒂用船带来的那对夫妻中的那个。他们两个人坐得非常近,手碰着手,低声说着话。他们并没有因为注意到我进来就马上分开,不过他们相互间也确实挪开了几英寸。同时,新娘把她的手从男人的膝盖上拿走了。

"奥伊弗，"新娘大声叫道，"这位是查理。"

我想起名单上有他的名字。"我想您是咱们明天的司仪吧？"我问道。

他咳嗽了一声。"对，是我。"

"没错了，您夫人是汉娜，对不对？"

"是啊，"他说，"好记性！"

"我们刚刚正在梳理查理明天的职责。"新娘告诉我说。

"当然，"我说，"非常好。"我纳闷她为什么觉得有必要向我解释些什么。他们俩一起坐在沙发上时看起来非常惬意，然而我可不是到这儿来对我的顾客们做道德评判，甚至表现好恶或者品头论足的。如果一切进行顺利，弗雷迪和我应该完全消失在背景中才对。只有出了问题时我们才会站出来，而我会小心确保不出岔子。新娘和新郎以及他们的至亲至爱应该感觉这个地方是属于他们的，他们才是这里的主人。我们在这里只是为了使一切变得更容易，以保证整个周末平稳度过。但要完成这个任务，我还不能完全处于被动状态。这便是我这个角色身上那种奇怪的紧张感。我不得不用眼睛紧盯着他们所有人，当心任何危险的滋长。我必须试着保持领先一步。

现在
新婚之夜

尖叫声在已经终止之后依然在空气中回荡，像一个被打碎的玻璃杯。叫声过后，客人们惊呆了。他们所有人都看向主帐篷外面，看向那传来叫声的咆哮的黑暗之中。灯光忽明忽暗，预示着又一次熄灭。

接着，一个姑娘跌跌撞撞地进了主帐篷。她身上的白衬衫表明她是个女服务员。但她的脸看上去却像一头野兽，眼睛又大又黑，头发乱糟糟的一团。她站在他们的面前，目不转睛。她似乎没有眨眼。

最终，一个并非宾客中一员的女人朝她走了过去。她是婚礼统筹人。"怎么了？"她轻声问道，"出什么事了？"

姑娘并未回答。宾客们能听到的似乎只有她的呼吸声。那呼吸声也有几分像是动物：既粗重又嘶哑。

婚礼统筹人向她迈了一步，试探性地把手搭在了她的肩膀上。姑娘没有反应。宾客们个个呆若木鸡，定在原地一动不动。其中一些人依稀想起早些时候见过她。她是那许多个微笑着递给他们头盘、主菜和餐后甜点的人里面的一个。她清理他们的餐盘，熟练地斟满他们的红酒杯，她红色的马尾辫随着她的每一步漂亮地摆动，她的衬衫洁白挺括。他们中的一些人回想起了她温婉如唱腔般的口音：用她帮他们续满酒吗，用她帮他们再拿些别的吗？除此之外，她就像是家具的一部分，是当下运转顺畅的机械装置的一部分，因为也实在没有更好的表达方式了。说真的，她还比不上别致的绿植布置以及银质烛台顶端摇摆不定的火焰那样值得给予些适当关注。

"发生什么事了？"婚礼统筹人再次问道。她的语气依然充满同情，不过这一次里面又多了些坚定，多了种权威的意味。女服务员已经开始浑身颤抖，抖得令她看起来给人感觉像是痉挛发作一般。婚礼统筹人又把一只手搭在了她的肩膀上，仿佛要使她平静下来。那姑娘用一只手捂住了嘴，似乎有那么一刻她想要呕吐。接着，她终于开口说话了。

"在外面。"这声音刺耳得不像出自人类之口。

客人们都伸长了脖子在听。

她发出了一声低沉的呻吟。

"说下去。"婚礼统筹人平心静气地说道。这次她轻轻晃了晃那姑娘。"说下去。有我在这儿呢，我想帮助你——我们都想。没任何问题，你在这儿很安全。告诉我发生了什么。"

最后，那姑娘用她刺耳的可怕声音再次说道："在外面。有好多血。"随后，刚好在瘫倒之前，她说，"有一具尸体。"

前一天
汉娜
陪同来宾

　　我咬住一块纸巾，以吸干我抹的口红。在这个地方似乎值得抹点儿口红。我们的房间非常大，顶得上我们家中两间卧室。所有细节都让人难以忘怀：放着一瓶昂贵白葡萄酒的冰桶，两个玻璃杯；高高的天花板上的古典吊灯；可以望向大海的大窗户。我不能离窗户太近，否则我会晕的，因为如果直接向下看，你会看到下方的海浪拍击着岩石，还有一小条潮湿的沙滩。

　　今晚，夕阳的余晖把整个房间染成了玫瑰金色。在做准备时，我喝了一大杯酒，酒的味道非常可口。空腹喝下的酒，再加上之前跟奥利维娅一起抽的烟，让我已经觉得有点儿晕乎乎了。

　　在洞里抽烟很有意思——那感觉就像是唤醒了过往的记忆。它鼓舞了我，让我想这个周末再去试试。我这一整个月都感到不安和悲伤：现在有个机会可以让我摆脱一点点了。于是我把自己塞进了一件 & Other Stories 的童装黑色丝质连衣裙里；穿上它我一直感觉都很好。我把头发吹干捋顺。哪怕一接触到外面潮湿的空气它们就又变成一大团卷毛，像灰姑娘的南瓜车一般，这份努力也值得。我还以为查理会等着我，结果相反，他只是在几分钟前自己回了房间一趟，所以我又有时间来刷刷牙，去去身上所有的烟味了,感觉自己像是个淘气的十几岁小姑娘。可我还是有些希望查理也在这儿。我们可以在那个爪足浴缸里洗个鸳鸯浴。

自从我们下了船,我几乎就没怎么见过查理,事实上:他和朱尔斯在傍晚时分一直都亲密地待在一起,详细讨论他作为婚礼司仪的职责。"抱歉,汉,"他回来的时候说,"朱尔斯想要把明天所有的事都仔细捋一遍。但愿你没觉得被抛弃了吧?"

现在,当我从浴室出来的时候,他用欣赏的眼光上下打量了我一遍。"你看起来——"他抬了抬眉毛,"很性感。"

"谢谢。"说着我轻轻一晃身子。我觉得自己很性感;我已经有一段时间没这么全力以赴了。而且我也知道,我不该介意自己已经记不起来他上次说这话是什么时候了。

我们跟其他人一起聚在客厅里喝酒。这间屋子的布置跟我们的房间差不多:古老的砖石地板,竖立着很多根蜡烛的枝形大烛台,墙上装着巨大的、闪闪发光的鱼的玻璃箱子——我觉得那些鱼可能是真的。不过我想知道究竟是怎么把一条鱼做成标本的。长方形的小窗户呈现出蓝色的暮光,外面的一切现在都拥有了一种朦胧的、超凡脱俗的特质。

烛光映照下的朱尔斯和威尔站在那里,被一群客人围在中间。威尔似乎正在讲某件趣闻逸事;其他人全都在听他说些什么,不错过他说的每个字。我注意到他和朱尔斯一直手拉着手,好像他们无法忍受触碰不到对方似的。他们在一起看上去是那么优秀,身材难以置信地高挑,气质如此优雅,她穿着定制的奶油色连衣裤,而他则穿着深色裤子,一件白色衬衫使得他晒黑了的皮肤显得更加黝黑。我本来还自我感觉良好,但现在一比才感觉到我自己的这身衣服实在相形见绌:于我而言,&Other Stories是一种疯狂的奢侈,但我确信朱尔斯是几乎不会冒险去逛高街上的连锁店的。

我最终静静地站到了离威尔近在咫尺的地方,这也不完全是偶然——我似乎是被他吸引过去的。能够离一个你在电视屏幕上看到的人如此之近,这是个令人陶醉的体验,是那种既熟悉又陌生的感觉。距离这么近,我的皮肤都能感受到微微刺痛。当我走过去时,我意识到在回去继续结束他的逸闻趣事之前,他的目光扫过我的脸,然后迅速上下打量了我一遍。也就是说,我现在看起来很不错。一阵带有罪恶感的激动袭遍全身。自从有了孩子这些年以来——大概因为我总是跟孩子们待在一起——很显然,男人们对我都是视而不见的。当我不再感受到男人的目光,我才明白我以前一直视它们为理所当然,而我也乐此不疲。

"汉娜,"威尔转向我,带着他那出了名的大方的微笑对我说道,"你看上去美极了。"

"谢谢。"我喝了一大口香槟,觉得很性感,又稍有几分鲁莽。

"在码头上时我本来想问——咱们在订婚酒宴上见过吗?"

"没见过,"我抱歉地说道,"很遗憾,我们没法从布莱顿赶过去。"

"那也许我是在朱尔斯的哪张相片里看见过你。你看起来很眼熟。"

"也许吧。"我说。但我觉得不可能。我无法想象朱尔斯会拿出一张包括我的照片来展示;她有一大堆只有她和查理的照片。不过我明白威尔在做什么:他想让我感到宾至如归,成为大伙儿中的一员。我很感激他这种好意。"你知道吗,"我说,"我想我对你也有同样的感觉。我以前在哪儿见过你吗?你知道⋯⋯比如说在我的电视上?"

尽管有点儿俗,但威尔还是笑了,声音柔美低沉,我觉得自己仿佛刚刚赢得了什么似的。"罪过!"他说着举起了双手。他一抬手,我就又闻到了那种古龙香水的味道:苔藓和松木,由高档百货公司香水厅里发出来的森林地面的味道。他问起了我孩子们的情况,还有关于布莱顿的事。他似乎对我所说的话都入迷了。他是那种能让你觉得自己比平时更诙谐也更迷人的人之一。我意识到我玩得很开心,很享受这杯可口的冰镇香槟。

"现在,"他说,同时手掌放在我的后背上有如一个温和的提示,那股暖意穿透了我的礼服,"我来给你介绍几个人吧。这位是乔治娜。"

乔治娜纤瘦时髦,穿着一件紫红色丝质筒状礼服,给了我冷冷的一笑。她不太能调动脸上的肌肉,而我则尽量不盯着她看——我也不确定在现实生活中我是否曾经见过用过肉毒素的脸。"你去参加单身派对了吗?"她问,"我不记得了。"

"我不得已错过了,"我说,"因为孩子们……"这话有一部分是实情。不过那是在伊比沙岛上一个瑜伽静修所举办的,而我永远都不可能负担得起也是事实。

"你并没有错过太多。"一个男人——身材苗条,头发深红——突然加入了谈话。"只不过是一群婊子吃饱了撑的就着一瓶瓶天使之音闲聊天。天呐,"他说着先是上下打量了我一下,随后便低下头来要吻我的脸颊,"你可真够漂亮的!"

"呃——谢谢。"他的微笑表明他是出于好意,不过我还是不能完全相信这是一句恭维。

显然,这个男人就是邓肯,而他和乔治娜是两口子。他也是迎宾员中的一个,跟他一样的还有另外三个家伙。彼得——留着大背头,一副不务正业的样子。奥卢瓦费米,也可以叫他费米——高个子黑人,真的很帅。安格斯——与鲍里斯·约翰逊一样的金发和跟他差不多的大腹便便。不过以一种有趣的眼光来看的话,他们全都非常相似。都是一身挺括的白衬衫配上条纹领带,擦得锃亮的布洛克鞋以及定制的夹克,这些绝对跟查理从Next买回来的不一样。查理专门为这个周末去Next买了衣服,我希望两相比较之下,他不会觉得太尴尬。不过至少在那个伴郎乔诺身边,他看起来还是显得挺衣冠楚楚的,而那个伴郎则无论他的块头如何,总会让我想到一个身穿从学校失物招领橱柜里拿来的衣服的孩子。

乍一看,这些男人个个都魅力十足。不过我记得我们在走向富丽宫时从塔上传来的那阵笑声。而即便是现在,在这种魅力之下也必定潜藏着一股暗流。那幸灾乐祸的笑,那扬起的眉毛,就好像他们在拿什么人开玩笑似的——或许就是我呢。

我走过去想跟奥利维娅聊聊天,她穿着一身灰色礼服,看起来十分优雅。感觉上我们早些时候在洞里已经建立了一点点亲密的联系,不过此刻,她在回应我时都只是只言片语,同时还会把目光移开。

有好几次我的目光都会越过她的肩头与威尔的目光相撞。我认为这不是我的错:有时候,我会有一种他的目光在我身上停留了一段时间的印象。按理说不应该,但又确实令人兴奋。它会让我想起——我知道这么说完全不合适——但它的确会让我想起那种感觉,那种当你开始怀疑让你感兴趣的人其实也喜欢你的感觉。

我让自己从这种思绪中抽身出来。面对现实吧,汉娜。你是个已婚母亲,有两个孩子,你的丈夫就在那边,你正在与一个即将与你丈夫最好的朋友结婚的男人说话，那个最好的朋友站在那儿，看上去就像是莫妮卡·贝鲁奇，只是衣着更漂亮。或许该少喝点儿香槟。我一直在不停地喝。一部分是因为身边有这么多人围着有些紧张。但这同时也是种自由的感觉。稍后不会在保姆面前出丑，早上也没有让你为了他们不得不醒过来的小祖宗。打扮得漂漂亮亮，同时还只有其他成年人陪在身旁，酒可以敞开了喝，不必负任何责任，这种事会给人带来些非比寻常的感觉。

"这食物的味道可真香，"我说，"谁做的？"

"奥伊弗和弗雷迪，"朱尔斯说，"他们拥有这幢富丽宫。奥伊弗还是我们的婚礼统筹人。我会在晚餐时介绍大家认识。而弗雷迪明天还会为我们承办酒席。"

"我看得出来那将会非常可口的，"我说，"上帝啊，我都饿了。"

"嗯，你的胃都彻底空了，"查理说道，"在船上全都清干净了，是不是？"

"吐啦？"邓肯高兴地问道，"喂鱼啦？"

我冷冷地瞥了查理一眼。我感觉他刚刚破坏了今晚我所做出的一些努力取得的成果。我觉得他是为了搞笑才这么做的，他在试图拿我当笑料。我发誓他连说话都换了种声音——更像个上流社会的人——但我知道，假如我戳破他的话，他会假装完全不明白我在说什么。

"不管怎么说，"我说，"这也算是让我换换口味，吃点儿好的，不用总吃鸡块了，不然我带着孩子们，似乎每隔一天晚上到最后都得打扫这个。"

"现在你们知道在布莱顿有什么好吃的馆子吗？"朱尔斯问道，她的言谈举止中总要把布莱顿当成偏远的乡下。

"知道啊，"我说，"有——"

"只不过我们从来都不去。"查理说。

"不是这样的，"我说，"我们去过那家新开的意大利餐馆……"

"那儿现在也不新了，"查理反驳道，"那都是差不多一年以前的事了。"

他是对的。除了那次，我也想不起来我们最后一次还出去到哪儿吃过饭。钱有点儿紧，除了吃顿饭之外你还不得不把保姆的花费也加上。不过我真希望他没说刚才那句话。

乔诺想要把查理的香槟斟满，查理马上把手盖在杯子上。"不用了，谢谢。"

"哦，再来点儿吧，哥们儿，"乔诺说，"婚礼前夜啊。必须放纵。"

"来点儿！"邓肯斥责道，"这不过是香槟而已，又不是可卡因。还是说你打算告诉我们你怀孕啦？"

其他几个迎宾员都在窃笑。

"不用了，"查理再次说道，毫不松口，"今晚我要放松一下。"我听得出来他说这话时有点儿尴尬。不过我很高兴他在这个关头并没有忘乎所以。

"那查理老弟，"乔诺说，"告诉我们，你们俩是怎么认识的？"

我一开始想他指的是查理和我。随后我意识到他在查理和朱尔斯之间看来看去。好吧。

"在很久很久以前……"朱尔斯说。她和查理十分默契地相互挑了挑眉毛。

"我教她驾驶帆船，"查理说，"我住在康沃尔。那是我的暑期工作。"

"而我老爸在那儿有一栋房子，"朱尔斯说，"我希望如果我学会了的话，他会带着我跟他一起乘着他的船出海。但事实证明，带着十六岁的女儿沿着南海岸航行和到圣特罗佩跟新交的女朋友在船头上沐日光浴并不完全一样。"这话说出来比我想象中她可能想要表现出来的还要苦涩。"无论如何，"她说，"查理是我的教练。"她看着他，"我曾经特别迷恋他。"

查理对她回以微笑。我跟着其他人一起笑了，但我其实并不觉得可笑。这已经不是我第一次听这个故事了。这就像是他们一起进行的一场双人表演。一个本地男孩和一个上流社会女孩的故事。尽管如此，当朱尔斯继续讲下去时，我还是觉得胃和肠子都搅在了一起。

"你那时主要关心的是在上大学之前要想方设法跟尽可能多你那个年纪的女孩子睡觉。"朱尔斯对查理说道。她突然间像是只对他说话一样。"不过似乎对你来说还挺好使的。那种永恒持久的黝黑皮肤和你当时的身材大概帮助你——"

"是啊，"查理说，"我这辈子最好的身材。干这份工作就像拥有了健身房会员一样，每天在水上锻炼。可惜，教十五岁孩子地理就没法变得那么线条分明。"

"咱们现在再看看那些腹肌吧。"邓肯说着便探过身子来，一把抓住了查理衬衫的下摆。他掀起衬衫，露出了几英寸又白又软的肚子。查理退后一步，脸涨得通红，把衬衫重新掖好。

"而且他当时看起来是那么成熟。"朱尔斯并未理会别人的打断，继续说道。她摸着查理的胳膊，就像查理为她所有似的。"在你十六岁的时候，十八岁似乎都嫌太老了。我那时很害羞。"

"难以置信。"乔诺咕哝道。

朱尔斯没理他。"不过我从一开始就知道,你认为我是个自命不凡的公主。"

"有可能是对的。"查理恢复了常态,扬了扬眉毛,说道。

朱尔斯用自己杯子里的香槟轻弹了他一下。"嘿!"

他们这是在调情。没有别的词可以形容了。

"但其实不对,到最后我意识到实际上你非常酷,"他说,"也发现了你那种特别的幽默感。"

"然后我想我们就一直保持联系了。"朱尔斯说。

"手机那时已经开始成为一种潮流。"查理说。

"到了第二年,你又变成了比较害羞的那一个,"朱尔斯说,"我终于有一点胸部了。我还记得当我沿着码头走下去时,看见你第一眼都没敢认我的样子。"

我喝了一大口手中的香槟酒,提醒自己他们那会儿还是十几岁的孩子。而我正在嫉妒的则是一个已经不复存在的十七岁少年。

"对,而且你还有了那个男朋友,其他什么也都有了,"查理说,"他可不是我的超级粉丝。"

"是啊,"朱尔斯带着神秘的微笑说道,"可他没坚持太久。他醋劲太大了。"

"那你们俩干过吗?"乔诺问道。就这么直白:这种问题我可永远都问不出口。

迎宾员们都很高兴。"这他都问!"他们叫道,"我的天哪!"他们挤了过来,兴奋不已,还有些幸灾乐祸,圈子围得越来越紧了。或许这就是为什么突然之间我感到呼吸都变得更加困难的原因吧。

"乔诺!"朱尔斯说,"你干什么啊?这可是我的婚礼!"但她并没有说他们没干过。

我不能去看查理。我不想知道答案。

随后，一声巨响打断了这一切，谢天谢地。原来是邓肯打开了他手里的那瓶香槟。

"天呐，邓肯，"费米说，"你差点儿把我眼珠子崩出来！"

"你们这帮人互相之间都是怎么认识的啊？"我很想利用这个小插曲，便问乔诺道。

"啊，"乔诺说，"我们都认识好多年了。"他伸出一只手搭在威尔肩膀上，而这个姿态使他和威尔以某种方式与其他人分隔开来。在他身边，威尔看起来显得愈发英俊。他们两人就像粉笔与奶酪一样有着天壤之别。而乔诺的眼睛看上去有些古怪。我费了些功夫想弄清楚它们究竟有什么别扭的地方。是挨得太近了吗？还是太小了？

"是的，"威尔说，"我们是一起上的学。"我很惊讶。其他几个人身上还都有几分寄宿学校男生的风范，可乔诺看着就粗鲁多了——他没有那种发音清晰的上流社会口音。

"在特里维廉，"费米说，"就像那本写所有男孩都上了一座荒岛，然后自相残杀的书，叫什么来着——"

"《蝇王》。"查理说道，语气中夹带着一丝不易察觉的优越感。那意思是说，或许我上的是公立学校，但我书读得比你们好。

"没有那么糟，"威尔马上说道，"要说起来也就是……男孩子们有点儿肆意妄为。"

"本性难移嘛！"邓肯插嘴道，"我说得对吗，乔诺？"

"没错。本性难移。"乔诺随声附和道。

"从那时起我们就是朋友了。"威尔说。他拍了拍乔诺的后背，"我在爱丁堡上大学时，乔诺就经常开着他那辆老爷车过来找我，对不对，乔诺？"

"对啊，"乔诺说道，"我会带他出来到山里去攀岩和野营。确保他不会变得太柔弱，或者把时间全都花在到处乱搞上。"他假装看起来很后悔的样子，"对不起啊，朱尔斯。"

朱尔斯把头一扭。

"咱们认识的谁也去过爱丁堡来着，汉？"查理问道。我顿时僵住了。他怎么可能忘了是谁呢？接着我看到他意识到了自己的口误，脸上的表情变得很惊恐。

"你们认识的人？"威尔说，"谁啊？"

"她在那儿没待很久，"我马上说，"你知道吗，威尔，我一直都很纳闷。在《幸存之夜》里有一段，就是在北极苔原那段。当时有多冷啊？你真的快要被冻伤了吗？"

"是啊，"威尔说，"这几个手指的指肚都失去感觉了。"他举起一只手朝我伸过来，"有几个手指的指纹都没了。"我眯着眼看过去。在我看来，它们其实并没有什么差别。然而我发现自己说的却是："噢，对啊，我想我能看出来。哇。"听起来就像个迷妹。

查理转向我。"我都不知道你还看过这个节目，"他说，"你什么时候看的？咱们从来没一起看过啊。"哎哟。我想起了那些下午，把孩子们安顿在楼上看CBeebies，而我则在给他们热晚餐时在厨房里用平板电脑看威尔的节目。他看向威尔。"没有冒犯的意思，哥们儿——我真的一直打算追这节目来着。"这不是实情。从他说这话的方式你就能知道这不是实情。他没有做任何尝试来让自己的话听起来更真诚一些。

"没什么冒犯的。"威尔温和地说道。

"噢，"我说，"我从来都没看过完整的。你知道，我……就是看了最精彩的部分。"

"照我看,这位女士申辩得够多的了。"彼得说,他抓住威尔的肩膀,咧开嘴笑道,"威尔,你有了个粉丝!"

威尔对此一笑置之。我却能感觉到一阵火热从脖颈刺入我的双颊。我好希望这里的光线足够暗,让别人没法看到我的大红脸。

真他妈见鬼。我需要更多香槟,于是把杯子伸出去让人给我添酒。

"哥们儿,至少你老婆知道该怎么参加派对。"邓肯对查理说。费米为我倒酒,加到了接近杯沿的位置。"哇哦,"酒到了杯子边缘的时候我说了句,"够多了。"

突然,一声清脆的"丁零"声传来,一小滴液体溅到了我的手腕上。我惊讶地看到有什么东西掉进了我的酒里。

"那是什么?"我迷惑不解地问道。

"看一眼,"邓肯咧嘴一笑,说道,"给你一便士。必须现在就全干了。"我瞪着眼看了看他,又看了看我的杯子。在我斟得满满的杯子底部果然躺着一枚小小的铜币,上面是女王严厉的侧面像。

"邓肯!"乔治娜咯咯笑着说道,"你可太坏了!"

我觉得我从十八岁起就没再被人这么给过一便士。突然间,所有人都在看着我。我看向查理,想征得他的同意,让我不必喝下这杯酒。但他脸上却显现出一种奇怪的恳求表情。这就像是本会对我做出的那种表情一样:妈妈,求求您别在我的朋友面前让我难堪。

真是疯了,我想。我并不是非得喝掉它。我是个三十四岁的女人。我甚至都不认识这些人,他们控制不了我。我不会被强迫去做这种事的——

"干了它……"

"干了它!"

天哪,他们开始一遍一遍地喊了。

"救救女王吧!"

"她快淹死了!"

"干了它干了它干了它。"

我能感到我的脸颊通红。为了让他们的视线从我身上移开,为了让他们停止呼喊,我一口喝了个底朝天。以前我还觉得香槟非常可口,但这么喝可是糟糕透顶,又酸又浓烈,咽到一半时就刺激到我的喉咙,让我直咳嗽,甚至往上冲进了我的鼻子。我觉得有一部分从下唇边溢了出来,而眼泪则涌上了眼眶。我受到了奇耻大辱。好像所有人都已经搞明白了正在发生的事情的规则。所有人,但除了我。

之后,他们开始欢呼喝彩。但我认为他们不是在为我喝彩。他们是在为自己庆贺。我就像一个被人围在操场上霸凌的小孩子。当我往查理所在的方向匆匆一瞥时,只看到了他的畏缩,脸上带着歉意。我倏然间感到孤独无比,只好转过身去,不让其他人看见我的脸。

我才一转过去,就突然看到一个令我毛骨悚然的东西。

有个人在窗户那边,在外面的黑暗中向里面看着我们,静静地观察着。那张脸紧贴着玻璃,容貌扭曲得像是一个可怕的石像鬼面具,牙齿外露,现出一个恐怖的笑容。就在我无法移开视线、继续盯着窗户看的时候,那张嘴用口型说出了一个词——

嘘。

我甚至都不知道香槟杯子从我手中滑落下去,直到它在我脚边摔得粉碎。

现在
新婚之夜

过了一小会儿，女服务员才恢复知觉。看起来她并未受伤，但她在外面看到的东西吓得她几乎说不出话来。他们能从她那里得到的只有低沉的呻吟，连个词都听不出来。

"我让她去富丽宫再多拿几瓶香槟来吧。"女服务员领班——她自己也不过才二十来岁——无能为力地说道。

主帐篷里响起一阵明显的嘘声。宾客们都在人群中寻找着他们所爱的人，查看他们是否还在，是否安全。然而，在激动的人群中想要找到某个人是很难的，更糟的是，经过一天的痛饮狂欢后，大家也都疲惫不堪了。这个顶级主帐篷的结构同样造成了困难：舞池在一个帐篷里，酒吧在另一个帐篷里，而主餐饮区则在最大的帐篷中。

"她可能是被吓着了，"有人这么说，"她就是个十几岁的小姑娘。外面漆黑，还刮着大风。"

"可听起来好像有人需要帮忙，"另一个人说道，"咱们应该去看看——"

"我们不能让所有人都在岛上到处乱转。"他们听见婚礼统筹人在说话。她有一种与生俱来的威信，尽管她看起来面容憔悴、脸色苍白，也像其他人一样震惊。"外面正刮着大风，"她说，

"天也很黑。而且还有沼泽，有悬崖。我不想让其他人也……伤着自己，如果已经发生这种情况了的话。"

"肯定是拿她自己的保险措施蒙自己呢。"有人咕哝道。

"咱们得去看看，"其中一个迎宾员说道，"多来几个。人多点儿也就安全了。"

前一天
朱尔斯
新娘

"爸爸！"我说，"您吓着可怜的汉娜了！"我的意思其实是她那样把杯子摔在地上，这反应也有点儿过激了。她真的非得闹这么一出吗？在奥伊弗拿着扫帚小心翼翼地在我们身边穿行并打扫碎片时，我忍住了自己的不耐烦。

"抱歉。"爸爸进屋的时候冲所有人咧嘴一笑，"我想要吓你们所有人一小跳。"他的口音比平时还要明显，大概因为他是在自己的家乡，或者说差不多是吧。他在戈尔韦的盖尔语区——也就是说爱尔兰语的地区长大的，离这里并不远。爸爸并不是个大块头的男人，但他会想方设法占据一大块地方，摆出一副威风凛凛的姿态：坚实的肩膀，被打破的鼻子。对我来说，要想客观看待他很难，因为他是我爸爸。但我猜外人可能会以为他是个拳击手，或者是什么与拳击手类似的身份，而不会想到他其实是个非常成功的房地产开发商。

塞弗琳，他的新任妻子——法国人，跟我差不了几岁，一份低胸装配三份眼线液——甩动着她长长的红发，跟在他身后偷偷溜了进来。

"好啊。"我对老爸说，没理睬塞弗琳（我才懒得在她身上花很多时间,除非她能通过五年的考验,那也是老爸迄今为止的纪录)。"您终究还是……得逞了。"我已经知道他们差不多这会儿就该到了——我还得让奥伊弗去安排船只。尽管如此我也不知道会不会出现某个借口,或者某种耽搁,从而意味着他们今晚无法如约而至。这也不是第一次了。

我注意到威尔和爸爸在偷偷地相互打量着对方。很奇怪,跟爸爸站在一起,威尔看起来有点儿被削弱,有点儿不像他自己了。看着身穿平整衬衫和斜纹棉布裤的他,我有些担心在爸爸眼里,他可能特别像是从公学毕业的学生,享有特权又油嘴滑舌。

"真没法相信,这是你们俩第一次见面。"我说。不是说我拼命努力过。几个月前,威尔和我专程飞了趟纽约。结果到最后一刻,我们才得知爸爸被叫去欧洲出差了。我想象着我们的飞机在大西洋上空的某个地方交错而过。爸爸是个大忙人,忙得甚至直到女儿婚礼前夜才有工夫见见她的未婚夫。这就是我该死的生活的故事。

"很高兴见到你,罗南。"威尔伸出一只手去,说道。

老爸并未理会这个手势,而是用巴掌拍了拍他的肩膀。"大名鼎鼎的威尔,"他说,"咱们终于见面了。"

"还不怎么出名。"威尔给了老爸一个胜利者的笑容,说道。我直皱眉头。这是个罕见的失策,听起来就像是在以谦逊的方式自夸一样,而我相当确信老爸口中的"大名鼎鼎"指的并不是电视节目那些事。父亲并不是名人的粉丝,并不是任何不靠艰辛努力就成功的人的粉丝。他白手起家,靠自己闯出了一片天。

"而这位肯定是塞弗琳了,"威尔说着伸过头去在她的双颊上各吻了一下,"朱尔斯告诉了我很多关于你的事——还有关于那对双胞胎的。"

不，我可没告诉过他。那对双胞胎，老爸最近的后代，并未受到邀请。

塞弗琳被威尔的魅力融化，忸怩作态地一笑。这似乎不太可能让老爸更喜欢威尔一些。我希望我父亲怎么想对我来说没那么要紧。可我就站在那里，呆若木鸡，看着这两个人在那狭小的空间里相互兜着圈子。真是让人痛苦至极。所以当奥伊弗来告诉我们晚餐即将上桌的时候，这简直成了一种解脱。

奥伊弗是个甚得我心的女人：有条理，有能力，谨言慎行。她身上有种冷静和超然，我想有些人可能不喜欢，但我喜欢。我不愿意让一个人在我付钱请她做事时还假装是我的好朋友。我们第一次通电话时，我就喜欢上奥伊弗了，我有点儿想问问她是否考虑放弃眼前这一切到《下载》杂志来工作。她也许看上去平平无奇，但她有很坚强的一面。

我们一行人漫步到了餐厅。按照计划，我的父母分坐在桌子两端，尽可能保证彼此间的物理距离能多远就多远。我真的不确定从二十世纪九十年代以来他们可曾说过只言片语，而如果这种状态持续下去的话，对于这个周末的和睦融洽可能会更好。与此同时，塞弗琳坐得离爸爸也太近了，就像坐在他腿上一样。啊：她或许差不多就是他一半的年纪，但她好歹也是个三十几岁的人，而不是十几岁的孩子。

今晚，每个人至少看起来都表现得相当不错。我想我们喝下的那几瓶一九九九年的堡林爵大概帮了点儿忙。就连妈妈都变得相当和蔼可亲，泰然自若地扮演着她新娘母亲的角色。作为一个演员，她的演技在真实生活中似乎一直比在舞台上更引人注目。

现在，奥伊弗和她丈夫端着我们的头盘：加了欧芹点缀的奶油杂烩浓汤进来了。"这是奥伊弗和弗雷迪。"我告诉其他人。我并没有说他们是我们的主人,因为其实我才是主人。我付钱得到了这个特权。所以我最终是这么说的:"富丽宫属于他们。"

奥伊弗干净利落地微微一点头。"如果你们需要什么,找我们两个人谁都可以,"她说,"我希望你们大家在这里住得愉快。明天的婚礼也是我们在岛上的第一次,所以它会非常特别。"

"真漂亮,"汉娜彬彬有礼地说道,"而这个看上去很美味。"

"谢谢。"弗雷迪也开口说话了。我这才意识到他是个英国人——以前我还以为他跟奥伊弗一样都是爱尔兰人。

奥伊弗点了点头。"今天早上我们亲手挑的贻贝。"

我们的菜一上完,饭桌边的谈话就又重新开始了,只有奥利维娅例外,她一言不发地坐在那里,盯着她的盘子。

"对布莱顿的回忆可美好了,"妈妈在对汉娜说话,"你知道吗,我去那儿演出过好几次。"噢,我的天哪。用不了多久她就该开始给大家讲那时候她为拍一部艺术电影在银幕上真刀真枪献身的事了(那部电影从来没有解禁过,现在或许在 P 站上吧)。

"哦,"汉娜回应道,"对于没能经常去剧院看演出,我们都还觉得有点儿负罪感。您在哪儿演出?皇家剧院吗?"

"不是的。"妈妈说,她的语气中悄悄混进了一丝傲慢,每次当她被凸显的时候都会如此。"比那个更小而精,更时尚一些。"她的头一甩,"名字叫'魔法灯笼'。就在巷区。你知道那儿吗?"

"呃——不知道,"汉娜说,随后又马上接口道,"不过如我所言,我们实在不是圈子里的人,哪儿都不知道,哪怕那是我们要去的地方也一样。"

汉娜很善良。这也是我所知道的关于她的事之一。那种善良就像是……不由自主从她身上流露出来的一般。我还记得第一次见到汉娜的时候我就想：噢，这就是查理想找的人。一个很好的人，既温柔又热心。而我会让他受不了的。我太容易生气，太让人有紧迫感。他是绝对不会选中我的。

我提醒自己，我已经不再嫉妒汉娜了。查理也许曾经算是帆船俱乐部里的大帅哥，不过现在好汉不提当年勇，原本晒成棕黑色的平坦小腹已经变成了将军肚。而且他也在他那行里安顿下来了。假如我跟那行有任何关联的话，他可能会拼命争取一个副职的位置。没有什么比缺少抱负更不性感的了，对吗？

我望着查理，直到他与我四目相接——我确信是我先移开了目光。而我想知道：现在他是否才是该嫉妒的那个人呢？我看到了他在威尔身边表现出的那种不信任，好像他在试图鸡蛋里面挑骨头似的。我刚才碰巧发现他喝酒时观察我们两个人。而我再一次感受到我们在一起看上去有多好，这一点透过他的眼睛都能想象出来。

"多美好啊，"妈妈正在跟汉娜说话，"五岁正是可爱的年纪。"她在表演感兴趣的时候确实做得很到位。"你那两个怎么样啊，罗南？"她隔着桌子喊道。我想知道这是不是一次有意的怠慢，她的问题里并没有把塞弗琳包括在内。其实——刚才那话算我没说，我并不需要费心去想。尽管我母亲努力想要传达一种放荡不羁的暧昧效果，但她做的事里极少有无意为之的。

"他们挺好的，"老爸说，"谢谢你，阿拉明塔。他们很快就要上幼儿园了，对不对？"他转向塞弗琳。

"是的①，"她说，"我们正在给他们找说法语的幼儿园。让

---

①原文为法语。

他们在成长过程中接受双椅① 教育——啊，就像我一样——太重要了。"

"哦，你使用双语？"我忍不住那种轻蔑，问道。

就算塞弗琳注意到了，她也没有对此做出反应。"是的②，"她开口的同时耸了耸肩，"我雪时候在英国上的是女子寄宿学校。而我的兄替们，他们也是在那儿上的男子学校。"

"天哪，"妈妈仍旧只是对着爸爸说话，"到了你这把年纪肯定得累得够呛，罗南。"还没等他来得及回答，妈妈就拍了拍手，"现在是两道菜之间的时间，"她说着站了起来，"我想要简单说几句。"

"您用不着说的，妈妈。"我说道。所有人都笑了。不过我并不是在开玩笑。她喝多了吗？这个很难去衡量，我们大家都喝了不少。而无论如何我都不确定这对妈妈来说有多大区别。她从来都是无所顾忌的。

"敬我的朱莉娅，"她说着举起了她的酒杯，"从你还是个小姑娘的时候起，你就明确地知道你想要什么。谁挡你的道谁倒霉！我呢，就从来都不会那样——我想要的东西总是在变来变去，这大概也是我总是那么他妈的不幸福的原因。

"不管怎么说：你一向都知道。而你想要什么，就会去争取。"噢，天哪。她现在这么干是因为我禁止她在婚礼上发表演讲。我确定是这么回事。"从你告诉我威尔就是你想要的人的那一刻起，我就知道了。"

真实情况其实并不像听起来那么未卜先知，因为就在同一次

---

①塞弗琳是法国人，英语发音不标准，此处为译者根据原文有意的拼写错误而故意采用音近字来翻译，下同。
②原文为法语。

对话中，我也告诉了她我们已经订婚的事。不过妈妈从来都不会让这些不方便的事实妨碍一个好故事。

"他们俩在一起看上去很绝妙，难道不是吗？"她问道。从其他人嘴里传来低低的赞同声。她似乎把要强调的重点放在"看上去"这三个字上面，我不喜欢她这样。

"我知道朱尔斯需要找一个跟她一样奋发图强的人。"妈妈说。而她在说奋发图强时，话中带刺吗？很难确定。我捕捉到了桌子对面查理的眼神——他以前就知道妈妈是个什么样的人。他冲我使了个眼色，让我感到肚子深处生出一股隐秘的暖流。"而她，我女儿，就这么有格调。关于她的这一点咱们都知道，对不对？她的杂志，她在伊斯灵顿的漂亮房子，以及此刻在这里的这个令人印象深刻的男人。"她把一只涂了红指甲的手搭在威尔肩膀上，"你一直都很有眼光，朱尔斯。"说得就好像我选中他是为了配一双鞋，就好像我要跟他结婚只是因为他能完美地融入我的生活似的——

"在其他任何人看来，这可能都是一种疯狂的行为，"妈妈继续说道，"把大家全都拉到一个前不着村后不着店的冰冷的小岛上。但这对朱尔斯来说很重要，而那才是最重要的事。"

我也不喜欢这种说法。我跟其他人一起哈哈大笑，但却在暗地里做好了准备。我想要站起身来直抒胸臆，仿佛她是起诉方的律师，而我是辩护人一样。照理说这并不是你在听一个所爱之人的演讲时会产生的感觉，对吗？

我妈妈不会说的事实是这样的：如果我不知道我想要什么，并且去想办法得到的话，我可能会一事无成。我不得不学会如何想怎样就怎样。因为我妈妈根本什么忙也帮不上。我看着她，穿着那身华而不实的黑色雪纺绸——好像是结婚礼服的底片——戴着闪闪发光的耳环,拿着一杯晶莹剔透的香槟,心想:你还不明白。这不是属于你的时刻。你并没有创造出这些。是我不顾你的反对创造出了这些。

我用一只手牢牢抓住桌边,稳住自己,另一只手拿起我那杯香槟,喝了一大口。说你以我为荣,我心里想。那会让一切都好起来的。说,这样我就会原谅你。

"这么说可能听起来有点儿不谦虚,"妈妈摸着她的胸骨说道,"但我不得不说,我为自己,为能养育出这么一个意志坚强、独立自主的女儿而感到骄傲。"

接着她微微一鞠躬,就像在面对崇拜她的观众。她坐下时,所有人都尽职尽责地鼓起掌来。

我气得浑身发抖。看着手中的香槟杯,有那么美妙而又癫狂的一瞬间,我想象着抄起它砸在桌子上,让这一切都停下来。我做了个深呼吸,随后反而站起身来以我自己的名义向大家敬酒。我要表现得彬彬有礼,心存感激,满怀深情。

"非常感谢你们的光临。"我说,同时努力让自己的语气显得热情一些。我已经很习惯于在对我不得不与之共事的雇员们讲话时不要带着权威的语气。我知道有些女人会抱怨没办法让其他人认真对待她们。如果要说有什么区别的话,我的问题跟她们正相反。在我们的圣诞派对上,我的一个雇员伊丽莎喝多了,她告诉我说我有一张永恒不变的臭脸。我任由她去说,反正她喝醉了,说过的话到了早上都不记得。但我当然没有忘记。

"能请大家来到这里齐聚一堂,我们特别高兴。"我面带微笑地说道。我的口红给我的感觉如同蜡质,在嘴唇上紧绷绷的。"我知道到这里来路途遥远……让各位放下所有事腾出时间也很难。不过从这个地方引起我注意的那一刻起,我就知道它十分完美。对威尔来说，很有拓展训练的感觉，同时也是对我爱尔兰血统的一种认可。"我看了看咧嘴一笑的爸爸，"而见到你们全都聚集到这里——我们的至亲至爱们——这对我来说意义重大。对我们两个人来说都是。"我向威尔举起了酒杯，他也向我举起了他的酒杯。他在这方面比我强多了。他可以不费吹灰之力便展现出他的魅力和温暖。当然，我能让别人做我想做的事。但我并不总能让他们喜欢我。不像我未婚夫那样。他向我眨眨眼睛，露齿一笑，我发现自己正想象着继续做我们早些时候在卧室开始要做的事——

"我并不相信这一天会到来，"我想起了自己的角色，继续说道，"在过去的几年里，我一直忙于《下载》杂志的事务，以至于我认为我永远都不会有时间去遇见谁。"

"别忘了，"威尔喊道，"我不得不拼了命地说服你跟我去约会。"

他说得没错。不知为什么，事情似乎好得都不真实。他后来告诉我，他当时刚戒掉了某种毒品，而且他也没再去寻求过别的什么。不过我们在那次派对上还真挺投缘的。

"我真高兴你那么做了。"我对着他微笑道。这一切发生得如此之快，如此之简单，感觉依然像是个奇迹。"如果我相信的话，"我说，"我可能会觉得是命运让我们走到了一起。"

威尔回给我一个笑容。我们的目光锁定了彼此，就好像这里没有其他人一样。接着，我莫名其妙地又想起了那张该死的字条。我感到嘴唇上的笑容有了几分动摇。

乔诺
伴郎

外面现在漆黑一片。炉火生出的烟充斥着整个房间,使得每个人看起来都不一样,轮廓也变得朦胧起来。都不太像他们自己了。

我们开始上下一道菜了,是一种很不容易做的黑巧克力馅饼。我试图把它切开,结果它从我的盘子里蹦出去了,点心渣弄得到处都是。

"需要个人来帮你切食物吗,小伙子?"邓肯在桌子的那一头奚落我。我听见其他那些家伙在哈哈大笑。就像什么都没有改变一样。我没理他们。

汉娜转向我。"那么,乔诺,"她说,"你也住在伦敦吗?"我已经认定了,我喜欢汉娜。我喜欢她的北方口音,还有她耳朵顶端的耳钉,这让她看起来就像个派对上的交际花,尽管她显然已经是两个孩子的妈妈了。我敢打赌,只要她想,她就能变得相当狂野。

"天哪,并不是,"我告诉她,"我讨厌城市。无论如何让我在乡下待着吧。我需要空间来自由活动。"

"你是个很喜欢户外活动的人吗?"汉娜问道。

"对啊,"我说,"我想可以这么说。我以前在湖区的一个探险中心工作。教人攀岩和野外生存技能之类的东西。"

"哇哦。我想这就说得通了,因为组织单身派对的人就是你,对吗?"她向我微微一笑。我不知道她到底知道多少。

"是啊,"我说,"是我组织的。"

"关于那次派对查理什么也没说。不过我听说会有一些独木舟、攀岩啊之类的活动。"

啊,也就是说他对于发生的事什么都没告诉她。我并不惊讶。回头想想的话,我要是他,我很可能也不会说的。关于所有那些事,说得越少越好。希望他在那方面已经下定决心,让过去的就过去算了。可怜的家伙。那不是我的主意,所有的都不是。

"好吧,没错,"我继续说道,"我一直都对那类活动很感兴趣。"

"对,"费米插嘴道,"就是乔诺找到了攀墙上体育馆屋顶的方法。你还爬过餐厅外面的那棵大树,对不对?"

"噢,天哪,"威尔对汉娜说,"可别让这帮人开始回忆学校的时光。他们会说个没完没了的。"

汉娜朝我微微一笑。"听起来就好像你都能拍自己的电视连续剧了啊,乔诺。"

"呃,"我说,"你这么说真有意思,不过我实际上的确参加过真人秀的选拔。"

"你参加过选拔?"汉娜问道,"是《幸存之夜》吗?"

"是啊。"啊,我的老天。我干吗要说这些呢?乔诺你个笨蛋,总是这么口无遮拦。天呐,真是够丢人的。"没错,嗯,他们安排了一次试镜,给我们两个人的,然后——"

"然后乔诺就认定了他不愿意掺和这种扯淡的事,是不是?"威尔说道。他努力让我不羞愧脸红的举动真够意思。不过现在撒谎也没什么意义，我不妨实话实说。"他是个好兄弟，"我说，"事实上是我干得太烂了。他们简单地告诉我说我不怎么上镜。不像这儿的这个小伙子——"我探过身去把威尔的头发弄乱，他哈哈大笑着往一旁闪躲。"我的意思是他是对的。无论如何那都不是我能干的事。一点儿都忍受不了他们往你脸上抹的化妆品，还有他们让你穿的衣服。这可不是说你干的活儿给我留下什么阴影了啊，哥们儿。"

"没觉得有什么冒犯的。"威尔举起双手说道。他是个银幕上的天才。他有那种能力，别人想让他成为谁他就能成为谁。我注意到他在节目里把他发音中的"h"都去掉了，听起来更像是"那些人中的一个"。不过当他和那些来自上流社会的、在比我们两个人所上的学校更好的公学接受教育的家伙在一起时，他就会成为他们中的一员——这一点百分之百。

"不管怎么说，"我对汉娜说，"这道理就讲得通了。谁又会想在电视上看到这么张丑脸呢？"我做了个鬼脸。我看到朱尔斯把目光从我身上挪开，就好像我刚刚当众暴露了似的。这头高傲的母牛。

"那关于这个真人秀的点子是从哪儿来的呢，威尔？"汉娜问道。我很感激她把谈话继续往下进行，从而使我避免了丢更多的脸。

"对啊，"费米说，"你要知道，我也琢磨这件事呢。是从'幸存者'来的吗？"

"幸存者？"汉娜转向他。

"是我们以前在学校玩的游戏。"费米解释道。

邓肯的妻子乔治娜插嘴道："哦，我的天。邓肯给我讲过那些故事。真够瞧的。他告诉我男生们夜里会被人从床上带出去，丢弃在荒无人烟的地方——"

"对,就是这么回事,"费米说,"他们会把一个小一点儿的男生从床上绑架走,把他带到离学校越远越好的地方,深入到那片野地里去。"

"我们说的可是大片的野地,"安格斯说,"荒无人烟。漆黑一片。一点儿光亮都没有。"

"听起来够野蛮残暴的。"汉娜睁大了眼睛说道。

"这是个很重要的传统,"邓肯说,"他们从建校之初就开始这么做,已经有几百年了。"

"威尔就从来没被这么干过,对吧,哥们儿?"费米转向他。

威尔双手举起。"从来没人来抓过我。"

"是啊,"安格斯说,"因为他们全都害怕死你爸爸了。"

"被绑走的家伙一开始会被蒙上眼罩,"安格斯说着转向汉娜,"所以他也不知道自己身在何处。有时候他甚至会被捆在树上或者篱笆上,不得不先让自己获得自由。我还记得我自己那次——"

"你都尿裤子了。"邓肯替他把话说完。

"不,我没有。"安格斯回应道。

"有,你就是尿了,"邓肯说,"别以为我们都忘了。胆小鬼。"

安格斯喝了一大口酒。"好吧,呃,很多人都会那样的。太他妈吓人了。"

我想起了我那次"幸存者"游戏。就算你知道这件事会在某一时刻发生,他们真的来抓你的时候你还是会措手不及。

"最疯狂的事是,"乔治娜说,"邓肯似乎并不觉得这是件坏事。"她说着转向他,"是吧,亲爱的?"

"正是它造就了我。"邓肯说。

我端详着双手插兜坐在那儿的邓肯,他的胸挺得高高的,好像他是俯瞰一切事物的王者,好像他拥有这个地方。我想知道它究竟把他造就成了什么样子。

我也想知道它把我造就成了什么样子。

"我想那应该是无害的,"乔治娜说,"又不是说有人死了,对吧?"她轻轻一笑。

我回想起醒过来,听到黑暗中从我四周传来的低语声。抓住他的腿……你去弄脑袋。随后便是他们如何一边压住我一边笑,并且用眼罩把我的眼睛蒙上。接着是各种声音。起哄声和欢呼声,或许吧——不过由于蒙眼布也盖住了我的耳朵,使得它们听起来就像是动物发出来的:咆哮声和尖叫声。在夜晚户外的空气中,我裸露的双脚被冻僵了。咯噔咯噔的声音飞速掠过崎岖不平的地面——我猜这是辆独轮手推车吧——走了好久,我想我们肯定已经离开学校所在的地方了。然后他们在树林里扔下了我。孤身一人。除了我自己的心跳和树林里的秘密响声之外,什么也听不见。我摘掉眼罩,发现四周一片黑暗,连月光都没有。树枝刮擦着我的脸颊,树木的间隔很近,感觉树与树之间仿佛无路可走,就像是它们齐齐向我压过来一样。天气太冷了,我喉咙深处有一种像血一样的金属味道。细枝在我光着的脚下噼啪作响。走上好几英里或许都有可能是在兜圈子。我用了一整个晚上穿过树林,直到黎明来临。

当我回到学校校舍时,我感觉好像获得了重生。那些跟我说我永远都不会有什么大作为的老师,去他妈的吧,说得就像你们也曾经从这样的夜晚中活下来过似的。我觉得我是不可战胜的。我觉得我无所不能。

"乔诺,"威尔说道,"我刚刚正说到我估计该把你的威士忌拿出来了。来点儿尝尝。"他从桌边一跃而起,去拿了一瓶过来。

"噢,"汉娜说,"我能看看吗?"她从威尔那里拿过酒瓶。"这设计可真酷啊,乔诺。你是和什么人一起做的这个吗?"

"是啊,"我说,"我在伦敦有个哥们儿,他是个平面设计师。他设计得不错,对不对?"

"真不错。"她说道,一边点着头,一边用手指描摹着上面的图案。"我就是干这个的,"她说,"就职业而言,我是个插画家。不过感觉那好像已经是很久很久以前的事了。我现在休的是永久性产假。"

"能让我看看吗?"查理说。他从她手里拿过瓶子,读着上面的标签,皱起了眉头。"你肯定是跟一家酒厂合作吧?因为这上面写着这酒的年头已经有十二年了。"

"是啊。"我说,感觉就像我在接受面试,或者在做一个测验。他像是要努力找出我的错误。或许这纯粹是教师的职业病。"我的确跟酒厂合作。"

"好了,"威尔说着动作夸张地打开了酒瓶,"真格的考验啊!"他冲着厨房喊道,"奥伊弗……弗雷迪。劳驾能帮我们拿些喝威士忌的玻璃杯来吗?"

奥伊弗用托盘带了几个进来。

"给你自己也拿一个,"威尔一副庄园领主的架势,"还有弗雷迪。咱们都来尝尝!"奥伊弗还想摇头拒绝。他随即说道:"得听我的!"

弗雷迪拖着步子走进来,站到他妻子身边。他一直低垂着眼睛向下看,他俩局促不安地站在那里的同时,他的手在摆弄他围裙上的绳子。"真他妈是个怪人。"邓肯只张嘴不出声地冲我们其他人说道。那家伙正看着地板或许是件好事。

我打量了一下奥伊弗。她不像我一开始想的那么老：或许只有四十岁上下。她只不过穿得有些老气。以一种优雅的眼光来看的话，她长得也挺好看的。我不知道跟这么个让人扫兴的丈夫在一起她都在干些什么。

威尔把剩余的威士忌倒了出来。朱尔斯要了几滴："我从来都不怎么喝威士忌的，我有点儿害怕。"她抿了一小口，我看到她还没来得及用手捂嘴就已经退缩了。但那只手还是引起了别人的注意。仔细想想，她或许是有意这么做的。很显然，她不是我的头号粉丝。

"这酒不错，哥们儿，"邓肯说，"这有点儿让我想起了拉弗格的味道，你知道吗？"

"对啊，"我说，"我猜也是。"相信邓肯对他的威士忌了如指掌。

奥伊弗和弗雷迪用他们最快的速度喝完了各自的酒，然后匆匆回到了厨房里。我能明白。我妈妈曾经在当地的乡村俱乐部工作过——就是那种安格斯和邓肯的父母可能有会员资格的地方。她说高尔夫球手们有时候会想要请她喝一杯，还觉得自己很慷慨大方，但其实这只会让她感到无比尴尬。

"我认为这酒太好喝了，"汉娜说，"我简直大吃一惊。我不得不告诉你，乔诺，通常情况下我不是个爱喝威士忌的人。"说着她又抿了一小口。

"好啊，"朱尔斯说道，"咱们的客人都很幸运。"她对我微笑了一下。不过你也知道他们所说的那种情况，就是有些人的眼睛并没有在笑。她的就没有。

我朝着他们大伙儿咧嘴一笑。但我觉得心里有点儿不舒服。

我想这全都是拜刚才谈论的幸存者游戏所赐。想要提醒自己对于他们——对于其他几乎所有在特里维廉上过学的男生说这一切只不过是个游戏真的很难。

我望向威尔。他把手放在了朱尔斯的后脑勺上，正咧着嘴向周围所有人笑。他看上去像一个拥有了生命中的一切的男人。在我看来，他的确拥有了。而且我想，我们谈论的所有关于旧日时光的事，是不是也不会影响到他呢？哪怕是一丁点儿的影响都没有吗？

我得摆脱掉这种奇怪的情绪。我猛冲向桌子的中部，拿起那瓶威士忌。"我觉得到了玩点儿饮酒游戏的时间了。"我说。

"啊——"朱尔斯大概是想要叫停，但她的声音被那帮家伙赞成的号叫声彻底淹没了。

"好嘞！"安格斯喊道，"爱尔兰酒令牌吗？"

"行啊，"费米说，"跟咱们在学校玩的一样！还记得拿小杯子一杯一杯喝李施德林漱口水吧？因为咱们算出来那玩意儿酒精度是二十五度。"

"或者是那些你偷偷带进来的伏特加，邓克①。"安格斯说。

"没错，"我说着从桌边跳了起来，"我去给咱们拿副牌来。"我现在感觉好多了，因为我已经找到了一个目标来帮自己分散注意力。

我去了厨房，发现奥伊弗正背对着我站在那里，在一块写字板上检查着某个清单。我咳嗽一声还吓了她一小跳。

"奥伊弗，亲爱的，"我说，"你这儿有扑克牌吗？"

"有。"她说话的同时离我远了一步，好像很害怕我的样子。

---

①邓克（Dunc），邓肯（Duncan）的昵称。

"当然有。我觉得客厅里有一副。"她的口音很好听。我一直都喜欢一个爱尔兰姑娘。她把"觉得"说成"截得"——这会让我笑得很开心。

她丈夫也在厨房里，正自顾自忙着操作烤箱。

"你在为明天准备东西吗？"我在等奥伊弗时问他道。

"嗯。"他说话时跟我没有眼神交流。我很高兴差不多只过了一分钟左右，奥伊弗就拿着牌回来了。

回到桌边，我给其他人发牌。

"我要去睡美容觉了，"朱尔斯的妈妈说道，"我从来都不喜欢烈性酒。"不是真的，我看到了朱尔斯的口型。朱尔斯的爸爸和那个热辣的法国后妈也找了个理由离开了。

"我也不行了，"汉娜说，她看向查理，"我们已经度过了漫长的一天，是不是，亲爱的？"

"我不知道——"查理说道。

"来吧，查理老弟，"我冲查理叫道，"很好玩儿的！打起点儿精神来，及时行乐！"

他看起来还不太相信。

在那场单身派对上，事情有一点点失控了。查理这个可怜的家伙上的并不是像我们那样的学校，所以他其实并没有真正做好准备。他只不过就是个……地理老师而已。我觉得那天晚上他去了一个黑暗的地方。我猜谁都会的。那个周末其余的时间里，他都再没怎么跟我们这帮人说过话。

我觉得这是又跟这帮家伙齐聚一堂了。他们中大多数上的都是特里维廉学校。我们全都被那个地方紧密地联结在了一起。这与威尔和我之间联结在一起的方式不一样——那是只属于我们两个人的。不过我们被其他事物捆绑了。那些仪式惯例，那些兄弟情谊。当我们凑到一起的时候,随之而来的就是这种从众心态。

我们有些得意忘形了。

汉娜
陪同来宾

　　自从"给我一便士"的小插曲之后,我就变得对那些迎宾员格外提防。他们喝得越多,藏在公学男生做派背后的某种黑暗且残忍的东西就越发显现出来。而我很反感此刻我丈夫的行为举止,他就像个渴望被他们团伙接纳的十几岁孩子一样。

　　"好了,"乔诺说,"大家都准备好了吗?"他环顾桌子周围。我终于明白他的眼睛哪里奇怪了。它们实在是太黑了,你都分不清楚虹膜的界限和瞳孔的大小。这使得他看上去是一副奇怪又茫然的表情,所以即便他在哈哈大笑,他的眼睛也不怎么配合。而相比之下,他脸上的其他部分则有点儿太富于表现力了,每隔几秒钟都要有变化,他的嘴特别大,而且动个不停。在他身上有一种疯狂的劲头。我希望它是无害的。就好比一只跳起来扑向你的狗,它想要的其实只是让你给它扔个球——而不是要撕咬你的脸。

　　"查理,"乔诺说,"你是要加入我们的吧?"

　　"查理,"我轻声叫道,想要引起我丈夫的注意。整个晚上他几乎没往我这个方向看过,他的全部精力不是集中在朱尔斯身上,就是拼命想要成为那帮家伙中的一员。但我想要跟他搭上句话。

查理是个特别温和的人：几乎没有提高嗓门说过话，也几乎没跟孩子们发过脾气。如果他们挨了骂，通常都来自我。也不是说他一喝酒就会变得更狂热，或者酒精会放大他的坏毛病。在日常生活中他并没有太多坏毛病。没错，也可能所有的那些愤怒全都隐藏起来了，藏在表层之下的某个地方。不过我能发誓，有几次我见他喝醉过，那样子就像是我丈夫被别的什么人取而代之了。这正是让人觉得更可怕的地方。这么多年以来，我已经学会了去观察，发现蛛丝马迹。他嘴唇的轻微松弛，他眼皮的低垂。我不得不学会这些，是因为我知道下一个阶段可就不好玩了。那就像一个小小的烟花突然在他的头脑中引爆了一样。

查理最终还是扫了一眼我这个方向。我故意慢慢地摇了摇头，这样他就不会搞错我的意思了。别参加。

"这他妈怎么回事啊？"邓肯大呼小叫道。噢，我的天，我被他逮了个正着。他转向了查理那边："她还拴着你呐，查理老弟？"

查理的耳朵已然变得通红。"不是的，"他说，"显然不是啊。嗯，行。我加入。"

该死。我陷入了左右为难的境地，既想留下来以便能尽量阻止他干蠢事，又想着无论结果如何，我都应该由着他去，让他自己想办法从中脱身。尤其是在他跟朱尔斯那么明显的调情之后。

"我要发牌了啊。"乔诺说道。

"等等，"邓肯说着站起身来拍了拍手，"咱们应该先背诵校训。"

"对啊，"费米赞同他道。安格斯也站了起来："来吧，威尔，乔诺。看在往日情分上。"

乔诺和威尔相继起身。

我看着他们——除了乔诺之外的所有人，他们全都穿着白色衬衫和黑色裤子，手腕上戴着昂贵的手表，显得如此优雅。我不明白这些之前显然已经混得很好的男人，究竟为何还一直对他们的学生时代那么念念不忘。我就无法想象对糟糕的旧邓雷文中学能说个没完。我对它从未有过任何怨恨，但它也不是我会时常想起的地方。像其他所有人一样，我穿着一件上面胡涂乱写了很多东西的毕业生衬衫离开了那里，却从未真正回头看过那段岁月。这帮家伙没有下午三点半放学后回家去看《圣橡镇少年》的经历——他们童年时代的大把时间肯定都被锁死在了那个地方。

邓肯开始用一个拳头慢慢敲击桌子。他环顾四周，鼓励其他人也跟他一起来。他们都加入了。渐渐地，声音越来越大，敲击得越快便显得越疯狂。

"Fac fortia et patere。"邓肯诵唱道，我猜这肯定是拉丁语。

"Fac fortia et patere。"其他人也跟着诵唱起来。

接着是一阵低沉、热切而坚定的喃喃细语声：

"Flectere si nequeo superos,

Acheronta movebo。

Flectere si nequeo superos,

Acheronta movebo！"

我望着这些男人，看着他们的眼睛是如何在摇曳的烛光中显得闪闪发亮。他们的脸全都红了——他们很兴奋，都喝醉了。我感到后背一阵刺痛。就着蜡烛和从窗户中强行挤进屋中的黑暗，以及那诵唱与敲击之声的奇怪节奏，我突然觉得自己就像在观看正在上演的某种邪恶仪式。这里面存在一种如原始部落般骇人的元素。我的一只手按在胸口上，我能感到自己的心在急速跳动，如同一只受了惊吓的动物。

连续的敲击不断增强，如此疯狂直至达到顶峰，桌子上的餐具和刀具都在到处乱跳。一个玻璃杯从桌角掉了下去，在地板上摔了个粉碎。除我之外，没有一个人注意到它。

"Fac fortia et patere¡
Flectere si nequeo superos,
Acheronta movebo¡"

最后，当我终于忍无可忍时，他们一起大吼一声，然后停了下来。他们相互注视，前额上的汗珠闪闪发亮。瞳孔看起来都更大了些，仿佛受到了什么东西的影响。现在是如鬣狗叫声般的大笑，龇牙咧嘴，拍打着彼此的后背，用足以致伤的力道以拳头击打着对方。我注意到乔诺并没有像其他所有人那样笑得那么起劲。不知怎么的，他那副笑容并不令人信服。

"可这是什么意思啊？"乔治娜问。

"安格斯，"费米含混不清地说道，"你是拉丁语极客。"

"第一部分，"安格斯说，"是：'行勇敢之事，且持之以恒'，这是我们的校训。第二部分是我们这帮男生加进去的：'若我不能撼动天堂，那我便要掀翻地狱。'这以前都是在橄榄球比赛之前大家一起唱的。"

"还有呢。"邓肯露出一个让人厌恶的笑容，说道。

"这也太吓人了。"乔治娜说。但她却抬头凝望着她那红色头发、浑身是汗、目露凶光的丈夫，好像她从未发现他竟如此富有吸引力。

"这就有些说到点子上了。"

"好了,女士们,"乔诺喊道,"废话少说,该喝点儿什么了!"

从其他人那里又传来一阵表示赞同的呼喊声。费米和邓肯把威士忌和葡萄酒混在一起,加上吃饭时剩下的酱汁、盐和胡椒,兑成了一种让人无法接受的棕褐色的汤。接下来游戏开始——他们所有人都把双手猛拍在桌面上,使足了力气叫喊起来。

安格斯第一个败下阵来。在他喝的时候,那种混合液体洒到了他一尘不染的白衬衫上,把它染成了棕褐色。其他人则开始奚落他。

"你个白痴!"邓肯叫道,"大部分都顺着你脖子流下去了。"

安格斯咽下最后一大口,忍不住作呕。他的眼睛都鼓出来了。

威尔是下一个。他熟练地把它喝干。我看着他喉咙的肌肉在动。随后他把杯子底朝天举过头顶,咧嘴一笑。

下一个以拿到所有牌告终的是查理。他看着他的杯子,深吸了一口气。

"来吧,你个孬货!"邓肯大声喊道。

我看不下去了。我不是非得看这个。该死的查理,我心想。这本该是我们一起出来过的周末,如果他就想要把自己撂倒,那他妈也是他自己的事。我是他妻子,不是他母亲。于是我站了起来。

"我要去睡觉了,"我说,"晚安,各位。"

然而无人回应,甚至都没人往我这个方向瞥上一眼。

我推门进了隔壁的客厅,刚一走进去我就被吓了一跳,猛地站住了。一个人影坐在黑暗中的沙发上。片刻之后,我认出那是奥利维娅。"噢，嘿，你好啊。"我说。

她抬头看我，两条长腿伸在前面，光着脚。"嘿。"

"在那里面待够了？"

"是啊。"

"我也是，"我说，"你还要再熬一会儿？"我问道。

她耸耸肩。"没理由去睡。我的房间就在那隔壁。"

仿佛得到了信号似的，餐厅里突然爆发出一阵嘲弄的笑声。有人在吼叫："喝了它——把它全喝干！"

现在是诵唱声：干了它，干了它，干了它——突然之间又转换成掀翻地狱，掀翻地狱，掀翻地狱！桌子被拳头砸烂的声音。然后有其他什么东西被打碎了——另一个玻璃杯吗？一个口齿不清的声音传来："乔诺，你他妈个白痴！"

可怜的奥利维娅，无法从所有这一切中逃开。我在门口踱起步来。

"没事，"奥利维娅说，"我不需要人陪着我。"

但我觉得我应该留下来。我为她感到难过。而且实际上我意识到我想要留下来。我喜欢早些时候跟她一起坐在洞穴里抽烟的感觉。其中有种让人兴奋的东西，一种奇怪的激动心情。跟她说着话，舌头上还有烟草的味道，我几乎都能想象自己又回到了十九岁，谈论着跟我睡过的男孩子们——而非一个两个孩子的母亲，同时还被抵押贷款弄得焦头烂额。此外还有一个事实，就是奥利维娅会让我想起某个人。不过我想不起来是谁。这让我很烦躁，好比你正努力要想起一个词，它就在嘴边，但就是说不出来。

"实际上，"我说，"我也没那么累。而且我明天早上不必早起去对付两个疯崽子。我们房间里有些葡萄酒——我可以去拿来。"

听到这句话,她微微一笑,这是我第一次见她笑。随即她伸手去沙发垫子后面拿出来一瓶看上去很昂贵的伏特加。"我从厨房顺出来的。"她说。

"噢,"我说,"好啊,这个更好了。"这真的是好像又回到了十九岁。

她把瓶子递给我。我拧开瓶盖,喝了一大口。酒顺着我的喉咙向下灼烧出一道冰冷的条纹,让我倒吸了一口气。"哇哦。已经想不起来上次这么干是什么时候了。"我把瓶子又递给她,然后擦了擦嘴,"咱们之前被打断了,是不是?你当时正给我讲到那个家伙——卡勒姆吧?讲到你们分手。"

奥利维娅闭上了眼睛,深吸一口气。"我猜分手只不过是个开始。"她说。

隔壁房间又传来一阵哄堂大笑。更多的手在捶桌子。更多喝醉了的男人彼此大呼小叫。门"砰"的一声,接着安格斯从里面摔了出来,他的裤子褪到了脚踝,"老二"下流地耷拉在外面。

"抱歉,女士们,"他一双醉眼色眯眯地说道,"别管我。"

"噢,拜托,"我情绪爆发了,"赶紧……赶紧他妈滚蛋,别打扰我们!"

奥利维娅看着我,一脸钦佩,就好像她没想到我还能有这个本事似的。其实我也没想到。我不太清楚这股子冲劲是从何而来的。或许是伏特加吧。

"你知道吗?"我说,"这儿或许不是聊天最好的场所,对吧?"

她摇了摇头。"咱们能去洞里吗?"

"呃……"我可从未计划过对小岛来一次夜间突袭。而且我确定因为岛上有沼泽之类的地方，夜里四处游荡是很危险的。

"算了，"奥利维娅马上说道，"我懂了。我只是……太奇怪了……我只是觉得在那儿说话会更容易些。"

突然间，我又有了和之前同样的感觉。一种奇怪的兴奋感，想要打破规则的感觉。"不，"我说，"咱们就去那儿。而且带上那瓶酒。"

我们从后门偷偷溜出了富丽宫。这地方到了晚上还真挺瘆人的。除了不远处海浪拍击岩石的声音之外，四周都那么安静。偶尔传来一声奇怪的像是从喉咙里发出来的咯咯笑声，让我的胳膊上汗毛直竖。最终我意识到那个噪音肯定是某种鸟发出来的。从声音判断还是只相当大的鸟。

我们缓步前行，那些废弃房屋在手电筒光线的映照之下，在身边若隐若现。黑黢黢敞开着的窗户就像空洞的眼窝，让人有种不安之感，仿佛那里会有什么人在向外张望，看着我们从这里经过。我还能听见从里面传出的声音：沙沙声、嘎吱声以及刮擦的声响。有可能是老鼠——不过这也不是个特别能让人心安的想法。

我们一边走，我一边能觉察到有东西在我们周围移动——速度太快，看不清，只能借着微弱的月光短暂地瞥见那么一两眼。有什么东西飞得离我的脸太近了，我感觉它扫过了我脸颊上敏感的皮肤。我向后一跳，抬起一只手想把它挡开。是一只蝙蝠吗？反正太大了，绝对不可能是昆虫。

就在我们往下爬进洞去的时候，在我们前方的岩壁上出现了一个人形的黑影。我吓得险些把酒瓶掉在地上，愣了一下之后，我才意识到，那是我自己的影子。

这地方足够让你相信有鬼了。

现在
新婚之夜

四位迎宾员已经组成一个搜索队。他们带上了一个急救箱，还从入口处的支架上拿了大的煤油火把用作照明。

"好啦兄弟们，"费米说，"大家都准备好了吗？"

他们所做的准备中包含着一种奇怪的火热干劲，近似于一种不合时宜的兴奋。他们可以成为准备去完成任务的侦察员，或者像他们曾经是学生时那样接受某种午夜挑战。

其他客人安静地聚在周围，看着他们做准备工作，为有人接管这件事，使他们得以待在这个明亮温暖的地方而感到宽慰。

对于那些在主帐篷里看着他们出发的人来说，他们看起来就像是正要去猎杀女巫的中世纪村民：那点燃的火把，那高涨的热情。大风和停电更增添了那种超现实感。想象中在外面守株待兔般等着我们的骇人发现，呈现出一个奇妙的维度：它似乎并不是那么真实。况且，很难知道什么是可以相信的，以及他们是否真的可以信任一个歇斯底里的十几岁小姑娘说的话。他们中的一些人仍然抱有希望，希望这一切都只不过是一场可怕的误会。

他们静静地看着，看着这个小分队快步穿过入口处猛烈拍打着的帐篷门，高擎着火把走了出去，钻入外面那风声刺耳的夜晚，钻入风暴之中。

前一天

奥利维娅

伴娘

黑如墨汁的海水已经进入洞穴，在轻拍我们的脚面。它使得空间在感觉上更狭小也更封闭了。汉娜和我不得不坐得比之前更靠近一些，膝盖碰着膝盖，一支我们从客厅偷拿出来的蜡烛摆在面前的岩石上，外面有玻璃罩保护。

现在我知道这里为什么被称为耳语洞了。增高的水位改变了这里的音响效果，于是此刻我们说的所有话都会像耳语般传回到这里来，仿佛有人站在阴影中，重复着我们说的每一个字。很难相信那里其实没有人。我发现自己经常会回过头查看，以确保这里只有我们两个人。

在蜡烛柔和的光线下，我无法完全看清汉娜。不过我能听见她的呼吸声，闻到她身上的香水味。

我们彼此传递着那瓶伏特加。我觉得自晚餐以来我喝得已经有点儿多了。我吃不下太多东西，而喝下的酒则直接冲上了头。不过我需要喝得酩酊大醉才能够向她倾诉，喝得多到大脑都拦不住我说话才行。最近我特别需要把那件事告诉个什么人，有时候我都感觉它就像是要从我体内爆发出来，毫无预兆。可现在实际上时机已然成熟，我却又觉得舌头打结了。

汉娜先开了口："奥利维娅。"

洞穴以耳语声做出了回应：奥利维娅，奥利维娅，奥利维娅。

"天呐，"汉娜说，"这个回声。你的前……他对你做过什么吗？我知道一个人——"她停了下来，然后又重新开始，"是我姐姐艾丽斯。她是在上大学的时候交的这个男朋友。而那个小伙子对于分手的反应真是够糟糕的。我是说，真的非常糟糕——"

我等着汉娜再多说几句，然而她并没有。她反而从我手中拿走了瓶子，喝了特别大的一口，差不多得有四杯的量。

"不，不是那样的，"我说，"没错，卡勒姆是有些混蛋。我的意思是，在紧接着就勾搭埃利这件事上，他做得并不是特别精明。不过分手是他主动的，所以不是那么回事。"我从她手里抓过瓶子，喝了一大口。我能尝出瓶子边缘她口红的味道。"那是在学期结束后的暑假里。我待在朱尔斯在伊斯灵顿的公寓里，当时她正好要外出工作几天。"

我在对着黑暗讲话，洞穴把我说的话用耳语声又传回给我。我发现我在对汉娜讲述我感到多么孤独。讲述我如何身在这样一个让我始终都觉得无比兴奋的大都市中，却又意识到无人可以倾诉。如何在周五晚上到沿着朱尔斯公寓那条路一直走下去的塞恩斯伯里超市，买薯片、牛奶和麦片作为早餐，又是如何在回家路上经过那些站在酒吧外喝着酒开怀大笑的人。如何拎着橙色购物袋，想着即将要看上一夜的网飞剧，觉得自己就他妈像个不合群的土包子。还有就是在那些我常常会想起卡勒姆，想起我们可能会一起做的事时是个什么样子，那些时候会让我觉得愈发孤独。

我依然不太敢相信我正在告诉她所有这些，而且是在我几乎都不了解她的情况下。不过这也许正是关键所在。或许，在来到这里的所有人当中，她就是那个我可以向其倾诉的人，因为从根本上来说,她是个陌生人。伏特加肯定也有帮助,而且还有一个事实,那就是这个地方太过昏暗,我几乎都看不到她的脸。即便如此,我还是觉得我不能对她和盘托出。就连想想要这么做都会让我感到惊慌失措。不过或许我可以从头开始,看看一旦我已经告诉了她大部分事的时候,我是否有勇气把整个故事讲给她听。

"我在看手机,"我说,"而我能看出来卡勒姆跟埃利在一起。她把所有这些照片都分享在了Snapchat上面。有一张是她坐在他大腿上的。还有一张是她在吻他的同时伸出一根中指对着相机,就好像她不想让任何人拍照似的……可她自己却把照片分享给了全世界看,去他妈的吧。"

汉娜喝了一口酒,呼了口气。"那肯定会让你觉得特别难受,"她说,"我是说看见那些。上帝啊,社交媒体对这个负有很大的责任。"

"是啊,"我耸耸肩膀,"那的确让我觉得有点儿……混蛋。"为了不让自己听起来像个彻头彻尾的跟踪狂,我并没有告诉她那些照片我看了多少次,也没告诉她我是怎么坐在那儿紧紧抓着我的塞恩斯伯里购物袋,一边看一边哭的。"我的朋友们都说我应该找点儿乐子,"我说,"你知道,就好比向卡勒姆展示一下他都错过了什么之类的。她们一直告诉我说让我上一些约会软件,但我不想在上大学的时候干这种事,因为那里面的一切实在是太肮脏了。"

"是什么软件啊,像Tinder那类的吗?"

我觉得她在尽力展现出她能跟孩子们打成一片。"对,不过其实已经没人再用Tinder了。"

"不好意思,"她说,"毕竟,我都上年纪了。我还能知道些什么?"她带着几分惆怅。

"你也没有多老啊。"我告诉她。

"好吧……谢谢了。"她的膝盖碰了碰我的。

我又喝了一大口伏特加。记起了在朱尔斯公寓的那个晚上,我是如何喝了一些她的葡萄酒,然后明白了我们在大学里喝的当地酒吧三英镑一杯的那些玩意儿绝对跟尿一个味道。我想起了穿着我的裤子和文胸,配上一副她的大眼镜四处走动的时候,我是如何觉得自己那么不落俗套的。我想象着这是我的公寓,我要出去找个男人,带他回这里来,然后睡他。再把这一切都展示给卡勒姆看。

很显然,我其实并没有真打算这么做。以前我只跟一个人发生过关系,就是卡勒姆。而即使那样也是相当平淡乏味。

"我创建了一份个人资料,"我告诉汉娜,"我断定在伦敦这种事是不一样的。在伦敦我可以去约会,而不会第二天早上就传得校园里尽人皆知。"

"我有点儿佩服你了,"汉娜说,"我从来都没有足够的勇气去做这种事。不过难道,你懂的……你就不担心安全问题吗?"

"不,"我说,"我不是白痴。我没用我的真实姓名。也没暴露过我的真实年龄。"

"啊,"汉娜点点头,"那就对了。"我有种印象,觉得她并不信服我的解释,只是在很努力地不说别的话。

事实上,我把自己的年龄设置成了二十六岁。资料里面提供的照片看起来完全不像我。我翻遍朱尔斯的橱柜,给自己完美地化了个妆。不过重点在于看起来不要像我。

"我管自己叫贝拉,"我说,"跟哈迪德① 同名,你知道吗?"

---

① 贝拉·哈迪德(Bella Hadid),美国网红,著名女模特。

我告诉汉娜我是怎么坐在床上,在屏幕上滚动着所有这些家伙的照片,直到眼睛生疼。"他们大多数都很差劲,"我说,"都喜欢在健身房里把他们的T恤撩起来,要么就是戴着他们以为能让他们看起来很酷的墨镜。"我几乎要放弃了。

"不过我跟这个男人还真挺般配的,"我告诉汉娜,"他一下子吸引住了我。他……挺与众不同的。"

我采取了主动。这一点儿都不像我,不过我喝朱尔斯的葡萄酒喝得有点儿多了。

有工夫见面吗?我写道。

有,他的回复来了。我想见你,贝拉。你什么时间合适?

今晚如何?

停顿了很久。然后是:你别浪费时间。

这是我今后几周内唯一一个自由的晚上。我喜欢这话听起来的那种感觉。就像是说我还有更好的地方可去一样。

好的,他回信了。一言为定。

"他这人什么样?"汉娜用手托着下巴问道。她紧紧地盯着我,看起来很着迷。

"比照片上还要性感迷人。而且比我大一点点。"

"大多少?"

"嗯……大约有个十五岁?"

"可以啊。"她是在努力让自己听上去不那么震惊吗?"那当你们真正见面的时候,他什么样儿啊?"

我回想了一下。对我来说,看到他一开始出现时的样子并不容易。"我猜我觉得他还挺性感的。而且……他看起来更像个男人。跟他一比，卡勒姆就像个孩子。"他拥有宽宽的肩膀，就好像他经常锻炼一样，还有晒得黑黑的皮肤。相比之下卡勒姆则是个骨瘦如柴的小帅哥。我暗下决心，像模像样的男人才是我的新菜。"不过，"我耸耸肩，虽然她看不见我，"我也不知道。我想一开始的时候，无论他有多性感，我内心里的一部分还是会宁愿他是卡勒姆。"

汉娜点点头。"是啊，"她同情地说道，"我明白。当你把心都放在一个人身上的时候，就算布拉德·皮特走进来了可能也不管用——"

"布拉德·皮特真他妈的太老了。"我说。

"嗯……哈里·斯泰尔斯呢？"

这句话几乎让我笑出来。"对。或许行。或者蒂莫西·柴勒梅德也行。"我总是觉得卡勒姆看起来有点儿像他。"不过卡勒姆很可能压根儿也没想过我，埃利那对愚蠢的大奶子摆在他眼前的时候尤其不会。"我告诉自己最好别他妈再想他了。

"那这个家伙……他叫什么名字来着？"

"史蒂文。"

"他说什么了吗？你们见面的时候，就没问问你怎么这么年轻？"

我看了她一眼。这句话听起来有点儿像要妄加评判。

"对不起啊，"她笑着说道，"不过说正经的，他问了吗？"

"嗯，他问了。他问我是不是真的有二十六岁。不过他并不是以怀疑的口吻问的，更像是，我也说不好——像是我俩一起在开的一个玩笑。其实对他来说似乎没那么重要，至少那时候不重要。而且他人很好，"我说，尽管现在已经很难再想起来了，"我玩得很开心。我讲的所有笑话他都笑。他还问了我好多好多关于我的问题。"

我回想着那天晚上的情景。在那家酒吧里，酒喝得直上头——我喝的是尼格罗尼，因为我觉得这样会让我看起来更老成一些。"我最初的计划就是能得到一张照片，"我说，"把它发在我的 Instagram 上。"让卡勒姆看看他错过了什么。

"我猜……"汉娜看着我，"还发生了一些别的事？"

"对。"我喝了一大口伏特加。

我还记得有那么一刻，当我觉得他可能就要说再见的时候，他却拉开了一辆出租车的门，然后转过身来对我说："好吧，你要上车吗？"在出租车（甚至都不是优步，而是一辆正规的黑色出租车）上的时候，一个细小的声音一直在说：你这是在干什么？你一点儿都不了解他！但那个喝醉了的我，那个已经准备好要这么做的我，也一直在让那个声音闭嘴。

我们回了朱尔斯的公寓，因为她那时候刚刚搬家，没有什么像样的家具。为此我觉得心里有几分不舒服，但我对自己说我会把床单洗干净的。

"哇哦，"他说，"这儿可真棒。这一切都是属于你的吗？"

"是啊。"我说，感觉在他眼里我变得更加不落俗套了。

"然后我们就发生了关系，"我告诉汉娜，"我猜我想要在酒劲过去之前干这事。"

"感觉好吗？"汉娜问道。她听上去很兴奋。然后她又说，"我已经好几年没有过性生活了。不好意思。我知道我说得太多了。"

我尽力不去想她和查理滚床单的情景。"嗯，"我说，"有那么一点儿——你懂的。一点点粗暴吧？他把我推到墙上，把我的裙子往上推到腰间，再把我的内裤拽下去。然后他——我能再喝一口吗?"汉娜把瓶子递给我,我迅速喝了一口。"他就舔我,从上到下,虽然我那会儿还没洗澡。他说他就喜欢这么干。"

"行啊,"汉娜说道,"真不错。哇哦。"

卡勒姆和我从来没有做过任何大胆冒险的尝试。尽管在他第一次让我体验他的嘴带给我的感觉之后,有那么一刻我奇怪地想要哭,我还是觉得我和史蒂文之间的性爱要比我和卡勒姆之间做过的任何事都要好。

"在那之后,我还见过他好几次。"我告诉汉娜。

与其说看到,还不如说我感觉到汉娜点了点头,她的头离我特别近,让我感觉到了空气的流动。我发现自己在给她讲述我是多么喜欢看到他眼中的我:一个性感的人,一个喜欢冒险的人。哪怕有时候他让我在床上做的所有那些事并不总是让我感到完全舒服,让我觉得力有不逮。

"我的意思是,"我说,"这跟和卡勒姆在一起时感觉不一样,和卡勒姆在一起感觉我们就像是……"

"心灵伴侣?"汉娜问道。

"对。"我说。这是个相当让人尴尬的词,不过它也十分准确。"我想这是不一样的。跟史蒂文在一起时,好像他只给我展示了他自己很小的一部分,让——"

"让你想要看到更多?"

"没错。我想我是有点儿被他迷住心窍了。而且他那么成熟,那么老练,但他想要我。然后——"我耸耸肩膀,"我就搞砸了。"

汉娜皱起了眉头。"什么意思?"

"我也不知道。我猜想我想要证明给他看我很成熟。你知道吗,我们在一起的时候似乎除了见面、做爱之外从来没干过任何其他事。我有种——有种感觉，他也许只是因为那个才对我有兴趣的。"

汉娜点了点头。

"不过到了暑期结束时，朱尔斯的杂志要在Ｖ＆Ａ博物馆举行一个派对，我想着要是带他去的话应该会是件很酷的事。一次像模像样的约会。就如同想要给他留下点儿印象，使他觉得我已经长大了，成熟了一样。"

我给汉娜讲了我们沿着那些台阶拾级而上，看到那些十分成熟而富有魅力的人全都在里面东游西荡，个个看上去都像是电影明星一般。还有那个核对我们名字的家伙是如何上上下下打量我，仿佛他觉得我不应该出现在那里，而史蒂文看起来却与那里颇为相称。

"我有一点点紧张，"我说，"尤其是不得不把他介绍给朱尔斯。而那儿还有很多免费酒水。我喝得太多了，想试着让自己感觉上更自信些。结果我可是出了大洋相了，不得不去洗手间里一边恶心一边吐——一塌糊涂。然后史蒂文就把我送上了出租车，让我回朱尔斯那儿去，我甚至都没法叫他跟我一起走，因为朱尔斯晚些时候也会去那儿。我记得他点了一些钱给了出租车司机，还嘱咐他要保证让我安全到家，感觉我就像是个孩子。"

"他应该陪你一起回去，"汉娜说，"他应该确保你平安无事，而不是把这个任务留给一个出租车司机。"

我耸耸肩。"也许吧。不过我都他妈这么丢脸了，也难怪他想要摆脱我。"

我记得我看着车窗外的他心想：我搞砸了。我还想假如我是他，或许我也只想回里面去，和那些跟我年纪相仿但能控制好自己酒量的人混在一起。

"从那以后，他就开始跟我玩失联了，"为了怕她不明白我的意思，我又说道，"比如说不回复我的信息，你懂吧？尽管我能看到那两个蓝色的小对钩。"

她点点头。

"我回到了大学里。有一天晚上我稍微多喝了点儿，心里很难过，在出去了一晚上之后我给他发了十条信息。凌晨两点时，我试着在步行去公寓的路上给他打电话。他没接，也没有回复我的信息。我知道我再也见不到他了。"

"该死。"汉娜说。

"是啊。"

"那么说，就这样了？"见我不再说什么，她问道，"你就再没见过他？"然后看我不回答，她又叫道，"奥利维娅？"

可我无法说话。就像是我之前被施了什么咒语，让说话变得特别容易似的。现在则感觉要说的话仿佛都卡在了嗓子里。

在我的脑海里有这样一幅画面。白色上面有红色，全都是血。

我们回到富丽宫时，汉娜说她已筋疲力尽。"我直接上床睡觉去了。"她说。我懂了。在洞穴里的时候是不一样的。坐在黑暗之中，就着烛光喝伏特加，感觉我们好像可以无话不谈。而现在看起来我们几乎就像是过度分享了。我们好像越界了。

然而我知道我无法入睡，尤其是在所有那些男士依然在我房间外面玩着他们的游戏的情况下。于是我倚着外面的墙站了一小会儿，试图让在我脑子里奔腾的思绪缓和下来。

"你好啊。"

我吓得差点魂都飞了。"你他妈——"

是那个伴郎乔诺。我不喜欢他。我看见了他早些时候看我的样子。而且他喝多了——我看得出来,而我也醉得可以。借着从餐厅里透出来的光线,我能看到他咧着嘴,脸上现出一个大大的笑容,更多的是在抛媚眼。"想来口烟吗?"他递过来一支大号的大麻烟卷,泛着一股令人作呕的大麻气味。我能看见烟刚才放在他嘴里的那一头还是湿乎乎的。

"不了,谢谢。"我说。

"很乖嘛。"

我想要进屋去,可我刚一伸手去推门,他就抓住了我的胳膊,手攥得紧紧的。"你知道吗,咱们明天得跳支舞,你和我。伴郎和伴娘。"

我摇摇头。

他又上前了一步,把我拉得离他更近。他的块头比我大太多了。但就在此处,在所有人都在楼上的情况下,他什么也干不了,对吗?

"你应该考虑一下,"他说,"可能会让你大吃一惊的。一个年长一些的男人。"

"别他妈碰我。"我嘘了他一声。我想到了我的剃须刀片,就在楼上。真希望我此时就带着它,能摸到它最好。

我的胳膊猛地一下从他的手里挣脱出来,然后笨手笨脚地去开门,手指头都有点儿不听使唤了。我能感觉到他自始至终都在盯着我。

乔诺
伴郎

抽完那支大麻烟卷后,我回到了自己的房间。这些大麻是我在到达都柏林以后,跟着那些游客在圣殿酒吧闲逛的时候想方设法搞到的。我不确定它们能跟通常为我供货的家伙给我的一样有劲,不过但愿它们能够助我入眠。今夜我需要一点儿大麻来帮忙。

在这座岛上,我们就像回到了那里,回到了特里维廉一样。或许跟这里的陆地有关。有悬崖,有大海。我满耳听到的都是窗外波涛猛拍下方岩石的声音。我记得那里的宿舍:一排排床铺和窗户外的栅栏。是为了保护我们的安全还是为了把我们关在里面呢——或许都有一点点。而那里的波涛也同样冲刷着海滩,发出"沙沙,沙沙,沙沙"的声音。提醒着我保守那个秘密。

我有好几年没认真想起它了。我不敢。有些事你必须抛在脑后。不过好像到这里来就会迫使我直视它。而我这么做的时候,都他妈不能正常呼吸了。

我躺在床上,已经喝得烂醉如泥,后来还吸了大麻。但我却感觉有什么东西爬满了我的全身,好像我的床上爬着上百万只蟑螂。它们的存在使我无法入睡。我想要抓挠,抓破皮也行,只要能让这种感觉停下来。而且我也害怕如果真的睡着了,我就会做和昨天晚上同样的梦。在我记忆所及的时间里,我都没再做过那些梦了……年复一年。是这帮人。是这个地方。

这里很黑,简直太黑了。我觉得它正压在我的身上,像是要把我淹没其中。我在床上坐了起来,提醒自己我很好。没有什么东西要把我闷死,也没有什么蟑螂。有可能是大麻的缘故——别的东西,让我变得更加疑神疑鬼。我要去冲个澡,这才是该做的事。把水弄得热热的,再好好地搓一搓。

然后我觉得我看见了这个东西,就在房间的角落里。从黑暗之中逐渐长大,聚集成形。

不。这是我想象出来的。肯定是。别相信有鬼。

绝对是大麻,还有威士忌的缘故。我的大脑在捉弄我。该死,可我确定那儿就是有什么东西。我用眼角的余光能看到它,可当我直视时,它似乎又消失了。我就像一个害怕床下藏着怪物的小孩,闭上眼睛,用手指压住眼皮,直到眼前都出现了银色的斑点。毫无用处。即使我闭着眼睛也依然能看到它。那东西有一张脸。而且根本也不是东西,那是个人。我知道那是谁。

"离他妈我远点儿。"我低声说道。随后我又尝试了不同的方法。"我很抱歉。那不是我的错。我没想到——"

我的胃里一阵恶心。所幸及时冲进了浴室,吐到了卫生间马桶里。我的整个身体因为害怕而瑟瑟发抖。

朱尔斯
新娘

查理和我从屋顶上的城垛向外眺望，看到了本岛沿岸闪烁的灯光。其他人还在玩那些令人恶心的游戏。只有我们两个人上来这里，这件事有点儿不怎么正当，也有点儿草率鲁莽。或许是因为如同身处世界之巅，加上我们下方陡峭的地势和落差——虽然看不见却十分巨大——平添了一阵激动的战栗，使得所有事都让人稍微感到充斥着危险。或许是由于我们为黑暗笼罩。任何事都有可能在这里发生，而且没有人会知道。

"你能来这儿真是太好了，"我告诉他说，"你是我的伴郎，而不是威尔的。"

"谢谢，"他说，"很高兴到这儿来。你为什么会选择这个地方呢？"

"哦，你也知道。因为我的爱尔兰根。而且这里如此独特，我喜欢当第一个的想法。再有就是这里很遥远偏僻：对于阻止狗仔队有好处。"

"他们真的会试图拍摄他婚礼的照片吗？"他的声音听起来有些怀疑，好像他不相信威尔的名气能证明这一点似的。

"他们会的。而且把婚礼放在这么个荒野之地举行，相当符合威尔的公众形象。"

在某种程度上,我告诉他的所有事都是真实的。但却不是全部真相。

我把头靠在他的肩膀上,他全身一僵。也许像这样的亲密接触已经不像它曾经的那样让人感觉那么自然了。回头仔细想想,曾经自然过吗?

查理清了清嗓子。"我能问你个问题吗?"

他听上去很严肃。我警惕起来。"问吧。"

"他真的能让你幸福,对不对?"

我把头从他肩膀上抬起来一点点。"你这话什么意思?"

我感到他耸了耸肩。"就是字面意思。你知道我有多关心你,朱尔斯。"

"是的,"我说,"他能让我幸福。那我也可以问你关于汉娜的同样问题。"

"那可是大不相同的——"

"真的吗?怎么会呢?"我并不想听到他的回答;我也不需要又一个人来告诉我,说威尔和我之间的一切都进展得太快了。然后,因为今晚我喝下的酒比我想要喝的多——也因为除了现在我还有什么别的时间能够这么做呢?——我说出了这句话:"你是想说你本来能够让我更加幸福的吗?"

"朱尔斯……"他说话的声音像是一种呻吟,"别这么说。"

"说什么了?"我故作不知地问道。

"我们也不会那么幸福。我们是朋友,很好的朋友。这个你知道的。"说这话时,我能感觉他从我的身旁离开了,从悬崖的边缘退却了。

可我知道吗?而且他真的对此深信不疑吗?我知道他曾经有一次想要我。我仍然会想起那个晚上。那是一段我回想过太多次的记忆……比如我在洗澡过程中需要些"灵感"时。从那以后，我们再也没有说起过这件事。也正因为我们没说起过，所以它还保留着影响力。我敢确定他也仍然会想起那个场景。

"那时候我们是不一样的人。"他说道，就好像他可能读懂了我的心思似的。我不知道他是否如他表现出来的那样被自己的话说服了。"我刚才问你不是因为那个原因，"他说，"也不是出于嫉妒……或者什么其他的。"

"真的吗？因为在我听来，就像是你有点儿嫉妒。"

"我没有。我——"

"我告诉过你他在床上有多厉害吗？这是那种朋友之间照理应该告诉对方的事，不是吗？"我知道我有点儿过分了，但我就是忍不住。

"听我说，"查理说，"我只是想让你幸福。"

这可恶的高人一等的派头。我抬起头来，完全离开了他的肩膀。我现在能感到无论是从比喻的意义上还是身体的意义上，我们之间的距离都在扩大。"我完全有能力知道什么会让我幸福，什么不会，"我说，"省得你没注意到我已经三十四岁，早就不是那个十六岁、对你完全心存敬畏的处女了。"

查理做了个痛苦的表情。"天呐，我知道。抱歉，我不是那个意思。我很在意你，仅此而已。"

我突然想起一件事。"查理？"我问道，"你给我写过一张字条吗？"

"字条？"

从他的一头雾水当中，我听出了这个问题的答案。不是他。

"没什么，"我说，"无足挂齿。你知道吗？我要上床睡觉了。如果我现在就去，到明天之前，我就能睡八个小时了。"

"好啊。"他说。我感到我说今晚到此为止让他松了一口气,而这让我有点儿恼火。

"给我个拥抱吗?"我问道。

"当然。"

我向他靠过去。他的身体要比威尔的柔软,远不像曾经那样紧实。但他身上的气味还是一样。不知为何,是那么熟悉,这件事有些奇怪——想想都过去多久了啊。

我认为它依然存在。他肯定也感觉到了。不过吸引力从未真正走远过,对吗?我敢肯定:他吃醋了。

我回到房间时,威尔正在脱衣服。他咧着嘴冲我笑,我向他走了过去。

"咱们能从早先停下来的地方重新开始吗?"他低声说道。

我想,这也是抹去刚才跟查理那场对话的耻辱感的一种方法。

我拽开他衬衣上剩余的扣子,他则扯掉了我连衣裤上的一根带子,想要把它从我身上脱下来。我们之间总是像我第一次跟他在一起时一样——那么性急——只不过现在更好了,我们都明确知道对方想要什么。我们抵住床做爱,他从后面进入了我的身体。我到了高潮,格外强烈。这种情况下我没法安静。奇怪的是,感觉似乎自从我们被打断以后,这个晚上的大部分时间都像是一种前戏。感受着其他人注视我们的眼神:羡慕,敬畏。看着他们对于我们两个人在一起有多般配的那种反应。对了,还有就是跟查理稍微越了越界却又被断然拒绝造成的伤害。或许他也能听到我们发出的声音吧。

完事之后,威尔去洗澡了。他把自己照顾得无懈可击——他的生活习惯甚至会让我都相形见绌。我还记得当我意识到他那张长久不变的棕色脸庞其实并非因为经常暴露在自然环境中，而是用了和我同样的希思黎美黑防晒产品时，我还有点儿吃惊。

只是到了这会儿，穿着睡袍坐在单人沙发上，我才发觉有一种奇怪的气味，比逐渐消散的那种性爱的海洋气息更浓郁。毋庸置疑，这更为强烈的是大海的气味：在喉咙后部的一股咸腥，并且像是含着氨的强烈气味。在我坐在这里的同时，它似乎就从房间阴暗的角落里聚集起来，拥有了质感和厚度。

我走到窗边，打开窗户。外面很黑，空气也很冰冷。我能听到下面海浪拍击岩石的声音。更远些的海面在月光的映照下泛着银光，就像是熔化了的金属，亮得我几乎无法直视。从我这里甚至都能够看到波涛涌动，仿佛水面之下进行着超乎寻常的肌肉运动，意味深长。我能听到上方传来一阵咯咯的笑声，或许就在屋顶上。那笑声听起来像是一种幸灾乐祸的嘲笑。

我想，大海的气味当然应该是外面比屋里更浓吧？可相比之下，吹进来的微风却是清新无味的。我有点儿搞不懂了。我伸手去梳妆台上点燃了香薰蜡烛。接着我坐回椅子上，想要尝试着平静下来。但我却几乎能听到自己的心跳声。跳得太快了，我的胸口一阵扑腾。难道这仅仅是我们刚刚卖过力的后果吗？还是说有什么其他的原因？

我应该跟威尔谈谈那张字条的事。如果我还打算谈的话，现在正是时候。不过我今晚已经跟人起过一次冲突了——和查理——而我还不怎么能让自己直面这个问题，勇往直前地把它提出来。而且很可能什么事都没有。无论如何，我有99%的把握。也许98%吧。

浴室的门开了。威尔走进屋来，毛巾在腰间打了个结。虽然我刚刚才要过他，但我的注意力还是一下子就被他那副身躯：身体上的平坦与隆起，腹部、胳膊和腿上的肌肉吸引了。

"你干吗呢？还不睡？"他问道，"咱们得休息了。明天可是个重要的日子。"

我转过身去，用后背对着他，睡袍滑落到地板上，我当然能感觉到他的眼睛在盯着我。我很享受这种方法的威力。随后我掀开被子，溜到了床上，就在这时，我裸露的双腿碰到了什么东西。这东西又硬又凉，仿佛一团死肉。在我不经意间把脚伸入其间时它似乎让了一下，但随即便裹住了我的腿。

"我的上帝啊！我的老天爷啊！"

我从床上跳起来，被绊了一下之后，手脚半伸开，躺在了地板上。

威尔瞪着我。"朱尔斯？怎么了？"

一开始我吓坏了，对于刚刚感觉到的东西厌恶至极，使我几乎无法回答他的问题。恐慌已经攫住了我的喉咙，令我窒息。那种震惊感袭遍全身，深入脏腑。这是那种噩梦里会有的东西——那种你梦到在你床上发现，醒过来时一身冷汗，然后意识到一切都是出于你想象的东西。但这个是真实的。我依然能感觉到它裹住我的腿时那冷冷的触感。

"威尔，"我终于又能开口说话了，"有个东西——就在床上。被子下面。"

他两个大步就跨了过来，双手抓住羽绒夹被，一把就把它揭开了。我忍不住尖叫起来。就在床垫的中间，一个巨大的黑乎乎的东西四仰八叉地躺在那里，那是某种海洋生物，它的触手伸向四面八方。

威尔往后跳了一步。"这他妈什么玩意儿？"他的声音听起来与其说是害怕，还不如说是生气。紧接着他又说了一遍，仿佛床上那东西没准儿能用某种方法自己回答这个问题似的："这他妈什么玩意儿……？"

那种大海的气味，咸咸的，有点儿腐败的气味此刻已经压倒了一切，正从床上那一团黑乎乎的东西上散发出来。

威尔回过神的速度比我快得多，他马上又凑了过去。就在他伸出一只手去抓它时，我大喊道，"别碰它！"但他已经抓住了那些触手，然后猛地一拉。它们全都挣脱开了，那东西看起来散架了——既可怕又令人厌恶。我们做爱的时候它就在那儿，在被子的下面等着我们……

威尔发出了一声短促的冷笑，丝毫不带幽默感。"看——不过是海草而已。是这该死的海草！"

他把它高高举起。我靠近了些。他说得没错。这就是那种我看到过的遍布这里的海滩，被海浪冲上岸来的又黑又粗的大绳子一样的东西。威尔把它抛在了地板上。

渐渐地，整个场景失去了它骇人听闻、令人毛骨悚然的那一面，转而沦为一片狼藉。我开始意识到像我这样四仰八叉，一丝不挂地躺在地上简直狼狈不堪。我能感觉到我的心跳变得很慢，呼吸趋于平顺。

只除了一件事……这东西一开始是怎么到这儿来的？它为什么会在这儿？

有人对我们做了这件事。有人把这东西带进来，并把它藏在羽绒被的下面，这个人知道我们只有在上床睡觉时才可能发觉。

我转向了威尔。"谁有可能干这件事？"

他耸了耸肩。"嗯，我有我怀疑的对象。"

"什么？怀疑谁？"

"这是我们以前经常拿学校里的小男生们搞的恶作剧。我们会沿着悬崖上的小路下去，到海滩上捡一些海草——能拿多少就捡多少。然后我们把这些东西藏在他们的床上。所以我猜是乔诺或者邓肯干的——也有可能是所有那些家伙。他们大概觉得还挺好玩的。"

"你们管这叫恶作剧？咱们可不是在学校里，威尔，这是在我们的婚礼前夜！这他妈算什么啊？"从某种程度上来说，我的气愤也是种解脱。

威尔耸耸肩。"这恶作剧不是冲你来的，是冲我。你知道，都是冲着老交情。他们不是有意想惹你不高兴——"

"我想现在就去把他们全都叫起来，弄清楚到底是他们当中的谁干的。让他们看明白我觉得这恶作剧有多好玩儿。"

"朱尔斯。"威尔握住了我的肩膀。然后安慰起我来，"听我说，如果你真想这么做……好吧，那你也许会说一些让自己后悔的话。这可能会破坏明天的事，对不对？可能会改变整个局面的。"

我的确有些明白他的意思了。上帝啊，他总是如此通情达理——有时候简直让人气不打一处来，还总是采取最慎重的办法。我看着此刻地板上那团黑色的东西。很难相信它没打算传递某种更阴暗的信息。

"听我说，"威尔温柔地说道，"咱们都累了。这一天真够漫长的。现在咱们就别再为这个担心了。咱们可以用空余的房间里那个新床单。"

空余的房间是为威尔的父母准备的。他们对住在岛上这种古怪的想法表示嗤之以鼻。威尔似乎并不感到惊讶："我父亲从来都没有被我做的任何事特别打动过——毫无疑问，结婚也不例外。"他看起来有些怨愤。他很少谈起父亲——这一点却与我的感觉相悖,那就是我丈夫的父亲对他的影响比他愿意承认的还要大。

"再拿床新被子。"我告诉威尔。我差点儿就想说我要换到另一个房间去了。但那样会显得有些无理取闹,我为自己做了相反的选择而感到自豪。

"放心吧。"威尔用手示意了一下那团海草,"我还得把这玩意儿解决掉呢——相信我,我处理过比这糟糕得多的。"

在节目中,威尔经历过从狼群中脱险,也被吸血蝙蝠包围过——尽管他从未远离过剧组人员的帮助——所以对他来说这个看上去肯定是小菜一碟。跟遇见过的大风大浪比起来,床单上的一点点海草算不了什么。

"明天早上我得跟那帮哥们儿说一声,"他说,"告诉他们,他们全他妈是白痴。"

"好吧。"我说。他特别善于给人以安慰。他还特别——嗯,真的只有一个词可以用来描述——完美。

然而怎么就那么不合时宜,恰在此时,那张讨厌的小字条上面的词句在脑海中浮现出来。

> *他不是他所说的那样的人……骗子……说谎的人……*
> *不要嫁给他。*

"睡个好觉,"威尔安慰我说道,"这才是我们需要的。"
我点点头。
可我觉得我一宿都睡不着了。

奥伊弗
婚礼统筹人

外面传来一个声音。是个奇怪的声音，一声哀号。它听起来像是人而不是动物发出来的——但与此同时又不完全像是人的声音。弗雷迪和我在卧室里面面相觑。所有客人也都已经在半个小时前上床睡觉了。我还以为他们永远都不知疲倦。我们不得不一直等到最后结束，以防他们需要我们帮忙。我们听着从餐厅里传来的敲击声，诵唱声。弗雷迪学过一点点拉丁语的皮毛，他能翻译出他们诵唱的内容："若我不能撼动天堂，那我便要掀翻地狱。"我感觉听了这个浑身直起鸡皮疙瘩。

那几个迎宾员，他们就像是一帮大男孩。我得说他们缺少那种男孩子的天真无邪：不过也有些男孩并非真正的天真无邪。我的意思是作为成年男人，他们应该明白事理。而他们给人一种成群结伙的感觉，就好像本该各自乖乖听话的狗狗们，一旦凑在一起就管不住自己了。明天我非得密切关注着他们不可，要确保他们不会得意忘形。按照我的经验，有些最讲究不过的喜宴，出席的宾客也都是最阔绰最有头有脸的人，反倒最容易失去控制。我在都柏林组织过一场婚礼，参加的人包括了半数爱尔兰政界精英——甚至连爱尔兰共和国总理都到场了——结果也不过是见证了在第一支舞曲之前新郎与岳父的互殴。

而在这里，整座小岛还额外增加了一些危险。这个地方的蛮荒气息会深入你的内心。这些客人会觉得自己已经远离了正常的社会道德规范，不再受到其他人眼光的窥视。这些男人以前是公学学生。他们这辈子大部分时间都用于被迫遵守一套很可能并不会以他们的离校而告终的严格规则：包括选择上哪所大学，做什么工作，住什么样的房子。依我之见，那些对这种规则最尊敬的人同时也是最喜欢打破它们的人。

"我得去看看。"我说。

"不安全，"弗雷迪说，"我跟你一起去。"我告诉弗雷迪我没事。为了让他安心，我还告诉他我会在出去的路上拿上炉火旁的那根拨火棍。我们两个人当中，我更勇敢一些，这个我知道。我说这话并没有特别自豪。只不过当最坏的情况已然发生时，你会宁可丢掉对其他任何事物的恐惧的。

我步入夜色之中，在这天鹅绒般的黑暗将我融入其间的同时欣赏着它的特质。尽管厨房还亮着光，但富丽宫里射出的任何光线对它的影响都微乎其微——楼上还有一扇窗户也亮着，那是即将喜结连理的新人住的房间。嗯，我知道他们还不睡的原因。我们听到了床在地板上有节奏的震动声。

我还不想用火把。那样会使我在黑暗中显得很蠢。我站在这里，聚精会神地倾听。一开始我能分辨出来的只是海水拍击岩石的声音，以及一阵不太熟悉的沙沙声，我最终确认那声音来自大约五十码外的主帐篷，是那些织物布料在微风中窸窣作响。

随后另一个声音又开始响起。此时我已经能更好地分辨出来了。那是一个人的呜咽声。但究竟是男人还是女人却不可能听得明白。我转向声音的方向，就在此时，我觉得我眼角的余光捕捉到了在富丽宫后面附属建筑的方向上有什么物体移动了一下。我也不知道天这么黑我是怎么看到的。但我想这是我们身上动物本能中固有的特性。我们的眼睛在黑暗模式下对于任何扰动或者任何变化都是很警觉的。

那有可能是一只蝙蝠。有时候在傍晚时分，你能看到它们在暮色中轻快地掠过，因为飞得太快，你都无法确定你真的看见它们了。不过我认为那东西要更大一些。我确定那是个人，就是那个隐匿在黑暗中坐着哭泣的人。甚至在我多年以前来到这座岛上时，这里就流传着一些鬼故事，尽管当时岛上是有人居住的。悲痛的女人们哀悼着她们被残忍杀害的丈夫。从沼泽地里传来的声音否认他们得到了体面的安葬。那时，这些故事把我们吓得够呛。而现在我都能不由自主地体会到皮肤在骨头上绷紧的感觉。

"嘿？"我叫道。那声音突然一下子停住了。没听到回答，我便点燃了火把，用光柱向四处扫视。

就在我用火把以缓缓的弧线扫视时，光线捕捉到了什么东西。我马上对准了那个地方，结果照见了一个正盯着我看的人。光线照出了一头蓬乱的黑发和闪闪发亮的眼睛。就像是直接从民间传说中走出来的一样——一个小妖精：幻影小精灵，预示着厄运的来临。

我不由得后退了一步，火把的光也随之摇摆起来。不过渐渐地，我认出那是谁了。那只不过是伴郎，无力地靠在一栋附属建筑的墙上。

"谁啊？"他的声音听起来沙哑而含混不清。

"是我，"我说，"奥伊弗。"

"哦，奥伊弗啊。是来告诉我熄灯时间到了吗？该是乖孩子上床睡觉的时间了？"他歪着嘴冲我一笑，不过很是敷衍，我觉得那是火把照到的他脸上的泪痕。

"在这些附属建筑物附近转悠对您来说不安全，"我很现实地说道，那里面有旧的农用机械，能把人劈成两半，"尤其是还没带火把。"我又补充道。而且特别是你还醉成了这个样子，我心想。然而说来也怪，我感觉我仿佛是在保护这座小岛，不让它受到他的伤害——而不是反过来。

他站起身，朝我走过来。他块头很大，喝得醉醺醺的，而且——我还闻到一股让人厌恶的甜腻的大麻气味。我又退后了一步，同时意识到手里的拨火棍被我攥得更紧了。随后他咧嘴一笑，露出了歪七扭八的牙。"是啊，"他说，"到了乔尼小子上床睡觉的时间啦。知道吗，我想我有点儿太老了。"他先用手比画着从瓶子里喝酒的动作，接着又是抽烟。"这俩一起要是太多了的话，总是让我觉得有些不舒服。还以为我他妈看见什么了呢。"

我点点头，虽然他看不到我。我也同样以为看见什么了呢。

我看着他转过身，跟跟跄跄地朝富丽宫走去。这种强作的欢颜可没法让我相信。尽管他咧着嘴在笑，但似乎被裹挟在了痛苦和恐惧之间。他看上去就像是见了鬼一样。

婚礼当天
汉娜
陪同来宾

我醒来时头很疼，想起了那些香槟——然后是那瓶伏特加。我看了一眼闹钟：早上七点。查理仰面朝天睡得很熟。昨晚我听见他进来了，脱掉衣服。我等着听他绊倒然后骂街，但出人意料的是，他似乎还能控制好自己的身体机能。

"汉，"他上床的时候冲我耳语道，"我不跟他们玩儿那个喝酒的游戏了。我只喝了那一小杯。"这句话让我对他的厌烦少了一点。接下来我开始纳闷儿这段时间里他还去过哪儿，跟谁在一起。我想起了他跟朱尔斯之间的暧昧。我记得乔诺是如何问起他们是否上过床——以及他们又如何始终避而不答的。

所以我没理他。我假装睡着了。

但一觉醒来，我就觉得很兴奋。我做了些奇怪的梦。我觉得伏特加是其中部分原因，但也有昨晚开始时威尔的眼睛盯着我看的因素在内。接着是最后在洞穴里跟奥利维娅谈话：在黑暗之中，坐得如此紧邻，海水拍打着双脚，只有蜡烛作为照明，酒瓶在彼此之间传递着。秘密，不知何故还有些撩人。我发现自己留意了她说的每个字，她为我描绘出的画面在黑暗中栩栩如生。仿佛紧贴着墙的人是我，我的裙子被推到了臀部以上，有个人的嘴在我身上来回游移。这家伙也许就是个笨蛋，但这种性爱听上去却着实火辣。而这使我回想起跟一个陌生人做爱，你没法预期他的每一步行动时那种稍稍带点儿危险的刺激。

我翻身朝向查理。要打破我们之间长期的性缺乏，重新获得失去的亲密关系，或许现在正是时候。我把一只手偷偷伸进了被单下面，轻抚过他富于弹性的胸毛，把他的手往下放了放——

查理发出了一声困倦又诧异的咕哝，紧接着是他充满睡意的声音："现在别，汉。太累了。"

我把手收回来，仿佛被扎了一下。"现在别"：感觉上我就像是个惹人烦的家伙。累是因为昨天熬得太晚，鬼知道他去干了什么，在来这儿的船上他还说过这是个属于我们俩的周末呢。真想让他知道此时此刻我的感觉有多强烈。我突然产生了一种可怕的欲望，想要抄起床头柜上的精装书打他的脑袋。这种愤怒的冲动令人担忧。就好像我藏着这种想法已经有一段时间了似的。

然后便是一阵不足为外人道的思绪。我放任自己去猜想在威尔身边醒过来的感觉，肯定跟朱尔斯是一样的。昨晚我听见他们的动静了——富丽宫里的所有人肯定也都听见了。我又想起了昨天威尔把我从船上提起来时他胳膊上的力量。我也同样想起了昨晚我捕捉到他带着那种奇怪的探询的表情看着我的情景。感受到他的眼神停在我身上，力量感便油然而生。

查理在睡梦中嘟囔着什么，我闻到他嘴里有一股酸臭的晨起时的口气。我无法想象威尔会有口臭。突然间，我觉得该让自己离开这间卧室，离开这些思绪。

富丽宫里听不到活动发出的声响，所以我认为我是第一个起床的。

今天肯定会刮相当大的风,因为我在蹑手蹑脚下楼时,能听到风吹过这个地方古老的石头时的呼啸,窗玻璃在窗框中时常发出"啪嗒啪嗒"的声音,仿佛有人在用手掌拍打一般。我不知道是否昨天我们赶上的才是最好的天气。朱尔斯不会喜欢这种想法的。我踮着脚走进了厨房。

奥伊弗身着干净挺括的白衬衣和休闲裤站在那里,手里拿着一块带夹子的写字板,看上去仿佛已经起来好几个小时。"早上好,"她说——而我感觉她在仔细打量着我的脸,"今天怎么样?"给我的印象是,奥伊弗那双明亮且会评判人的眼睛是不会错过多少事的。她是那种低调却又相当漂亮的人。我觉得她在努力对此轻描淡写,但依旧光彩照人。形状美丽的黑色眉毛和灰绿色眼睛。还有那种我梦寐以求的,天生的奥黛丽·赫本式的优雅以及那高高的颧骨。

"我觉得还不错,"我说,"不好意思。我没意识到还有人也起来了。"

"天刚亮时我们就起床了,"她说,"开始为今天这个大喜的日子做准备。"

我几乎都已经忘记了真正的婚礼这回事。我不知道朱尔斯今天早上会有怎样的感觉。会紧张吗?我想象不出来她会对什么事感到紧张。

"当然。我打算去散散步,感觉头有点儿疼。"

"嗯,"她微笑着说道,"沿着经过小教堂的那条小路,主帐篷在另一边,往这个岛的山顶走是最安全的。那样能让你远离沼泽。再去门边拿双长筒靴——你需要特别小心地走干燥的地方,不然一不留神就跑到草皮上去了。那上面还有一些标识,如果你需要的话就打电话。"

电话。噢,天呐——孩子们!我突然意识到他们已经彻底被我抛在了脑后,这让我一下子内疚起来。那可是我自己的孩子啊!这个地方竟然已经使我如此健忘,着实令我感到震惊。

我走出门去找那条小路,或者该说是那条小路的遗迹。因为这并不像奥伊弗描述的那么简单:你差不多能看出来它肯定是在哪儿被踩出来的,这些地方的草长得不像其他地方那么好。我一边走,云层一边在我头顶极速翻滚着奔向远处的大海。今天的风肯定更大一些,天也更阴,尽管阳光会时常穿过云层,射出耀眼的光芒。巨大的主帐篷在我左面,当我经过时它在风中沙沙作响。我可以偷偷溜进去看一眼。不过我却朝着在我右手边的小教堂方向的墓地走去。或许这是每年这时我的心境的一种反映,每年六月,这种病态的情绪都会降临在我身上。

漫步在那些标识之间,我看到好几个特别与众不同的凯尔特十字架:不过我还是能分辨出模糊不清的锚和花朵形象。大多数石碑年代都过于久远,上面写的字几乎已经辨认不清。即使你能看清,那也不是英语:我猜应该是盖尔语。一些石碑已经断裂或者磨损得根本没有原来的形状了。我想都没想自己在干什么,便伸出手去摸了摸离我最近的那块石碑,感受了一下数十年来在风与水的作用下,原本粗糙的石碑变得光滑的地方。有几块石碑看起来稍微新一些,那些或许是在岛民们永远地离开这里之前不久立下的。不过它们多数也都长满了杂草和苔藓,仿佛已经有一段时间无人照管了。

然后我无意中发现有个石碑很显眼,因为它上面什么也没长。事实上它被打理得很好:在它前面摆放着一个小果酱罐,罐子里插着野花。从上面的日期来看——我迅速地算了一下——这肯定是个孩子的墓,一个年轻的小姑娘:达尔塞·马洛内,石碑上写着,消逝于大海中。我看向大海的方向。马蒂告诉我们,很多人都在试图横渡的过程中淹死在海里了。我意识到实际上他并未告诉我们他们是什么时候淹死的。我原以为那都是几百年前的事了,不过也没准儿是最近的。想想看:这或许就是其中谁的孩子。

我弯下腰去,又摸了摸石碑,感到喉咙的后部一阵疼痛。

"汉娜!"我转向富丽宫的方向。奥伊弗站在那儿正看着我。"不是这条路,"她说着指向以一条角度远离小教堂继续延伸的小路。"是那边!"

"谢谢!"我向她喊道,"真抱歉!"我感觉就像是非法入侵时被人当场抓住了一样。

随着我走得离富丽宫越来越远,小路上的标识似乎也彻底消失了。看起来很安全的长满草的一片片土地开始在我的脚下塌陷,变成了一片黑色的软泥。冰冷的沼泽水已经漏进了我右脚的靴子,我的脚在湿透的袜子里每走一步都"扑哧扑哧"地响。一想到很多尸体就在我脚下的某个地方,就让我浑身颤抖。我不清楚有没有人知道,今晚他们跳舞的地方离一个乱葬坑有多近。

我拿出手机。如奥伊弗所言,信号是满的。我给家里拨了电话。在风中我依然可以听得见电话那头的声音,接着是我妈妈的声音在说话:"喂?"

"现在不算太早吧?"我问道。

"才没有呐,亲爱的。我们已经起了有……呃,好像有几个小时了。"

当她把我的电话递给本的时候,我几乎听不清他在说什么,他的声音太高太尖了。

"你说什么,宝贝?"我把手机贴在耳边。

"我说你好,妈妈。"一听到他说话的声音,我就从内心深处感受到了我与他之间那种强大的感情纽带。就算我想用什么来与我对孩子们的爱相比较,那也不会是我对查理的爱。这种爱具有动物性,强大而有力,像血一般浓厚。那是对亲人的爱。我能找到的与之最为接近的,便是我对我姐姐艾丽斯的爱。

"你在哪儿啊?"本问道,"听起来像是大海的声音。有船吗?"他痴迷于各种船只。

"有啊,我们就是坐着一艘船过来的。"

"一艘大船吗?"

"有点儿大。"

"洛蒂昨天真的生病了,妈妈。"

"她怎么了?"我马上问道。

最令我担心的莫过于想到我所爱之人出了什么事。在我小时候,有时夜里醒过来,我会爬到我姐姐艾丽斯的床上,检查确认她是否还在喘气,因为我能想象到的最糟糕的事,就是她被人从我身边带走。"我没事的,汉,"她会轻声说,声音里带着笑意,"不过你要是想的话可以钻进来。"而我便会躺在那里,紧贴着她的后背,感受她呼吸时肋骨那种让人安心的起伏。

妈妈把电话接过来了。"没什么可担心的,汉。她昨天下午把自己撑着了。你爸爸——那个笨蛋——在我去商店的时候,让她和维多利亚海绵蛋糕单独待在一起。她现在已经好了,亲爱的,这会儿正在沙发上看 CBeebies,准备吃她的早饭呢。好了,"她对我说道,"去享受你们这个迷人的周末吧。"

穿着湿透了的袜子,眼睛被风刺痛得直流眼泪,我想此刻我并不觉得这个周末特别迷人。"好吧,妈妈,"我说,"明天回家路上我会试试再给家打个电话的。他们没让您特别抓狂吧?"

"没有,"妈妈说,"说实在的——"她话语中这个小小的停顿听起来明确无误。

"怎么了?"

"嗯,是个很好的消遣吧。肯定的。照顾下一代嘛。"她停了下来,我听见她深吸了一口气,"你知道……就是在每年的这个时候。"

"是啊,"我说,"我明白,妈妈。我也有这种感觉。"

"再见,亲爱的。你照顾好你自己啊。"

我挂断电话时,一个想法突然涌入我的脑海。奥利维娅让我想起的那个人难道是她吗?是艾丽斯?全都对得上:身体单薄,弱不禁风,还有那副任人宰割的表情。我还记得第一眼见到我姐姐从大学回家来过暑假时的样子。她的体重掉了三分之一,看上去就像是个得了重病的人——像是有什么东西在从里到外吞噬着她。而最糟糕的是,她认为她无法对任何人说起在她身上到底发生了什么。甚至对我也不行。

我开始往前走。接着我又停下脚步看了看周围。我不确定我走的路对不对,但哪条路才是正确的并不那么明显。从我这里看不到富丽宫,甚至也看不到主帐篷,它们都被隆起的地面遮住了。我还以为回去时的路会更容易一些,因为我知道路线。但我现在有些分不清方向了——思绪已经完全去了其他地方。我肯定走了一条不同的路;这里似乎沼泽更多了。为了躲开一片片又软又湿的黑沼泽,我不得不从一个干一些的草丛蹦到另一个,就这样坚持跳着。然后我有点儿被困住了,想冒个险跳一大步。但我判断错了：我的立足脚一滑，左脚的长筒靴没能落在草丘上，却踩在了沼泽松软的表面。

我向下一沉——并且还在一直往下沉。一切发生得太快了。地面打开了个缺口，把我的一只脚吞了进去。我失去了平衡，向后一个趔趄，另一只脚也像是被什么吸住了，还发出一个可怕的声响，快得仿佛鸬鹚黑色的喉咙把鱼一口吞下去一般。片刻之间，沼泽似乎已经没过了长筒靴的顶端，而我则越陷越深。最初的几秒钟我惊讶得都傻了，整个人呆若木鸡。随后我意识到我必须采取行动来拯救我自己。我伸出手去够面前那片干燥的土地，抓住了两大块草皮。

我用力一拉，什么都没有发生。我好像被卡得死死的。这可就太尴尬了，我心想，等我带着这一身污秽回到富丽宫时，还不得不去解释清楚发生了什么。接着我就意识到我还在往下沉。黑色的土壤已经慢慢没过了我的膝盖，到了我大腿的下半段。它在一点一点地把我吸进去。

突然，我不再顾及什么尴尬不尴尬的事。我是真的害怕了。"救命啊！"我大喊道。但我的话语全都被风声吞没了。我的声音想要传出几码远的距离都不可能，更不必说传到富丽宫去了。不过我还是又试了一次。我大声尖叫道："救救我！"

我想到了沼泽地里的那些尸体。我想象着那些骷髅的手从地下深处向我伸过来，准备要把我拽下去。我开始在沼泽地的岸边乱抓一气，用尽全力想要把自己往上拉，同时还像只动物似的使劲喷着鼻息发出咆哮声。感觉依然什么都没有发生，但我咬紧牙关，愈发努力。

然后我察觉到有种很明显的被人监视的感觉，脊梁骨不由得一阵刺痛。

"你要人帮把手吗?"

我吓了一跳,但却没办法很好地转过身去看看究竟是谁在说话。他们慢吞吞地绕到了我的面前站住。是那些迎宾员中的两个人:邓肯和皮特。

"我们在做一次小小的探险,"邓肯说,"你知道吧,为了了解一下地形情况。"

"可没想到还能有这种荣幸去营救一位危难中的少女。"皮特说。

他们的表情几乎可以说是不动声色的。但邓肯的嘴角轻轻抽动了一下,让我有了一种他们在讥笑我的感觉。当我苦苦挣扎时,他们可能已经观察我有一阵子了。我不想依靠他们的帮助。但我也真的没有本钱在这里挑三拣四。

他俩每人抓住我一只手。在他们的拉拽之下,我最终想方设法把一只脚从中挣脱了出来。就在我最终把脚从沼泽里拉出来时,靴子掉了,地面把它封盖住了,速度快得如同它打开时一样。我把另一只脚也拽出来,爬到了沼泽地的岸边,安全了。有那么一会儿,我只能匍匐在地上,因为精疲力竭和肾上腺素的原因浑身颤抖不止,完全攒不出力气站起身来。我几乎无法相信刚刚发生了什么。随后我想起来这两个男人还在俯视着我,每个人还拉着我一只手呢。我吃力地站了起来,向他们表示感谢,看上去还算礼貌地迅速放开了他们的手——我们手指间相互交错地紧握,突然之间使人产生了一种奇怪的亲密感。随着肾上腺素作用的减退,我开始意识到,他们在把我拉出来时在他们眼里我是副什么德行:上衣洞开,露出我灰色的旧文胸,两颊通红而且汗流满面。我还意识到我们在这里是多么的偏僻隔绝。他们两个人,我一个人。

"谢谢了，伙计们，"我一边说着一边讨厌自己声音中的颤抖，"我想我现在得回富丽宫去了。"

"是啊，"邓肯拉长了声调说道，"为了婚礼也得把所有这些脏东西都洗掉。"而我弄不明白是我太多心了，还是说他说这句话的方式背后真的有某种暗示。

我动身朝富丽宫的方向走去。我用穿着袜子的双脚，用尽我所能地以最快速度赶路，同时还小心翼翼地只挑那些最安全的交叉路口。我突然特别想要回到屋里去，没错，回到查理身边。给自己和沼泽地，而且说实话，也包括我的救命恩人之间留下尽可能多的空间。

奥伊弗
婚礼统筹人

我坐在桌子前,仔细检查着今天的各项计划。我喜欢这张桌子。它的抽屉里是满满的回忆。有照片,有明信片,有信件——因年代久远而泛黄的纸张,孩子气的涂鸦字体。

我把收音机调到了天气预报。在这里我们能收到一些戈尔韦的广播电台。

"今天晚些时候风力会有点儿大,"天气预报员的声音传来,"关于风力级数,我们尚未取得一致的证据,但可以肯定的是,康尼马拉与西戈尔韦的大部都会受到影响,尤其是各个岛屿和沿海地区。"

"听起来可不太妙啊。"弗雷迪走进来站在我的身后说道。

我们听着收音机里的人播报说,下午五点钟以后会起风。

"到那时,他们应该都安全地进到主帐篷里面了,"我说,"即使有点儿风,主帐篷也应该固定得很结实。所以没有什么可担心的。"

"电力系统怎么样?"弗雷迪问道。

"相当好,不是吗?除非咱们要面临一场真正的风暴。而预报员刚才对此只字未提。"

今天早晨天刚蒙蒙亮,我们就起床了。就在我检查确认一切是否都井然有序时，弗雷迪甚至都已经跟马蒂去了趟本岛买了些限时清仓供应的东西回来。花商很快就会过来，安排在小教堂和主帐篷里用的本地野花，包括婆婆纳、带斑点的野生兰花还有蓝眼草。

弗雷迪回到厨房去最后看一眼，还有什么食物可以提前做好准备：比如餐前的小面包和点心，以及用康尼马拉烟熏房的熏鱼做的开胃冷盘。我的丈夫对食物充满热情。他可以用一个伟大音乐家慷慨激昂地谈论一部音乐作品的方式，谈论他想出来的一道菜。这源自他的童年时代；他自称都是因为小时候的日常饮食总是千篇一律。

我朝主帐篷走去。它跟小教堂与墓地占据着同一片高地，位于富丽宫以东，沿着一片比较干燥的土地走大约五十码就到了，两边都是湿软的沼泽。我听见前面传来一阵狂乱的急速奔跑声，紧接着它们就出现在我的面前：野兔们被吓得从它们的"家"，也就是它们在寻石南丛中挖的用来睡觉的洞里蹿了出来。它们一时间在我面前狂奔，白色的尾巴不住晃动，有力的四肢一通乱蹬，然后突然钻进两边茂密的长草里，在视野中消失不见了。在盖尔人的民间传说中，野兔是能变形的：有时候，当我在这里看见它们时，我会想象着鸬鹚岛上所有那些死去的灵魂重新幻化成形，奔跑在寻石南中。

进入主帐篷，我开始做我的工作，给加热器加满了燃料，为餐桌的布置做些收尾工作：手工水彩画的菜单，从纯银戒指中穿过的亚麻布餐巾，同时，每枚戒指上都刻着会把它带回家的客人的名字。稍后，这些布置精美的餐桌的优雅将与户外的野蛮荒凉形成鲜明对比。晚些时候，当我们点燃那些坐着船从Cloon Keen工作室——戈尔韦独有的香水制造商的精品店里买来的价格不菲的蜡烛时,这里会香气四溢。

在我做各种检查时,我周围的主帐篷在颤抖。想想都很神奇,几个小时以后,这个正在发出回声的空荡荡的地方就会人声鼎沸。与外面明亮的冷光相比,这里面的光线显得黯淡发黄,但是今晚,整座大帐篷就会像你放飞到夜空中的纸灯笼一样,发出柔和的光芒。本岛上的人们能够远远地眺望这里,看到鸬鹚岛——这座他们一说起来就是死寂之地、闹鬼岛、仿佛只存在于历史当中的小岛上正在发生着什么令人激动的事。如果我的工作做到位,这场婚礼将能确保他们现在就会再次谈论起这里。

"咚咚咚!"

我转过身去。是新郎。他举着一只手,假装敲在帆布帘的边上,仿佛那是一扇真正的门似的。

"我正在找两个乱跑的迎宾员呢,"他说,"我们应该换上我们的晨礼服了。你没看到他们吧?"

"哦,"我说,"早上好。没有,我觉得我没看见。您睡好了吗?"我依然无法相信这真的是他,是他本人:威尔·斯莱特。弗雷迪和我从一开始就在看《幸存之夜》。但我没对新娘和新郎提起过这件事,免得他们担心我们是一对打算让我们自己和他们都难堪的疯狂粉丝。

"好着呢!"他说,"非常好。"他本人非常好看,甚至比在荧屏上看起来还要好看。我低头伸手去整理一把餐叉,以免一直盯着他。看得出来,他一直都相貌出众。有些人小的时候还没长开,样子令人尴尬,但长大以后会变得魅力十足。而这个男人却可以如此从容优雅地拥有自己的美貌。我怀疑他在利用它来产生巨大的影响,很显然他非常清楚地意识到了它的力量。一举一动给人感觉都像是在观看一部精确调整过的机器的运转,或者一只处于最佳状态中的动物。

"我很高兴您睡得很好。"我说。

"啊,"他说,"尽管我们在上床时发现了一个小小的问题。"

"哦?"

"羽绒被下面有一些海草。迎宾员们的小恶作剧。"

"噢,我的天。"我说,"我十分抱歉。您应该叫一下弗雷迪或者我的。我们会帮您把问题解决好,重新拿新床单给您铺好床。"

"你不必道歉,"他说——依然是那副迷人的笑容,"本性难移嘛。"他耸了耸肩,"虽说乔诺的行为有点儿幼稚吧。"他走过来站到我旁边,近得我都能闻出来他身上的古龙水味。我往后退了一小步。"这儿看起来真棒,奥伊弗。让人印象深刻。你的工作做得太出色了。"

"谢谢您。"我的语气没有要继续聊下去的意思。不过我猜威尔·斯莱特还不习惯有人不想跟他说话。看到他没动地方,我意识到他甚至可能把我的简略回答视为一种挑战。

"那说说你的情况好吗,奥伊弗?"他的头歪到一边,问道,"你们不寂寞吗,住在这儿,就你们两个人?"

他真的感兴趣吗,我很纳闷,还是说只不过是假装的?他为什么想要了解我的情况?我耸耸肩。"不,真的不寂寞。无论如何,我是那种您可能会称之为不合群的、喜欢独处的人。说实话,到了冬天,感觉也像野外求生。夏天才是我们留下来的原因。"

"但你最后是怎么到这儿来的呢?"他似乎真的很感兴趣。他的确是那种能够让你相信他对你所说的每句话都很着迷的人。我想,这些都是使他如此招人喜欢的因素。

"我小时候,"我说,"经常在暑假到这儿来。我们全家都经常到这儿来。"我并不常常谈论起那段日子。但我有很多事可以告诉他。可以说说白色沙滩上便宜的草莓冰棍,食用色素把嘴唇和舌头都染成了红色。可以说说去小岛另一边的岩池,急切地用手指把撒网捞上来的东西过一遍,寻找小虾和透明的小螃蟹。在那些隐蔽的海湾里,海水有着绿松石般的颜色,我们在海水中嬉戏,直至对那接近冰点的温度都习以为常。很显然,这些事我都不会告诉他的:这并不合适。我需要维持自己和客人们之间的那道至关重要的界线。

"啊,"他说,"我觉得你没有本地口音。"我不知道他想的是什么。是爱尔兰式的"早上好"①"当然,当然"②,还是满眼三叶草③和一身绿装的小矮妖④呢?

"没有,"我说,"我有都柏林口音,听起来或许不那么明显。不过我也在很多地方都生活过。我年轻时因为父亲工作的缘故——他是位大学教授,我们不断地搬家。在英格兰住过一阵子——在美国也住过一段时间。"

"你是在国外遇见的弗雷迪吗?他是个英国人,对不对?"还是那么兴趣十足,那么魅力四射。这让我觉得有点儿心神不宁。我不明白他究竟想要知道些什么。

"弗雷迪和我很久很久以前就认识了。"我告诉他。

他报以那种惹人喜爱的、令人着迷的微笑。"青梅竹马?"

"也可以这么说吧。"但其实并不尽然。弗雷迪比我小几岁,我们一开始是朋友,友情维持了多年。或者甚至都不能说是朋

---

① 原文 Top o' the morning 为爱尔兰人特征性的说法,下同。
② 原文为 to be sure, to be sure。
③ 爱尔兰的国花。
④ 爱尔兰民间传说中的人物。

友,更像是相互依附的关系,如同彼此的救生筏一样——在我母亲变成一副躯壳之后不久,在我父亲心脏病发作之前的几年。但我不会告诉新郎所有这些事。除了其他的一切之外,在这一行里,永远不要让自己看起来太人性化,太容易犯错误。

"我明白了。"他说。

"那么,"不管下一个问题可能是什么,在它被问出口之前,我说道,"如果您不介意的话,我最好赶紧开始干活儿了。"

"当然,"他说,"今晚会来一些真正的派对动物,奥伊弗。我只希望他们不要引起太大的混乱。"他把手穿过他的头发,以一种我认为可能是有意做出来的、带着些遗憾又讨人喜欢的方式冲我咧嘴一笑。他笑的时候能看出来他的牙齿特别白,事实上是有点儿太亮了,让我不禁想知道他是不是给牙做过什么特殊的亮白处理。

接着他挪到了离我更近些的地方,并且把一只手搭在我的肩膀上。"你正在做一件无与伦比的工作,奥伊弗。谢谢你。"他的手留在那儿的时间有点儿太长了,我都可以透过衬衣感受到他手掌的热度。我突然很清楚地意识到,在这个充满回声的偌大空间里,只有我们两个人。

我微微一笑——那是最能体现我的礼貌与职业性的微笑——然后往旁迈了一小步。我想一个像他这样的男人肯定对自己的性吸引力是很有把握的。起初它会被解读为魅力,但在表象之下,是某种更阴暗、更复杂的东西。我觉得他其实并不是被我吸引住了,完全不是。他把手放在我肩膀上是因为他可以。或许是我太多心了。不过那感觉就像是在提醒我,他是主宰的那一方,而我是在为他工作,我必须跟着他的指挥棒转。

现在
新婚之夜

搜索队步入了外面的黑暗中。狂风立刻尖啸着向他们袭来。煤油火把的火焰在风中摇曳并发出嘶嘶声，预示着即将熄灭。他们被风吹得流着眼泪，耳朵嗡嗡作响。他们发现自己不得不低着头顶着风，仿佛那是个坚实的巨大物体。

肾上腺素正布满他们全身，这是他们与恶劣天气的对决。一种自少年时代起便被铭记于心的感觉——深埋心底，难以形容，凶残野蛮——关于夜晚的激动人心的记忆并非完全与之不同。那是他们在对抗黑暗。

他们缓慢向前行进。富丽宫和主帐篷之间这片比较长的土地，被两边的沼泽所包围：这就是他们将要开始展开搜索的地方。他们大声呼喊着"那边有人吗？""有人受伤吗？"以及"你能听见我们的声音吗？"

没有回应。狂风似乎吞没了他们的声音。

"也许咱们应该分头行动！"费米喊道，"让搜索加快速度。"

"你疯了吗？"安格斯回应道，"在随便哪边都是沼泽地的时候？咱们没人知道这沼泽是从哪儿开始的，尤其还是在一片黑暗之中。我不是——不是被吓着了。但我可不想，你们也知道……不想自己找着什么让人恶心的东西。"

于是他们保持着紧密的队形,彼此之间触手可及。

"她叫的声音肯定相当大,"邓肯喊道,"我是说那个女服务员,要想在这种条件下被人听到的话。"

"她肯定是被吓坏了。"安格斯喊道。

"你害怕了吧,安格斯?"

"才没有。滚你的吧,邓肯。不过,也真的是很难看得清——"

他的话音消失在一阵异常猛烈的风中。在一片火星四溅之后,两个大煤油火把就像生日蜡烛一样熄灭了。不管怎样,他们依然拿着金属支架,并把支架举在前方,仿佛举着两柄剑。

"实际上,"安格斯喊道,"也许我是有一点儿害怕。这有那么丢人吗?或许我是不喜欢在这种刮着大风的鬼天气里待在外面,要么就是……就是不喜欢想着咱们可能会发现的东西——"

他的话被一声惊慌失措的叫喊打断了。他们高举着火把转过身去,看见皮特的手正在凭空乱抓,一条腿的下半部分已经被淹没了。

"你个蠢货,"邓肯大喊,"肯定是从干地上走偏了。"但他松了口气,他们全都松了口气。那一刻,他们还以为皮特发现什么了。

他们把他拽了出来。

"天哪,"等皮特被解救出来,双手摊开地跪在大家脚下时,邓肯喊道,"你是今天我们不得不解救的第二个人了。早些时候费米和我发现查理他老婆就在这该死的沼泽里叫得跟杀猪似的。"

"沼泽里的……"皮特呻吟道,"尸体……"

"噢,住嘴吧,皮特,"邓肯怒吼道,"别犯傻了。"他把火把朝皮特的脸靠近了一些,随后转向其他人。"看看他的眼睛——

他已经方寸大乱了。我就知道。咱们干吗带他来？他就是个他妈的累赘。"

皮特突然沉默下来的时候，他们全都如释重负。没人再提那些尸体了。他们知道，那只是一个民间传说而已。他们可以对它置之不理——尽管可能不像大白天里，一切感觉都更熟悉时那么容易。但他们却无法把他们此次任务的目的，以及他们或许会发现的东西的可能性抛诸脑后。这里有切实的危险，地形不熟悉，黑暗中危机四伏。他们到现在才刚刚开始充分意识到这一点，明白自己有多么措手不及。

当天早些时候
朱尔斯
新娘

我睁开双眼。今天就是大喜之日。

昨晚我没睡好,睡着以后做了个奇怪的梦:废弃的小教堂在我走进去时垮塌成为一地的尘土。醒来时我觉得浑身不舒服,心神不宁。有点儿因为多喝了几杯造成的宿醉导致的妄想,这一点毫无疑问。而且我确信我依然能够闻出来海草那股挥之不去的腥臭,尽管它们已经被拿走好几个钟头了。

威尔一大早就去了空余的客房,算是对传统的尊重,但我发现自己非常希望他能留在这里。不要紧,肾上腺素和意志力会帮我挺过去的,它们得帮我。

我看着挂在海绵衬垫衣架上的婚纱。在某种神秘的微风吹拂下,起保护作用的薄纱像翅膀一样轻柔地来回舞动。直到现在我才发现,在这个地方,哪怕你门窗紧闭,气流也会在屋子里自寻出路。它们在空中穿梭,旋转雀跃,它们亲吻你的后颈,它们轻戳你的脊梁,温柔得好似指尖的触碰。

在丝质睡袍里面我还穿了一身为了今天专门从 Coco de Mer[①]

[①] 英国情趣内衣品牌。

挑选的内衣。最为精致的列韦斯蕾丝细如蛛丝,以及与之相称的婚礼奶油色。第一眼看上去非常传统。但是短衬裤上从上到下有一排很小的珍珠母扣子,为的是使衬裤可以完全解开。很好看,又非常调皮。我知道威尔晚些时候会特别喜欢发现它们的。

窗外有什么东西动了一下,吸引了我的注意力。就在下面,在岩石上,我看见了奥利维娅。她穿着跟昨天一样的宽松毛衣和破洞牛仔裤,赤着脚小心地朝着岩石的边缘走去,在那里,海水撞击着花岗岩,白色的浪花如巨大的爆炸般四溅开来。她怎么还没做好准备?她的头低着,肩膀耷拉着,头发像一团乱糟糟的绳子缠在脑后。有那么一刻,当她离岩石的边缘、离海水的激荡太近时,我的心都提到嗓子眼儿了。她有可能掉下去,而我却无法及时从这里下去救她。我站在这里束手无策的同时,她可能就在那里溺水而亡了。

我急忙敲了敲窗户,但我觉得她无视了我——或者说,我承认这也有可能——在海浪声中,她听不见我敲窗户的声音。不过万幸的是,她似乎又离那个容易掉下去的地方远了一小步。

很好。我不用再担心她了。是时候开始认真做准备了。我很容易就能找个化妆师从本岛坐船过来,但在这么重要的日子里,我绝对不可能把对我形象的控制权转交给其他人。如果自己化妆对凯特·米德尔顿[①]来说已经足够好了的话,对我来说也足够好。

我伸手去拿化妆包,但手意外地一抖,整个包掉在了地板上。该死。我从来都不是个笨手笨脚的人。难道说……我有点儿紧张吗?

---

①即凯特王妃,英国威廉王子的妻子。

我低头看着散落的物品,一管管金光闪闪的睫毛膏和口红就像要追求自由似的滚得满地都是,而打翻了的粉盒则洒出来一缕古铜粉。

在所有这些东西的中间,有一张叠起来的稍微被烟尘染黑了的小纸片。看到这张纸,顿时令我毛骨悚然。我盯着它,无法把目光移开。这么个小玩意儿怎么可能在最近的几个月里,一直占据着我心里那么巨大的空间呢?

我究竟为什么要留着它?

我打开了那张纸片,尽管我并不需要这么做:那上面的话语铭刻在了我的记忆之中。

> 威尔·斯莱特不是你想象中的那个人。
> 他是个骗子,是个撒谎的人。不要嫁给他。

我敢肯定这是某个怪胎干的。威尔总是能收到陌生人的来信,他们自以为很了解他,了解他全部的生活。有时候我也被卷入了他们的愤怒中。我还记得有一次有几张我们的照片出现在了网上。"威尔·斯莱特和他的女朋友朱莉娅·基根外出购物"。毫无疑问,这是《每日邮报》网站闲得没事的一天。

尽管我知道——当时就知道——这是吃饱撑的,但我最终还是滚屏看了下面的评论区。我的老天。我以前见识过那里的怒气,可当这股怒气直指你的时候,会让你觉得它格外恶毒,尤其是还带有人身攻击的意味。这就像是一不留神走进一间回音室,里面却充斥着你对自己最糟糕的想法。

> ——上帝啊,她还以为她挺了不起的,是不是?

——要让我说,看起来妥妥就是个浪货。

——天哪亲爱的,你就没听过永远不要想着跟大腿比你自己的还细的男人睡觉这种说法吗?

——威尔!我爱你!换成我吧! :) :) :) 她配不上你……

——天啊,打一看见她我就讨厌她。自命不凡的臭娘们儿。

几乎所有评论都是这个路数。很难相信在那里有那么多素不相识的人对我如此刻薄。我发现自己一直在向下滚屏,直到找到了几条跟他们唱反调的评论:

——他看起来挺开心。对他而言,她应该还是蛮不错的。

——顺便说一句,她就是《下载》——永远永远最爱的网站的幕后老板。他俩会是很棒的一对儿。

即便这些比较温和的评论者也在以他们自己的方式——那种其中有些人似乎很了解威尔的感觉——令我感到不安,他们同样也很了解我。他们能够就什么对他有好处发表评论。威尔不是个家喻户晓的人。不过名气到了他这个水平,你碰到的这类事就会更多,因为人们认为他们拥有你的所有权,而你还无法克服这种想法对你的影响。

然而，这张纸条与网上那些评论还不一样。它更多地涉及了私人事务。它被投进信箱，上面没贴邮票，这也就意味着它必定是被人亲手送来的。写它的人无论是谁都知道我们住在哪儿。他或者她来过我们在伊斯灵顿的住所——直到威尔最近搬进来住之前，那儿都是我的住所。当然了，不太可能是随随便便哪个怪胎。或者也有可能是那类最糟糕的怪胎干的。

不过我突然想到，有一种可能是这是我们认识的某个人。甚至可能是今天会来到这座岛上的某个人。

字条送达的那天晚上，我把它扔进了原木燃烧炉。几秒钟以后，我又把它抢了回来，在这个过程中烫伤了我的手腕。现在那个地方还留有标志——也就是娇嫩皮肤上那个高出皮面的发亮的粉红色印记。每次瞥见这个印记，我都会想起那张躺在它藏匿之处的字条。短短五个字：

不要嫁给他。

我将那张纸条一撕两半，接着又撕一次，再撕一次，直到将它撕成碎纸屑。但这还不够。我把它拿进厕所并且拉下冲水的链子，目不转睛地看着所有纸片打着旋儿消失在马桶中。我想象着它们会沿着下水管一路前行，最终排进大西洋，这片围绕着我们的海洋里面。这种想法本不至于如何，但它却苦苦折磨着我。

不管怎么说，如今它已经离开了我的生活，消失不见。我不会再去想它了。我拿起了我的梳子、睫毛夹和睫毛膏：这是我的武器库，我的箭袋。

今天我要结婚了，这一天必将灿烂无比。

现在
新婚之夜

"老天爷,这种情况下寸步难行啊。"邓肯在刺骨的风中举起一只手护住了脸,用另一只手挥了挥火把,甩出一片火花。"有人看见什么没有?"

然而,要看见些什么呢?这正是盘踞在他们所有人脑海里的问题。每个人都记得那个女服务员的话。一具尸体。地上的每一处隆起或者掀起的草皮都是恐惧的潜在来源。他们举在前方的火把并未能如预期那样帮上很多忙。它们只是让周遭的夜晚看起来显得更加黑暗。

"就像是又回到学校一样,"邓肯对其他几个人喊道,"在黑暗中悄然潜行。有人要玩幸存者游戏吗?"

"别犯傻了,邓肯,"费米大喊,"你忘了咱们是来找什么的吗?"

"好吧,没错。那我猜你也没法管那个叫幸存者了。"

"这话一点儿都不好笑。"费米喊道。

"好啦,费米!冷静一下。我不过是想要舒缓一下情绪。"

"对,但我觉得现在也不是干这个的时候。"

邓肯反驳他道:"我这不是出来找了吗,对不对?总比他妈那帮留在主帐篷里的胆小鬼强。"

"不管怎么说，幸存者游戏没什么意思，"安格斯大喊道，"对吗？我现在明白了。我——我不会再假装那一切都是个大大的玩笑了。那完全就是一团糟。有人可能会因此丧命……实际上也的确有人丧命。而学校却又听之任之——"

"那是个意外，"邓肯插嘴道，"我是说那孩子死的事。那不是因为幸存者游戏。"

"噢，是吗？"安格斯冲他喊了回去，"你是怎么知道那孩子的呢？就因为你喜欢那破游戏。我知道你当时玩得不亦乐乎，轮到你的时候，能把那些年轻小伙子吓得够呛。现在你没法当个虐待狂来欺负人了，对吗？我打赌你从那以后就再没那么兴奋过——"

"兄弟们，"费米冲他们喊道，他向来都充当和事佬，"现在不是说这些的时候。"

他们一时陷入了沉默，各怀心思地继续在黑暗中艰难跋涉。他们当中没有人在这样的天气下出来过。狂风来来回回地呼啸着。有时候风的声音会变小些，足以让他们听到自己在思考。出现了一阵杂乱的嗡嗡声，宛如成千上万只昆虫在成群飞舞，但这只是风在积聚自己的力量，准备下一次猛烈进攻。风声最大时上升为一种怒号，听上去特别像一个人在尖叫，像那个女服务员尖叫的回音。他们的皮肤仿佛要被风活剥下来一般疼痛，眼睛则因为溢满泪水而几乎什么也看不见。这风让他们浑身不舒服——而他们却无处可躲。

"这感觉也太不真实了，是吧？"

"什么意思，安格斯？"

"唉，你们也知道——前一分钟咱们还都在主帐篷里，欢蹦乱跳地吃着婚礼蛋糕。现在咱们已经出来到这儿找……"他鼓足勇气大声说了出来,"一具尸体。你们觉得到底发生了什么呢?"

"我们还是不知道到底在找什么,"邓肯回答道,"我们正在对一个孩子的话失去兴趣。"

"是啊,不过她看起来可是相当肯定……"

"好吧,"费米叫道,"这附近有一大堆喝多了的人。那边的地还特别松软。脑补一下也没那么难,对吧?有人从主帐篷里溜达出来,走进黑暗中,然后出了点儿意外——"

"查理那家伙怎么样了?"邓肯提出了自己的想法,"他完全是一副心烦意乱的样子。"

"可不,"费米大喊道,"他绝对已经废了。不过经历过单身派对上咱们对他做的那些——"

"那事儿还是少说为佳,费姆①。"

"不过你们早些时候看见那个伴娘了吗?"邓肯喊道,"还有人跟我的想法一样吗?"

"怎么了?"安格斯回应道,"是说她试图要……你懂的……"

"自行了断?"邓肯大叫道,"没错,我就是这么想的。从咱们到这儿起她表现得就一直怪怪的,对不对?很显然精神有点儿不太正常。要说做些什么傻事应该少不了她——"

"有人来了,"皮特打断他的话,指着他们身后的黑暗大喊了一声,"有人奔咱们这儿来了——"

"噢,闭嘴吧,你个笨蛋,"邓肯反唇相讥,"我的天,他可真让我受不了。咱们应该把他带回主帐篷去。因为我敢发誓——"

---

① 费姆(Fem),费米(Femi)的昵称。

"不，"安格斯的声音中有一丝颤抖，"他说得没错。那边是有什么东西——"

其他人也都你撞我我撞你，笨拙地转过身去看，努力克制着自己的不安。当他们凝望着他们身后的黑夜时，所有人都陷入了沉默。

一点光亮穿过黑暗忽高忽低地朝他们过来了。他们伸出了各自的火把，竭力想要看清楚那是什么。

"哦，"邓肯多少松了口气地喊道，"不过是他而已——那个胖胖的家伙，婚礼统筹人的丈夫。"

"不过等等，"安格斯说，"那是什么……他手里那个？"

那天早些时候
奥利维娅
伴娘

我可以看到窗外运送参加婚礼的客人们上岛的船只，远处的海面上还有一些黑色的影子，不过也都在逐渐向这边靠拢过来。一切很快就要发生了。我本来应该准备就绪的，而天知道我其实很早就起来了。我醒来时感觉胸口疼，脑袋里面一跳一跳的，于是我让自己出去呼吸了一下新鲜空气。不过现在我坐在自己的房间里，穿着文胸和内裤。我现在还不想换衣服，不想钻进那套礼服中。在浅色的丝绸上，我发现了一小块深红色的污渍，那是我在大腿上切开的小伤口对应的位置，昨天我试穿这件礼服时伤口肯定流了一点血。谢天谢地，朱尔斯没有注意到。她要是发现了的话，可能真的要发飙了。我在下面大厅的水池里用凉水和肥皂把它擦洗了一遍。感谢上帝，差不多全都洗掉了，只留下了很小的一块深粉色作为一种提醒。

它使我回忆起了几个月前流过的血。我当时并不知道会有那么多。我闭上双眼，不过就在我眼皮底下，我能看到那儿有血。

我再次将目光投向窗外，想着所有那些正陆续抵达的客人。自从我们到了这个地方之后，我感觉就像得了幽闭恐惧症，无法躲避，无处可逃……不过今天会更加糟糕的。用不了一个小时，朱尔斯就会来接我，接着我俩就会在所有人的注视下步入婚礼殿堂，而我还不得不走在她前面。然后是所有人——家里人，陌生人——我必须跟他们说话的那些人。我觉得我搞不定这件事。突然间，我感觉自己没法呼吸了。

我想起自从登上这座岛，唯一一次让我感觉好些的，就是昨天晚上在洞里跟汉娜说话的时候。我还不能以对她的方式跟其他任何人谈话：我的朋友们不行，任何人都不行。我不知道她是怎么回事。我猜是因为她看起来有些格格不入，像是也要试图躲开一切似的。

我可以去找汉娜。我想我现在就可以和她聊聊。告诉她我的故事，把一切都和盘托出。一念及此便会令我有些头晕恶心。不过在某种程度上，这样或许也能让我好受一些——不太像我无法把空气吸进肺里的那种感觉。

我的双手在穿牛仔裤和毛衣的过程中一直发抖。假如我告诉了她，说出去的话可就收不回来了。不过我想我已经下定了决心。我认为在自己彻底变疯之前非这么做不可。

我偷偷溜出房间，感觉心脏像是蹦到了嗓子眼儿，它跳动得如此剧烈，让我都没办法吞咽。我踮着脚穿过餐厅上楼去。这一路上我可不能碰见其他任何人——否则我知道我会临阵逃脱的。

我想汉娜的房间就在长长的走廊尽头。当我走近时，我意识到我能听见屋里传出来的低语声，并且声音还在逐渐增大。

"噢，看在上帝的分儿上，汉，"我听见里面说，"你真是荒唐透顶了——"

房门同时也开了一道缝。我蹑手蹑脚地靠得更近了一些。汉娜不在我的视野之内，但我能看到查理只穿着一条平角内裤，手抓着抽屉柜的边缘，仿佛在克制着自己的怒气。

我停了下来。感觉我看到了什么不该看的事，仿佛我在暗中监视他们一样。我竟然愚蠢到没有想到查理也会在屋里——查理，这个曾经让我产生过令人尴尬的青春期迷恋的人。我不能那么做。我不能走上前去敲他们的房门，然后问汉娜能不能出来聊聊……不能在这个他们还半裸着身体，显然正陷于某种争吵时干这种事。接着我几乎吓了一跳，因为我身后的另一扇门打开了。

"哦，你好啊，奥利维娅。"是威尔。他穿着西裤和一件白衬衫，衬衫敞着，露出了他前胸晒黑的皮肤和肌肉。我迅速移开了目光。

"我就觉得我听见有什么人在外面呢，"他说，他朝我皱了皱眉头，"你到这儿来干什么啊？"

"不——不干什么，"我说，或者说我想要说，因为我嘴里几乎没发出任何声音，只有一阵沙哑的低语声。说完我便转身离去。

回到自己的房间里，我在床上坐了下来。我已经失败了。太晚了。我错过了机会。昨天晚上我就应该找一种方式来告诉汉娜。

我看向窗外，看着那些小船正在靠近：现在离得更近了。那感觉就像是他们随身带了什么不好的东西来到这座岛上。不过这种想法很傻。因为那东西已经在这里了，不是吗？那就是我。我就是那个不好的东西。还有我曾经做过的事。

奥伊弗
婚礼统筹人

宾客正陆续抵达。我从码头上看着船只在靠近，做好了迎宾准备。我微笑点头，努力呈现出一个得体的外表。现在的我穿着一身素净的海军裙，一双低坡跟鞋。时髦，但又不算特别时髦。要是看起来像是宾客中的一员就不太合适了。然而我无须为此担心。很显然他们全都在服装打扮上花了大心思：闪闪发亮的耳环，恨天高的高跟鞋，迷你手提包以及真正的裘皮披肩（也许现在是六月，但毕竟也是个凉爽的爱尔兰夏天）。我甚至还看见了几顶高顶礼帽。我猜当邀请你的主人是一个时尚杂志的老板和一个电视明星时，你也不得不提高自己的装备水准。

客人们分组登岸，每组三十人左右。我能看出他们全都接受了这座小岛，胸中不由得涌起一阵小小的自豪感。今晚我们会有差不多一百五十个人——要介绍给鸬鹚岛的人可真是够多的。

"离这儿最近的厕所在哪儿？"一位男士火急火燎地问我，他看上去脸都绿了，手还揪着自己衬衣的领子，仿佛正被它勒着似的。事实上，有好几个客人在各自华服下看起来气色都很差。可是此时此刻还算不上波涛汹涌，海水介于白色与银色之间——在寒冷的阳光照耀下特别明亮，以至于让人难以直视。我手搭凉篷，报以优雅的微笑，同时为他们指明了方向。如果回程时如天气预报所言要刮那么大的风的话,或许我应该给他们提供一些强效晕船药。

我记得我们还是孩子时第一次来这里,当时走上的是那艘老旧的渡船。我们并没有觉得晕船,至少我印象里没有。我们站在船头紧抓栏杆,当我们掠过浪尖,海水形成的一道道大弧线向我们扑来,把我们打得浑身湿透时,就发出长长的尖叫。我记得我们假装自己正骑在一条巨大的海蛇身上。

那年夏天,这个地方很暖和,太阳可以很快把我们晒干。而小孩子是很坚强的。我还记得跑向海滩冲进海水里,就像什么都没有发生过一样。我猜那时我还没有学会提防大海。

一对六十多岁、衣着考究的夫妇从最后那条船上下来。不知为何,在他们走过来自我介绍之前,我就已经知道他们是新郎的父母了。他的长相肯定遗传自他的母亲,头发的颜色也是,尽管她现在已是满头灰白。不过她身上丝毫没有新郎那种从容的自信。她给人一种哪怕穿着自己的衣服,也要试图隐藏自己的印象。

新郎父亲的五官线条刚毅,棱角分明。你绝对不会说长成这样的人好看,但我觉得你可以想象在罗马皇帝的半身像上看到他的轮廓:高高的拱形眉毛,鹰钩鼻子,薄唇,坚毅中略显残忍。他握手的力量非常大,我感觉手上那些小骨头在他握紧时彼此全都挤在了一起。同时他身上还显出一种趾高气扬的架势,像个政客或是外交官。"你肯定是婚礼统筹人了。"他微笑着说道。但他的眼神中却流露出警觉和评判的意味。

"我是。"我说。

"很好,很好,"他说,"我希望给我们准备好了小教堂前排的座位吧?"在他儿子的婚礼上,这是顺理成章的事。不过我想这个男人在任何场合下可能都会期望要一个前排座位。

"当然,"我告诉他说,"我现在就会带您二位过去的。"

"你知道吗?"他在我们向上朝小教堂走去的路上说道,"这件事很有意思。我是个男校的校长。而这些宾客里大约有四分之一以前上的都是那所学校,特里维廉。看到他们全都长大了,真是不同寻常。"

我微微一笑,礼节性地表现出兴趣:"您都认出他们来了吗?"

"大多数吧。不过不是全部,不是全部。主要就是那些有传奇色彩的人物,我想你会这么称呼他们吧。"他轻声笑道,"我已经看到他们中的一些人在看见我时,脸上那种难以置信的表情了。我可是以纪律要求严格著称。"他看上去以此为傲,"在这儿突然看见我,或许能让他们对上帝多些敬畏。"

我想我很确信会有这种效果的。尽管以前从未见过这个男人,但我仿佛很了解他。出于本能,我并不喜欢他。

之后我去向马蒂表示了感谢,他作为船长驾驶着最后一艘船过来了。

"干得漂亮,"我说,"一切进行得都极其顺利。你特别出色地让所有事保持了同步。"

"你的工作也很棒啊,能让人把婚礼放在这儿举行。新郎很出名,是不是?"

"新娘也很引人瞩目。"但我怀疑马蒂对于最新的女性在线杂志能有多了解。"我们最终给他们打了个大折扣,不过为了相关的报道和评论,这也值了。"

他点点头。"让这个地方远近闻名,肯定可以的。"他望向大海的方向,眯着眼看着阳光,"今天早上驾船很轻松,"他说,"不过过段时间保准会不一样了。"

"我一直密切关注着天气预报。"我说。很难想象在现在这种刮着大风的大晴天里,天气还会变化。

"哎,"马蒂说,"就要起风了。今晚看起来会非常糟糕。海上酝酿着一个大的呢。"

"一场风暴吗?"我惊讶地问道,"我还以为只不过是刮阵小风呢。"

他看了我一眼,那眼神告诉了我,他是怎么看待都柏林人式的天真与单纯的——无论我们——弗雷迪和我,到这里来了多久,我们也永远都算是新来的人。"你不需要有个播报天气预报的小伙子坐在戈尔韦城的演播室里告诉你,"他说,"用你的眼睛看。"

他伸手一指,我顺着他手指的方向看去,能看到在远处的地平线上有一个小黑点。我不像马蒂是个水手,可就连我都能看出来情况不妙。

"就是它,"马蒂得意扬扬地说道,"那就是你们的风暴。"

乔诺
伴郎

威尔和我在客房里准备就绪。其他那几个家伙应该马上就会过来跟我们会合,所以我想要把我一直在计划的事先讲出来。我不太擅长说出自己的感受。但无论如何,我还是尽力转向了威尔。"我想要告诉你,哥们儿……呃,你知道吗,我很荣幸能够做你的伴郎。"

"在我心里,这个角色从来都没有任何其他人能够胜任。"他说,"你知道的。"

嗯,看见了吧,我其实并不完全确定这是真的。我做的事带着点儿孤注一掷的意味。因为或许我是错的,但有那么一刻,我产生了一种威尔一直在试图把我踢出他的生活的感觉。自从有了电视节目那摊事,我就几乎没见过那家伙了。他甚至都没告诉我订婚的消息——我是在报纸上看到的。而这件事刺痛了我,我不想假装若无其事。所以我给他打了电话,说我想要带他出来喝一杯,庆祝一下。

几杯酒下肚之后,我说:"我接受了!我要当你的伴郎。"

那一刻他看起来是有一点点尴尬吗?对于威尔而言很难讲——他很圆滑。在短暂的停顿之后,他点了点头,说道:"我的心思被你猜透了。"

这也不完全是个意外惊喜。他还真的曾经许诺过。在我们还是孩子,还在特里维廉上学的时候。

"你是我最好的哥们儿,乔诺,"他有一次对我说,"头号人选。我的伴郎。"我没有忘记这句话。历史把我们联系在了一起,他和我。说真的,我觉得我们都明白我是这个角色的唯一人选。

我看着镜子,整理了一下领带。威尔那身备用西服穿在我身上看起来糟糕透顶。考虑到它大约小了三个号的话,其实也就不足为奇了。而且还得考虑到我看上去就像是整宿都没睡觉似的,这倒也是实情。我在这身毛料衣服里已经满身大汗。而站在威尔旁边让我看起来愈发糟糕,因为他那身衣服就跟他妈的一大群天使缝在他身上的一样。从某种程度上来讲,也可以这么说,因为那是在萨维尔街量身定制的。

"我没在我的最佳状态。"我说。世纪性的轻描淡写。

"那是你罪有应得,"威尔说,"谁让你忘带你自己的西服的。"他在取笑我。

"是啊,"我说,"我真是个白痴。"我也开始自嘲。

几个星期以前,我和威尔一起去买我的西服。他建议选保罗·史密斯(Paul Smith)的。很显然,那里的所有店员看我的眼神都好像我正打算偷什么东西似的。"这身西服很棒,"威尔告诉我,"在不去萨维尔街的情况下,这很可能是你能买到的最好的西服了。"我还真喜欢我穿上它的样子,这一点毫无疑问。我以前从未拥有过一身好西服。自打从学校毕业以来,我也没穿过任何一件那么高档时髦的衣服。而且我喜欢它把我的肚子藏起来的样子。最近这几年我有点儿放纵自己。"好吃好喝的日子太多了!"我轻轻拍着自己的将军肚说道。但我并不为之自豪。这身西服能够把所有这些缺点都隐藏起来。它让我看起来就他妈像个老板。它能让我看上去完全不像我自己。

镜子里的我转向一侧。夹克上的纽扣看起来即将崩掉。哎，我想念那件能够藏起我肚子的保罗·史密斯毛料西服。不管怎样，就像我老妈说的，木已成舟，哭也没用。只是徒劳罢了。终究我从来也不是什么帅哥。

"哈，乔诺！"邓肯说着话冲进了房间，他看上去溜光水滑，身上的西服无比合身。"这他妈什么玩意儿啊？你的衣服洗完缩水了？"

皮特、费米和安格斯紧跟在他身后。"早啊，早啊兄弟们，"费米说，"他们全都到了。刚才去码头上招呼了一大批特里维廉的老朋友。"

皮特发出了一声号叫。"乔诺——我的老天。那裤子也太紧了，哥们儿，我都能看出你早饭吃的是什么了。"

我把胳膊向两边伸开，露出手腕，在他们面前蹦来跳去，像往常一样装疯卖傻起来。

"天呐，再看看你，"费米转向了威尔，"还他妈挺道貌岸然。"

"不过他向来都人模狗样的。"邓肯说着靠过来，用手弄乱了威尔的头发——威尔则马上抄起梳子来把头发重新梳得平平整整。"不是吗？这张漂亮的小帅哥脸。从来没在老师那儿惹上过麻烦，对吧？"

威尔耸了耸肩膀，冲我们大家咧嘴一笑。"从来没干过什么错事。"

"扯淡！"费米叫道，"你杀了人还能逍遥法外呢。你从来没被抓过。要么就是他们故意睁一只眼闭一只眼，因为你老爸是头儿。"

"才不是呢,"威尔说,"我很乖的。"

"好吧,"安格斯说,"我永远都搞不明白你是怎么做到什么都他妈不干还能在那些 GCSEs[1]考试里拿高分的。"

我瞥了威尔一眼,想要引起他的注意——安格斯是猜到了吗?"你个走运的杂种。"他说着探身过来拧了威尔的胳膊一下。不,再仔细想想他的声音里可没有怀疑,只有钦佩。

"他没有任何选择,"费米说,"对吧,哥们儿?你老爸会跟你断绝父子关系的。"费米一贯如此敏锐,能够读懂旁人。

"对啊,"威尔耸耸肩,"是这么回事。"

身为校长的孩子,本来就有可能相当于社交上的麻风病。不过威尔却幸免于难。他有他的策略。好比他睡过的那个当地高中女生,我们一年到头都能看到她赤裸着上身的宝丽来快照。在那之后,他就变得无法无天。而且实际上,威尔一直是那个逼迫着我做事的人——或许是因为他知道他能够逃脱处罚。然而我却很害怕,至少在一开始的时候,害怕失去奖学金。那样会毁了我父母的。

"还记得咱们以前经常用海草搞的那种恶作剧吗?"邓肯说道,"那可都是你的主意,哥们儿。"他指着威尔。

"不对,"威尔说,"我确定不是。"那绝对是他的主意。

那些以前没被人用这种方法整过的小家伙,在我们其他人躺在那里听着他们并且哈哈大笑的时候是会抓狂的。不过你要是这些小男生中的一员,那就会经历这种事。我们全都经历过。你不得不忍气吞声,逆来顺受。等到最后轮到你对其他人也这么做的时候,你就明白了。

---

[1] 英国的普通中等教育证书。

特里维廉有个小孩子,我们把海草放在他床上那会儿,他还是个挺酷的家伙,上一年级。他有个奇怪的娘娘腔的名字。不管怎么说,我们管他叫洛内尔,也就是独行客(Loner)的意思,因为这名字还挺适合他的。他完全被威尔迷住了,威尔是他所在分院的头儿,或许他甚至都有点儿爱上威尔了。和性无关,至少我觉得不是。更多的像是小孩子有时候跟大孩子在一起时的感觉。他开始以同样的方式打理头发,像跟屁虫似的跟在我们后面。有时我们会发现他躲在树丛之类的东西后面看我们,而且他会来看我们的所有英式橄榄球比赛。他是学校里个头最小的男生,说话时带着滑稽口音,还戴着一副大大的眼镜,所以是让人瞧不起的主要人选。不过他相当努力,想要获得别人的喜爱。其实我记得他挺过了第一个学期,而没有像某些男生那样崩溃掉,当时给我留下了深刻印象。甚至当我们搞那个海草的恶作剧时,他也没有像其他一些孩子那样又是抱怨又是发牢骚。他有个胖乎乎的小伙伴——我想我们都叫他死胖子——甚至跑去找女舍监告状去了。那件事也让我印象深刻。

我收起思绪,重新回到其他人的谈话中,感觉就像是从水底下浮了上来。

"因为被抓住的总是我们这些人,"邓肯说,"最后都是不得不被罚抄书。"

"很显然,"费米说,"大多数时候都是我。"

"顺便说一句,"威尔说,"说起海草的话,这可一点儿都不好笑。昨天晚上。"

"什么事不好笑?"我看着其他人,他们似乎也一头雾水。

威尔扬了扬眉毛。"我觉得你们知道。床上的海草嘛。朱尔斯吓得够呛。她为此可是发了一通脾气。"

"呃,不是我干的,哥们儿,"我说,"不骗你。"我可不会干出任何能让我们回忆起那段在特里维廉岁月的事来。

"不是我。"费米说。

"也不是我,"邓肯说,"我都没机会。乔治娜和我晚饭前还有别的事要忙,如果你们能明白我在说什么的话……肯定是有比瞎转悠捡海草更好的事可干。"

威尔皱起眉头。"好吧,反正我知道就是你们当中的一个人干的。"他说完盯着我看了很久。

门上响起一阵敲门声。

"绝处逢生啊!"费米说。

是查理。"很显然,插花眼上插的花是在这儿吧?"他说道,却并没有拿正眼瞧我们中的任何一个人。可怜的家伙。

"在那边呢,"威尔说,"给查理扔一朵过去,好吗,乔诺?"

我捡起一小支开着白花的植物,朝查理抛过去,然而力道不够大,没有扔到他身旁。查理跨出一个弓箭步,也没能想办法抓住,只得到地板上去捡。

他最终捡起花来,一句话都没说,转身就走了,要多快有多快。我的举动引起了其他人的注意,我们全都强忍住没笑出来。有那么一刻,我们好像身不由己地又回到了孩提时代。

"小伙子们?"奥伊弗在叫,"乔诺?客人们都到了。他们都在小教堂里。"

"好了,"威尔说,"我看起来怎么样?"

"你就是个丑陋的混蛋。"我说。

"谢谢。"他对着镜子整理好自己的外衣。随后,在其他人都往前走去的时候,他转向了我。"还有件事,哥们儿,"他低声说道,"在我们下去之前,因为我知道之后我可能没有机会再提了。

就是演讲的事。你不会让我尴尬的,对吧?"他说这句话的时候咧嘴一笑,但我觉得他是认真的。我知道有些事他不想让我掺和。不过他无须担心——我本来也不想掺和。那样对我们俩都不好。

"放心吧,哥们儿,"我说,"我会让你感到骄傲的。"

朱尔斯
新娘

我把金冠戴在头上，举起金冠的两只手——我不禁注意到——颤抖得足以泄密。我转了转头，打量着自己。这是我全套服装里一个冲动的元素，一次对浪漫幻想的让步。我是找伦敦的一个制帽商定制的。我不想选一个全是花的花冠，因为那会显得有点儿像嬉皮儿童，但我觉得这是一个时髦的解决方案。比方说，对一个爱尔兰民间传说中的新娘微微点点头。

我看得出来，金冠在我乌黑头发的映衬下闪闪发光。我从玻璃花瓶中取出花束，那是一把本地的野花：有婆婆纳、斑点兰，还有庭菖蒲。

然后我走下楼去。

"你看上去美爆了，甜心。"

老爸就站在客厅里，看起来衣冠楚楚。没错，父亲要陪我走上红毯。我考虑过其他可能性，我真的想过。很显然，我父亲并不是婚姻生活快乐的最佳代表。但最终，我心里的那个小姑娘，那个想要秩序、想要事情以正确方式进行的人胜出了。再说了，还能由谁来做这件事呢？我母亲吗？

"客人们全都在小教堂里坐好了，"他说，"所以现在一切就绪，就等着咱们了。"

几分钟以后，我们就会沿着那条分开小教堂与富丽宫的砾石路踏上这段短短的旅程。这种想法让我的胃里一阵翻江倒海，这也是够荒唐的。我想不起来上一次有这种感觉是在什么时候了。去年我做过一次关于数字出版的TEDx演讲，面对一屋子八百个人我也没有这种感觉。

我看了看爸爸。"那么，"为了让自己的注意力从胃里的这阵翻腾上转移一下，我开口说话，"您终于见过威尔了。"我的声音听上去很奇怪，像是有点儿哽咽似的，我咳嗽了一声，"晚见总比不见强。"

"对啊，"爸爸说，"当然。"

我努力让自己的语气显得轻松。"这句话什么意思啊？"

"没什么意思啊，朱朱。只不过就是说——没错，当然已经见过他了。"

我知道我不该问下一个问题，甚至在问出口之前就知道。但我没办法不问。我需要知道他的看法，不管我喜欢不喜欢。相比于其他任何人而言，我总是更愿意寻求我爸爸的赞同。当我在学校停车场打开我的A级考试成绩时，是他而不是我妈妈脸上显现出了那种我想象中的高兴的表情，他会说："真不错啊，妞儿。"所以我要问："然后呢？那您喜欢他吗？"

爸爸扬起了眉毛。"你真的想现在聊这个吗，朱尔斯？半个小时之后你可就要跟这个小伙子结婚了。"

我想他是对的。这是个非常糟糕的时机。可现在已经开弓没有回头箭了。而我也开始怀疑他不愿意给个答案本身或许就是答案。

"是的，"我说，"我想知道。您喜欢他吗？"

爸爸挤了挤眼睛。"他看上去是个魅力十足的人，朱朱。也非常英俊。就连我都能看出来。毫无疑问，是个如意郎君。"

这么做是不会有什么好结果的，然而我却非要刨根问底。"但您肯定会有个更深的第一印象，"我说，"您一直都告诉我说您很善于看人，说这在生意场上是个十分重要的本领，您必须得能够非常快速地完成……"

他发出了一个声音，像是某种呻吟，同时把双手放在膝盖上，仿佛正在硬着头皮给自己鼓劲。而我则感受到了一个小而坚硬的、从今天早上我看见那张字条时起便已存在的恐惧内核正在我肚子里逐渐打开。

"告诉我，"我说，我都能听见我耳朵里血流冲击的声音，"告诉我您对他的第一印象如何。"

"你瞧，我并不觉得我想什么有那么重要，"爸爸说，"我只不过是你老爹罢了。我能了解什么呢？而你跟他在一起到现在有多久了啊……两年了吧？我得说要了解的话，这时间足够长了。"

实际上并不是两年。差得还远着呢。"是啊，"我说，"想要确定结婚时机是否成熟，这时间足够长了。"这话我之前说过太多次了，对朋友说，对同事说。实际上昨天晚上我敬酒时也是这么说的。而以前每次这么说我都是真心的。至少……我觉得我是。那为什么这一次我的话听起来如此空洞呢？我不由得觉得我这么说不像是在说服爸爸，倒更像是在说服自己。自从再次发现那张字条，那些以前的疑虑也就再次冒了出来。我不愿意去想那些，于是改变了策略。"无论如何，"我接着又说道，"说实话，爸爸，我对他的了解大概都比对您的多——考虑到我这一辈子也只跟您在一起待过六个星期。"

这句话就是为了要刺伤他，而目的已经达到了：他畏缩了一下，仿佛身上挨了一拳。"好吧，"他说，"你说得对。这就是你想说的话。而你并不需要我的意见。"

"很好,"我说,"爸爸,很好啊。但您知道吗?就这一次,您本来可以告诉我说,您觉得他是个很不错的小伙子的。尽管您这么说就相当于不得不睁着眼说瞎话。您知道我需要从您嘴里听到什么。这……这真是太自私了。"

"听我说,"爸爸说道,"我很抱歉。不过……我不能对你撒谎啊,孩子。如果你不想让我陪你走上红地毯的话,现在我也明白了。"他很大度地说,像是给了我什么了不得的礼物。而我则感受到它所带来的痛苦袭遍了全身。

"您当然会陪着我走上那该死的红地毯,"我厉声说道,"您几乎就没在我的生活中出现过,您甚至几乎连参加这场婚礼的空闲都没有。是的,没错,我明白……那对双胞胎正在长牙还是什么的。但我作为您的女儿已经有三十四年了。您知道您对我而言有多重要,尽管我真心希望事情不是这样的。您是我把自己的婚礼地点选在这儿,选在爱尔兰的理由之一。因为我知道您有多看重这种传承,我也同样看重它。我也希望您的想法对我来说无关紧要。可它就是他妈的很重要。所以您会陪着我走上红地毯的。这是您最起码能做的事。您可以陪着我走上红地毯,并且每走一步看起来都像是打心眼儿里为我高兴。"

这时传来一声敲门声。奥伊弗把脑袋探了进来。"准备好出发了吗?"

"还没,"我说,"事实上,我还需要点儿时间。"

我上楼去了卧室。我在找一样东西,形状要合适,分量也要合适。等我看见它自然会知道。那儿有香薰蜡烛——或者,不,要那个装过新娘花束的花瓶。我把它抄起来,用手掂了掂分量,自己也做好了准备。然后我用力地把它向着墙上掷过去,心满意足地看着它的上半部分碎成了玻璃碴。

接着我把手裹在T恤里——我向来非常小心地避免割伤，这可不是什么自残行为——捡起尚未摔碎的底座并把它猛摔到墙上，一次又一次，气喘吁吁，咬牙切齿，直到把它摔得粉碎。我有一阵子没这么干了，时间有点儿太久了。我一直都不想让威尔看到我的这一面。我都已经忘记了那种感觉有多爽。这是对我的另一面的释放。我松开了紧咬的牙关。先吸气，然后再呼出去。

从另一个方面来讲，一切事物感觉上都变得更清晰了一点点，也更平静了一点点。

我开始收拾残局，一如平时所为。这件事我做得不疾不徐。这是属于我的日子。他们完全可以等着。

我举起手来对着镜子重新整理了一下头上已经滑到一边的金冠。我看到我刚刚的努力已经为我的肤色增添了一抹相当讨人喜欢的颜色。对于一个脸红的新娘来说颇为合宜。我又用双手按摩脸颊，整理重塑了一下表情，把它变成那种美滋滋的、满怀期待的喜悦。

即使奥伊弗和老爸听到了什么，当我再次出现的时候，他们的脸上也没有表现出来。我朝他们两人点点头。"整装待发。"

随后，我大叫着找奥利维娅。她从餐厅旁边那个小房间里冒出来。她看起来比平时更加苍白。不过她已经奇迹般地做好了准备——穿好了礼服和鞋，拿着她的花环。我从奥伊弗手里一把抢过了我自己的花束，然后便大步走出门去，留下了奥利维娅和爸爸跟在我后面。我感觉自己就像个勇士女王，正在走上战场。

* * *

行走在教堂的过道上，我的心境在改变，我的笃定也在消退。我看见他们全都转过头来看着我，他们看上去就是一大堆模糊不清的脸庞，很奇怪，每一张都毫无特色。爱尔兰民谣歌手的歌声在我周围回荡，尽管这原本是一首情歌，但片刻之间，我还是被这听上去很是悲伤的调子打动。云层在已经损毁的尖顶上方疾速掠过——速度太快，如同在噩梦中一般。风也刮得更猛烈了，你能够听到它在石头之间呼啸而过。有那么一刻，我产生了一种非常奇怪的感觉，好像我们的客人全都是陌生人，而我正在被一群以前从未见过的人默默观察。我感到一阵恐惧涌上心头，仿佛踏入了一箱冷水中。他们所有人我全都不认识，包括那个等在过道另一端，在我逐渐走近时转过头来的男人。跟爸爸之间那段让人痛苦的对话就像弹球一样在我脑海里四处游荡——但其中最响亮的反倒是他没有说出口的那些话。我松开了抓住他胳膊的手，尽可能让我俩之间保持一定的距离，仿佛他的想法还会进一步感染我似的。

然后，突然间好像云开雾散了，我能清楚地看到他们：朋友和家人，一边微笑一边挥手。谢天谢地，他们中没有一个人用手机对着我们。我们通过婚礼邀请上一条严肃的注意事项告诉他们在仪式过程中不要照相，从而规避了这种现象。我想方设法让自己的脸变得不再冰冷僵硬，对客人们报以微笑。随后，在他们所有人组成的人群之外，过道中央站着一个人，在短暂穿破云层的光线照射之下，他的周身带着光环：那就是我的未婚夫。他身着礼服，纤尘不染。他光彩照人，一如我往日见到的一般英俊潇洒。他冲着我微笑，这微笑如同阳光，此刻温暖地抚摸着我的脸颊。在他的周围，废弃的小教堂拔地而起，绽放着美丽，向天空张开怀抱。

无比完美。这完全跟我计划好的一样，甚至比我计划好的还要好。而这其中最棒的当数我的新郎——优雅迷人，容光焕发——他正在圣坛上等着我。眼睛望着他，一步步走向他，很难相信这个人跟我了解的他有什么不同之处。

我微微一笑。

汉娜
陪同来宾

在婚礼仪式过程中，我一直和朱尔斯的几个堂表亲挤在一张长凳上坐着——作为婚礼派对的一部分，查理在前面有一个为他保留的座位。朱尔斯走上红地毯的时候，有那么一瞬间，让我觉得很奇怪。她脸上有一种我以前从未见过的表情。她看起来几乎都有些害怕：眼睛睁得大大的，嘴巴绷得紧紧的。我不知道还有没有其他人注意到，还是说这是我想象出来的，因为等到她和威尔在前面会合的时候，她在微笑，所有人都希望看到的容光焕发的新娘在向她的新郎致意。周围一片感叹声，都在私下悄悄谈论着他们两个人在一起看上去是多么登对。

从那以后，整个仪式进行得都非常顺利：许下誓言时也没有像我以前参加过的几个婚礼那样笨嘴拙舌。他们两个人声音洪亮，吐字清晰，由于我们全都安安静静地看着，唯一的其他声音也就剩下石头间呼啸而过的风声了。然而我其实并没有在看朱尔斯和威尔。相反地，我努力想要看一眼查理，眼睛一直望向前排。我想尽力看清楚在朱尔斯说"我愿意"时他脸上会是什么表情。但这是不可能的：我只能看到他的后脑勺和一副肩膀。我开始扪心自问：说到底，我觉得我能看到什么呢？我又在寻找什么证据呢？

突然之间，所有的仪式全都结束了。周围的宾客纷纷站起身来，爆发出一阵突如其来的笑声和闲聊声，喧闹无比。朱尔斯步入小教堂时，唱歌的那个女人再次用歌声送我们离去，伴奏小提琴的音符也在身后一路跟随。歌词全都是盖尔语的，她的嗓音高昂清澈、优雅缥缈，在残垣断壁之间发出稍显诡异的回响。

我跟着宾客们的队伍往外走，一路躲避着巨大的花艺装饰：那是些大束的绿色植物和五颜六色的野花，我觉得非常时髦，并且和周围戏剧性的环境十分般配。我想起了我们的婚礼，当时我们的花是妈妈的朋友卡伦以友情价给我们的。整个仪式是在多少有些复古的柔和色调中完成的。不过我并不是想要抱怨；因为我们根本负担不起我们选择的花店的价格。我不知道如果能有钱做你想做的事，那又会是怎样一副光景。

其他宾客都衣着特别讲究、穿戴格外入时。当我在小教堂里环顾四周扫过其余的客人时，我意识到这里没有其他人佩戴头饰。或许在他们这样的圈子里已经不流行了？其他每一个女人似乎都戴着看上去很昂贵的帽子，就是那种很可能装在各自特制的盒子里买回来的帽子。这种感觉就像是上学时有一天，当时艾丽斯和我都没意识到那天是居家服装日，我们俩穿的还是各自的校服。我记得坐在集会现场，心里只盼望着我能有本事自燃，以免在众目睽睽之下度过那一天。

我们被分发了一些压碎了的干玫瑰花瓣，准备在威尔和朱尔斯走出小教堂时向他们扔过去。但是风已经太大了，花瓣马上就会被吹跑。我反正没看到任何一个花瓣落到这对新婚夫妇身上，相反，那些花瓣就像一大片云似的扶摇直上，直奔大海而去。查理总是告诉我，说我有点儿过于迷信，但假如我是朱尔斯的话，我不会喜欢这样的。

新娘亲友团被留下来照相,其他所有人全都跑到主帐篷外面去了,那儿设了一个酒吧。我断定我需要喝上几杯来壮壮胆。我小心翼翼地穿过草地向酒吧走去,每走几步我的鞋跟都会陷下去一次。两个酒吧招待正在接受点单,手里还晃动着调酒器。我要了一杯金汤力,送来时里面还带了一大枝迷迭香。

我跟酒吧招待们聊了一小会儿,因为在这一大群人里他们看起来最面善。这两个小伙子是本地人,从大学回家来过暑假的:一个叫约恩,另一个叫肖恩。

"我们一般都是在本岛上的大酒店工作,"肖恩告诉我说,"以前属于吉尼斯家族,是位于湖边的一座大城堡。那儿通常是大家的婚礼首选地。以前,从来没听说过在这儿举行婚礼的。你知道这地方注定要闹鬼吗?"

"是啊,"约恩凑过来,压低了声音说道,"关于这个地方,我奶奶讲过一些相当让人害怕的传说。"

"沼泽里的尸体,"肖恩说道,"没有人确切知道他们是怎么死的,不过人们认为他们是被维京人剁成肉泥了。他们没有被埋在神圣的地方,所以大家都说他们成了不得安息的亡魂。"

我知道他们很可能只是在跟我开玩笑,不过我还是觉得如芒在背。

"有传言说,这也就是为什么最后的那些人最终都离开了这个地方,"约恩说,"因为对于他们来说,从沼泽地里传来的声音实在是太响了。"他先是冲肖恩咧嘴一笑,接着又冲着我,"告诉你吧,今晚天黑以后,我可不想待在这儿。这是座鬼岛。"

"打扰一下,"一个身穿飞行员服和呢子夹克的男人有些生气地说道,"你们说的所有这些听上去都他妈太有意思了,不过你们不介意给我调一杯老式鸡尾酒吧?"

他们只好回去继续工作了。

我决定经过被点燃的火把照亮的入口处去偷窥一下主帐篷里面。那里面花香扑鼻,美妙无比,那气味是由很多看起来很昂贵的蜡烛发出来的。然而在香味掩盖之下,那里面绝对还有一股潮湿帆布的气味。我想,到头来这依然是一座大帐篷。但这帐篷可真了不得。实际上是由好多座帐篷组成的:在一端的一座小帐篷里有搭建好的层压板材料舞池和供乐队使用的舞台;而在另一端则是一座包含着另一个酒吧的帐篷。上帝啊。当你在自己的婚礼上有条件开两个酒吧的话,为什么只开一个呢?在主帐篷里,穿着白衬衫的服务员像芭蕾舞演员一般优雅地跑前跑后,摆正餐叉,擦亮玻璃杯。

在所有物品中间,在一个银色底座上,摆放着一块巨大的蛋糕。这蛋糕太漂亮了,以至于我一想到晚些时候朱尔斯和威尔会拿起刀来切它都会难过。我猜不出来像这样一个蛋糕得花多少钱。大概跟我们婚礼的全部开销差不多。

我再次走出主帐篷,一阵狂风吹在身上,让我不由得瑟瑟发抖。风肯定是比之前更猛了。远处的海面现在也翻滚起了白色的浪花。

我看向人群。这场婚礼中我认识的每个人都在新娘的亲友团里。如果我不能鼓足勇气的话,那就得自己一个人站在这里一直等到查理回来——而我估计他一拍完照就会直接进入司仪角色。所以我喝了一大口手里的金汤力,然后一头扎进了邻近的一群人当中。

从表面上看,他们真是够友好的,不过我看得出来,他们是一群相互熟识的朋友——而我不属于他们这个圈子。我站在那里喝我的酒,努力不让迷迭香戳着自己的眼睛。我不知道其他喝金汤力的人是想了什么办法才能不伤着自己的。或许这是一件在私立学校里会教的事：如何喝下一杯带有不方便的装饰品的鸡尾酒。因为毫无疑问，这里的每个人上的都是私立学校。

"你们知道这个话题标签是什么吗？"一个女人问道，"我是说这场婚礼的。我查了一下请柬但看不到。"

"我不太确定真的有这个标签，"她的朋友回答说，"反正这地方的信号够差劲的，你一上岛就什么也传不上去了。"

"或许这就是为什么他们要选择这个地方举行婚礼了，"第一个人故意说道，"你知道吗，因为威尔的关注度。"

"实在是太难以理解了，"另外那个女人说，"不得不承认我一直都以为会是在意大利呢——也没准是湖泊区。似乎潮流如此，不是吗？"

"不过朱尔斯是个潮流引导人，"第三个女人插嘴道，"也许这是个新潮流呢——"正说着，一阵大风几乎把她的帽子吹飞，她用一只手牢牢地把它按了下来，"在这种鸟不拉屎的偏僻小岛上办婚礼。"

"这也挺浪漫的。满眼都是荒凉和毁弃的荣耀。这能让人想起那个爱尔兰诗人。济慈。"

"是叶芝，亲爱的。"

这几个女人有着那种暑期在希腊诸岛上晒出来的真正的深褐色皮肤。我之所以知道，是因为她们接下来就开始谈论起伊兹拉岛比克里特岛强在何处的话题了。"上帝啊，"此刻她们中的一个人开口说道，"怎么会有人带着孩子坐经济舱呢？我的意思是，要说起开启一个惨淡假期的话。"我不知道假如我插一句话，开始探讨一个新福瑞斯特露营地与另一个之间孰优孰劣的话，她们会说些什么。我会用她们在讨论哪家海滨餐厅有最好的风景时用的语气说,我个人认为这完全取决于哪个营地有最好的化学厕所。这句话我得留在晚些时候跟查理说去。然而,昨晚的事已经证明,查理在跟上流社会的人相处时总是会变得有些滑稽——有点儿不够自信,同时还充满了戒心。

我右边的人转向我:这人像个还没长大的男生,一张圆滚滚且白里透红的脸,跟他后退的发际线很不搭调。"这么说,"他说,"你是汉娜,对吧?新娘那边的还是新郎这边的?"

有人肯纡尊降贵跟我说句话,我可算松了一口气,让我吻他一下都可以。

"呃——新娘那边的。"

"我是新郎这边的。我跟那家伙一起上的学。"他伸过一只手来,我握了一下。给我感觉就像是走进他的办公室要进行面试似的。"那你认识朱莉娅咯,怎么认识的?"

"噢,"我说,"我和查理结了婚——而他是朱尔斯的朋友吧?他是迎宾员之一。"

"那你这口音是哪儿的?"

"呃,曼彻斯特。嗯——的市郊。"尽管已经在南方住了这么久,我也一直都觉得我的口音已经改了很多了。

"支持曼联吗?几年前我出差去过一次。比赛不错。我记得对手是南安普敦。二比一,还是一比〇——反正不是平局,不然可就太他妈无聊了。但是吃的东西太差劲了。根本他妈没法下咽。"

"哦,"我说,"好吧,我爸爸支持——"

不过他转过脸去,已经感到厌倦了,开始跟他旁边的那个人说起话来。

于是我向一对年长的夫妇做了自我介绍,主要是因为他们看上去没在跟任何其他人说话。

"我是新郎的父亲。"那个男人说。这种说法让我觉得很古怪,干吗不直接说"我是威尔的爸爸"?他用一只手指很长的手指了指身边的女人说道:"这位是我的妻子。"

"你好。"她说话的同时看着自己的脚。

"您肯定特别自豪。"我说。

"自豪?"他诧异地皱着眉头看着我。他个子很高,不驼背,所以我不得不稍稍抻着点儿脖子抬头看他。而且或许是他高高的鹰钩鼻子的缘故,我总觉得他有些瞧不起我。我能感觉到肚子里微微一阵发紧,让我一下子回想起在学校里被老师批评的情景。

"呃,是的。"我慌乱地答道。我觉得我并不是非得为自己辩解一番。"我想主要是因为这场婚礼,不过也因为《幸存之夜》那档节目。"

"嗯,"他似乎在思考我的话,"但那也不算个职业啊,对吧?"

"好吧,呃——我猜在传统意义上是不算——"

"他并不总是最优秀的学生。他也让自己陷入过几次困境——不过总之,他还是个够聪明的孩子。他想办法上了一所相当不错的大学。本来可以从政或者当律师的。或许在那些行当里不是第一流的,但也会受人尊敬。"

我的老天。我这才想起来威尔的爸爸是一位校长。一瞬间这场对话听起来就仿佛他可以谈论随便哪个男孩,但就是不能说他自己的儿子。我从未想过我会同情威尔,对他而言,似乎可以要风得风要雨得雨——不过现在我认为我有些同情他了。

"你有孩子吗?"他问我,"有没有儿子?"

"有的,他叫本,他是——"

"你还不如考虑考虑特里维廉呢。我知道有些人会觉得我们的方法有些……严厉,不过这些方法却从一些看起来不可雕的朽木当中造就了了不起的大人物。"

把本交到这个极其冷酷的男人手上的想法让我内心里充满恐惧。我想要告诉他,就算我能负担得起,就算本到了要上高中的年纪,他也休想让我把儿子送到一个由他掌管的地方去。不过我却礼貌地一笑,找个借口走开了。如果威尔的父母在这里,那说明新娘的亲友团肯定已经拍完照片回来了。而如果是这样的话,那查理为什么没来找我呢?我在人群中搜索,最终发现他和其余的迎宾员以及其他几个男人跟一大堆人在一起。我不由得感到怒火中烧,便以最快的速度朝他走去。

"查理,"我尽力不让自己的声音听起来像是威吓,"上帝啊,感觉就像是你已经走了好几个小时似的。我经历了一场奇怪至极的谈话——"

"嘿,汉。"他有点儿心不在焉地说道。从他斜着眼看我的那一下,或许还有他脸上其他一些细微的变化,我敢肯定他已经喝过一些酒了。他一只手里端着一满杯香槟,但我觉得这不是他的第一杯。我提醒自己说他一直都很有分寸,他知道自己的酒量有多大。他是个成年人了。"哦,"他说,"顺便说一句,你现在可以把那东西从你脑袋上拿下来了。"

他指的是那个头饰。我把它摘下来时觉得脸颊都在发烫。他是在为我感到羞耻吗?

刚刚和查理在说话的人中有一个走了过来,他拍了拍查理的肩膀。"这是你老婆,查理?"

"是啊,"查理说,"罗里,这是我妻子汉娜。汉娜,这位是罗里。他也参加了单身派对。"

"见到你很高兴,汉娜。"罗里说话的同时露出了洁白的牙齿。这些公学男生,全都这么魅力四射。我想起了小教堂外面那些迎宾员:需要我给您一张日程表吗?您想要些干玫瑰花瓣吗?看起来一本正经。可昨晚看到了他们那副嘴脸以后,我对他们中的任何人都不会再有信任可言了。

"汉娜,"罗里说,"我想我得向你道个歉,为单身派对以后我们把你家先生送回去时的那个样子。不过那都是玩闹的,对不对啊,查理,哥们儿?最后一个进来的嘛。"

我并不明白这句话究竟是什么意思。我望向查理,却刚好看到我丈夫脸上正在发生的变化。他的面部逐渐变得僵硬,嘴唇绷得紧紧的,像条即将消失的细线,最终的表情与过完那个周末我在机场接到他时一模一样。

"你们这帮人到底在搞什么鬼?"我保持着一种开玩笑的口吻问罗里,"查理是肯定不会告诉我的。"

罗里看上去松了一口气。"好人啊,"他说话间再次拍了拍查理的肩膀,"单身派对上发生的事就留在单身派对上吧。"他冲我使了个眼色,"总之就是很有意思。江山易改,本性难移嘛。"

"查理?"等罗里离开,我们可以单独在一起的时候我问道,"你喝酒了吗?"

"就一小口,"他说,我觉得他此时说话并没有含混不清,"你知道,就是润润嗓子。"

"查理——"

"汉,"他坚定地说道,"喝几杯不会让我乱来的。"

"那——"我想起了他从斯坦斯特德机场出来时那副眼窝深陷、惊魂未定的样子。"单身派对上发生了什么事?他刚才说的话是什么意思?"

"啊，上帝啊，"查理用一只手捋了捋头发，皱眉蹙额，"我不知道这为什么会让我那么心烦。我想应该——呃，应该是因为我不是他们中的一员吧。可同时它又非常可怕。"

"查理，"我说话时感到一阵不安在我肚子里蜷曲缠绕，"他们做了什么？"

然后我丈夫转向了我，从他的牙缝中挤出了"嘶"的一声，某个让人厌恶的其他东西——或者人——的影子悄悄混进了他的言语中。"我他妈不想谈这事，汉娜。"

事情明摆着。哦，上帝啊。查理一直都在喝酒。

乔诺
伴郎

我一口气喝光了杯子里的香槟，又从经过的女服务员那儿拿了一杯。这杯我也要很快把它喝完，然后或许我就会觉得更——不知道，更自在些吧。今天早上，目睹这一切，目睹威尔拥有的所有……好吧，让我觉得自己有些差劲，我心里不是滋味，我当然会有这种感觉。威尔是我最好的哥们儿。我只是想为他高兴。但与那些男生的重聚会把往事全都刨出来。好像这些事没有一件会影响到他，没有一件会拖他的后腿。然而我却一直觉得，我也不知道，好像我不配得到幸福似的。

小教堂外的人群中有太多熟悉的面孔：有单身派对上的那帮家伙，也有没参加但跟我们一起上学的人。"没有女伴啊，乔诺？"他们问我，然后就是，"是准备今天晚上对哪个幸运的女士下手吗？"

"也许吧，"我说，"也许。"

有人为我打算试着去追谁打了点儿小赌。随后他们便开始聊他们的工作，聊他们的房子，聊股票期权和证券组合。后来还说起最近某个政客出洋相的故事。对于这个故事我也没有什么可说的，因为我都记不住他——或者她的名字，而且就算我记得住，大概也不知道那是谁。我站在那里，觉得自己很愚蠢，觉得自己好像不属于这里。我从来没有真正属于过。

他们这些人现在全都做着位高权重的工作，就连那些我记得没那么聪明的人也一样。而且他们看起来也全都跟在学校里时大不相同。这倒不意外，想想毕竟过去将近二十年了。但感觉上不是这样的。对我来说不是。此时此地，站在这里，不是。看着每一张脸，无论时间过了多久，即使曾经有头发的地方变得斑秃，曾经的金发染成了黑发，曾经的框架眼镜换成了现在的隐形眼镜，我都能把他们各归其位。

你瞧，即使到了现在，即使我他妈那么让人失望，我的家人依然会把学校的照片摆在客厅壁炉台上最重要的位置。我从来没有见过那上面落过一丁点儿灰尘。他们都为那张照片感到骄傲。看我们家孩子，在他那所一流的学校里。他是他们中的一员。整个学校倾巢而出，来到主楼前面的运动场上，悬崖就在另一边。我们大家都坐在一个金属架子上，看上去十分乖巧，头发全都被女舍监梳成偏分，咧着嘴露出大大的愚蠢的笑容：孩子们，对着镜头微笑吧！

此刻我正咧着嘴对着他们大家伙儿笑呢，就像我在照片里笑的那样。我不知道他们是不是全都在偷偷看着我，脑子里会不会还冒出跟以前一样的想法。乔诺：废柴。一无是处。大家的笑料——没别的了。结果跟他们想的一模一样。好啊，这就是我要证明他们想错了的地方。因为我有那桩威士忌的生意可充谈资啊，不是吗？

"乔诺，哥们儿。真没法相信都过了这么长时间了。"格雷格·黑斯廷斯——第三排，左边数第二个。有个时尚辣妈，不过他妈妈的相貌他绝对是一点儿都没继承到。

"哈，乔诺，准知道你得忘了你那身该死的西服！"迈尔斯·洛克——第五排,中间的某个地方。有些天赋,但也算不上什么极客,所以他还过得去。

"至少没把戒指也忘了!真希望你把它忘了,那样的话也算得上是空前绝后了。"杰里米·斯威夫特——最右手边上面的角落里。在一次冒险挑战中吞过一枚五十便士的硬币,后来不得不去了医院。

"乔诺,大个子——你知道吗,我不得不告诉你,我还没从单身派对里恢复过来呢。你耍了我。上帝啊,还有那个可怜的家伙!我们真的伤害了他。他就在这儿,是不是?"柯蒂斯·洛,第四排,右边数第五个。网球打得几乎成了职业球员,但最终做了一名会计师。

看见了吧?他们叫我叫得很亲切。但说到底,我的记性是相当好的。

那张照片里有一张脸是我一直都不敢去直面的。最底下一排,跟最小的孩子们一起,在右边很远的地方。独行客,那个无比崇拜威尔,愿意做任何事来取悦他的小朋友——任何我们要求的事。他会为我们从厨房偷额外的面包和黄油,刷掉橄榄球靴上的泥巴,打扫我们宿舍。所有那些我们实际上不需要或者本可以亲自动手的事。不过,想出一些事来让他去做,在某种程度上也挺有意思的。

我们发现自己要求他做的蠢事越来越多。有一次,我们让他爬到学校屋顶上学猫头鹰叫,他照做了。还有一次我们让他把所有火警报警器都拉响。要想看他能走多远,不持续施加压力是很难的。有时候我们会在海滩上翻他的东西,吃掉他妈妈寄给他的糖果,假装用他性感姐姐的照片来体验高潮。或者我们会找出他写好准备寄给家里的那些信,用哀怨的声音大声读出来:我特别想念你们大家。而有时候我们甚至会稍微敲打敲打他。比如说，如果他没有把我们的橄榄球靴清理得足够好——或者我们说过的哪些地方还不够干净，因为他一直都做得相当好嘛。我会让他站在那儿，用球靴带鞋钉的那一面打他的屁股，以此作为一种"鞭策"。看看什么事是我们做了还能够逃脱惩罚的。而他会让我们无论做了什么，都能够逃脱惩罚。

我又抓过来一杯香槟一饮而尽。这一杯终于命中了目标；我觉得自己都有点儿飘起来了。我走进那一大群特里维廉校友组成的人堆里。我想要给他们所有人讲讲威士忌生意的事。就用接下来差不多半个小时。这样他们也就能够最终意识到我和他们同样优秀。然而交谈的话题已经变了，我想不出什么办法还能把它拉回来。

有人很用力地拍了拍我的肩膀。我转过头去，和他来了个脸对脸：是斯莱特先生。威尔的爸爸——然而他首先是特里维廉的校长，一向如此。

"乔纳森·布里格斯，"他说，"你一点儿都没变。"他说这话可不是想要恭维我。

该死，我始终都希望能远远地避开他。眼睛里看见他对我产生的影响从来都是一样的。我现在本来应该想的是，作为一个成年人可能会有所不同了。可我仍然跟以前一样怕他怕得要死。说来有趣，想想他还是曾经救过我一命的人呢，真的。

"您好，老师。"我说，舌头感觉就像是卡在嗓子眼儿里了似的。"我是说，斯莱特先生。"我想他可能更愿意我叫他"老师"。我回过头看了一眼，之前我所身处的那个人群如今已经封闭起来了，所以我们就被隔在了人群外；只有他和我。无路可逃。

他上上下下打量着我。"我看你的穿着打扮还是一样的与众不同。就像你在特里维廉时的那件西服外套：刚开始的时候太大，到了最后又太小。"

是啊，因为我的家人只能买得起这么一件。

"而且我看到你仍然跟我儿子混在一起。"他说。他从来都不喜欢我。不过我也想象不出来他会喜欢谁，甚至连他自己的孩子都包括在内。

"是的，"我说，"我们是最好的朋友。"

"哦，那就是你的角色吗？我一直都还觉得你也就是替他干点儿不干不净的事呢。比如你闯进我的办公室偷GCSE试卷那次。"

有那么一瞬间，我周围的一切仿佛都静止了，变得鸦雀无声。我很惊讶我竟然一个字都说不出来。

"哦，是的，"斯莱特先生对我的沉默无动于衷，继续说道，"我知道。你以为能够逃脱惩罚，只不过是因为这件事没有被报告上去吗？如果它被泄露出去了，那就会是整个学校的耻辱，也是我名誉上的耻辱。"

"不，"我说，"我不知道您在说什么。"不过我心里想的却是：多半的事你还不知道呢。或者也许你知道，但你比我想象中的还会装。

这之后我设法脱了身。我去找更多的酒喝，找点儿更带劲的。他们在靠近主帐篷的地方设了一个酒吧，但他们倒酒倒得不够快。人们假装为朋友或者陪同来宾要个两三杯，而我却能看见他们一边走开一边就把酒都干了。今天晚上是要恣意放纵的，尤其是还有了彼得·拉姆齐带过来的毒品。当我拿起威士忌——这是我带过来的东西——我注意到我的手正在不住地颤抖。

接着，越过人群，我看见了这个我认识的人。他看着我，皱着眉头。但他不是特里维廉的人。他至少得有五十岁了，这么老是不可能出现在那张照片里的。而一开始我很心烦，因为我想不起来是在哪儿认识的他了。

他梳着过于时髦的潮人发型，尽管头发已经花白并且还有点儿谢顶，穿一身西服配了双运动鞋。他的样子就像是从某个自命不凡的苏荷区办公室走出来，然后自己也不知道怎么最终来到了这里，一个偏远荒凉的小岛上似的。

说真的，有那么几分钟我丝毫都想不起来，我究竟在哪儿见过像他这样的人。随后我认为我们俩同时想起来了。该死。他是《幸存之夜》节目的制片人。有个法式的听起来花里胡哨的名字。皮埃尔。就是它了。

他朝我走过来。"乔诺，"他说，"见到你真高兴。"

他能记得我的名字，认出我的脸让我有点儿受宠若惊。然后我想起来他并不特别喜欢我这张脸，所以没有让我上他的电视节目，于是我降低了一些自己的热情。"皮埃尔。"我伸出一只手去说道。我他妈一点儿都不明白，他干吗想要过来跟我说话。我们只在我和威尔去试镜的时候见过那一次而已。假如我们只是举杯彼此遥敬一下之后便就此打住的话，场面肯定应该不会这么尴尬吧？

"好久不见，乔诺，"他摇头晃脑地对我说道，"你这头发……我几乎都没认出来。"他在说客气话。我的头发也没那么长。不过我看上去大概比我们上次见面老了十五岁。我猜都是喝酒闹的。"你最近忙什么呢？"他问道，"我知道肯定有什么特别值得让你忙碌的事。"

我感觉到他的这种说法有几分奇怪，不过我没有表现出来。"是啊，"我自我膨胀起来，"我一直在做威士忌呢，皮埃尔。"我玩了命地想要大侃特侃一番,不过说实话,我没法不想起这个家伙当初只用寥寥数行电子邮件就把我拒之门外的情形。

不是非常适合这档节目。

你看,人们并不了解我的这件事。他们看见的是老乔诺,那个放荡的人,那个疯狂的人……却并不十分清楚背后发生了什么。当然了,我喜欢他们这么想,我会迎合他们。但我也真的会心生感触,而且这场对话会让我感到尴尬,就好像我依然是被制片公司抛弃时的那个我。我猜至少这个点子还让我获得了几千英镑的报酬。

看见了吗,真人秀的点子是我出的。我并不是在说整个节目都是我想出来的。不过我知道是我播下了种子。差不多一年前的一天,威尔和我正坐在酒馆里喝酒。我们俩碰面一直都是我提出来的。威尔总是特别忙,尽管当时他只是个经纪人,说不上是电视行当里的人。但即使他放了我好多次鸽子,他也从来没推掉过。我们之间的友情有太多羁绊,想结束都很难。这一点他心里也明白。

我那天肯定喝多了,因为我甚至把我们以前在学校里玩的游戏都搬出来了:那就是"幸存者"游戏。我记得威尔给了我那样一副表情。我想他是害怕我接下来可能要说的话。但我并不打算往下再多说一句。我们永远都不会说的。之前一天晚上,我和某个喜欢冒险的家伙看了这场真人秀,感觉似乎太柔和了些。所以我说:"对于一个电视节目来说,这样会比你看到的绝大多数所谓生存节目要好得多,不是吗?"

然后他看我的眼光都不一样了。

"怎么了?"我问道。

"乔诺,"他说,"这可能是你有史以来出过的最好的主意。"

"是啊,不过你没办法真这么干。你也知道……因为发生过的事。"

"那都是很久以前的事了,"他说,"而且那是一次意外,还记得吧?"看到我没任何反应,他又接口说道,"还记得吗?"

我看着他。难道他真的相信这话?他在等待一个答案。

"对,"我说,"没错,是个意外。"

随后我知道的就是,他让我们俩都去参加试镜了。而剩下的事,你可以说都成了历史。不管怎么说,对他来说是的。很显然,他们最终并不想要我这张丑脸。

我意识到皮埃尔在用有些古怪的眼神看着我。我觉得他应该是刚刚问了我一句什么。"不好意思,"我说,"您说什么来着?"

"我刚刚在说,听起来你好像已经找到了非常适合你的工作。我想我们的损失至少是威士忌酒的收益。"

我们的损失?可那不是他们的损失:他们不想用我,就这么简单。

我喝了一大口手里的酒。"皮埃尔,"我说,"你根本不想让我上那个节目。所以,让我尽我所能怀着最大的敬意问一句,你他妈说的都是什么啊?"

奥伊弗
婚礼统筹人

预示着坏天气的征兆已经开始在地平线上铺展变浓了。风变得更猛烈。丝质连衣裙在风中飘摆，几顶帽子翻滚而去，鸡尾酒的装饰品也被卷到了空中。

不过就着越来越大的风声，歌手的声音也在逐渐提高：

"*is tusa ceol mo chroí,*
Mo mhuirnín
is tusa ceol mo chroí."
你是我心中的仙乐，
我亲爱的人啊，
你是我心中的仙乐。

有那么一会儿，我仿佛已经忘记了如何呼吸。因为那首歌，我们儿时我母亲唱给我们听的歌。我强迫自己吸气，呼气。集中精力，奥伊弗。你还有太多事需要去处理。

宾客们已经把我团团围住，提出各种各样的需求：

"有没有不含麸质的小面包？"

"这里哪儿的信号最好？"

"你能让摄影师给我们拍几张照片吗？"

"你能调换一下座位安排表里我的座位吗？"

我在他们中间穿梭，消除他们的疑虑，回答他们的问题，给他们指明厕所、盥洗室以及酒吧的正确方向。来宾数量似乎太多了，超过了一百五十个：他们到处都是，从主帐篷不住摆动的门口川流不息地进进出出，在酒吧吧台前挤得水泄不通，成群结队地穿过草地，摆出各种姿势，用智能手机拍照片，亲吻，大笑，吃着从服务生队伍里拿到的小面包。我已经把好几个客人从沼泽边赶开，避免了他们陷入困境。

"对不起。"我边说边阻止了另一群正试图进入墓地的客人，他们个个紧握着手中的酒杯，好像在游览某个游乐场景点。"这些墓碑当中有一些已经非常古老、非常脆弱了。"

"看起来也不像是有人隔三岔五就会过来一趟。"他们离开时其中一个人不情不愿地说道，那语气就像是在说"亲爱的，冷静点儿"。"这是座无人居住的荒岛，不是吗？所以我觉得不会有人在意的。"很显然，他还没有注意到我家的那一小片墓地，对此我很高兴。我不想让他们在墓碑间像没头苍蝇一样乱转，把他们的酒洒得到处都是，用高跟鞋和闪亮的布洛克鞋践踏这片神圣的土地，并且大声念出碑文。我的悲剧就刻在那里，会被他们所有的人仔细研读。

对于让所有这些人都到这里来的感觉会有多奇怪，我已经做好了准备。这是一种必需之恶；毕竟，这就是我想要的。把人们再次带到这座岛上来。然而我却不曾意识到这看起来有多像是一次非法入侵。

奥利维娅
伴娘

婚礼仪式进行了好几个小时——或者说感觉上是这样。我在薄薄的礼服下止不住地瑟瑟发抖。我把花束攥得太紧了,以至于玫瑰花茎上的刺都已经穿破了白色丝带,扎进我的手里。我不得不趁着没人看见时,吸吮一下手掌上的小血滴。

不过,仪式最终还是结束了。

但仪式之后还要拍照片。为了尽力挤出微笑,感觉我的脸都要受伤了,双颊生疼。摄影师一直在把我单独拎出来,告诉我说我需要"把皱着的眉头上下颠倒一下,亲爱的!"我尝试了。我知道在对面的人看来,这不可能是个微笑——我知道这看上去肯定更像是我在龇牙咧嘴,因为我的感觉就是如此。我能看出来朱尔斯正在生我的气,但我也不知道该怎么做才好。我都不记得该怎么笑了。妈妈把一只手搭在了我的肩膀上。"你没事吧,利维?"我猜她也能看出来的确发生了些事。而我并不太好,一点儿都不好。

人群聚集在周围:都是我多年未见的姑妈姨妈、叔叔舅舅以及堂表兄弟姐妹。

"利维,"我表妹贝丝问道,"你还跟那个男朋友在一起吗?他叫什么名字来着?"她比我小几岁,今年十五岁。我一直觉得她有点儿崇拜我。我记得去年在我姨妈五十岁生日时,我给她讲过跟卡勒姆有关的所有事,当时她认真倾听着我说的每个字,让我觉得很是自豪。

"卡勒姆,"我说,"不……已经不跟他在一起了。"

"那现在你已经结束你在埃克塞特的第一学年了吗?"我姨妈梅格问道。这么说,妈妈还没有告诉她关于我退学的事。我试着想要点点头时,才发现对于脖子来说,脑袋实在太沉了。"是啊,"我说,因为假装起来更容易些,"没错,挺好的。"

我试图回答他们的所有问题,不过这甚至比微笑更让人筋疲力尽。我想要高声尖叫……我的内心就正在尖叫。我能看出他们有些人看着我时一脸困惑——我甚至看见他们在对视,好像在说:"她怎么了?"都是关切的表情。我猜我看上去不像他们记忆中的那个奥利维娅。那个姑娘外向活泼,爱说爱笑。而另一方面,我也不是我记忆中的那个奥利维娅。我不确定是否还能重新变回那个我,也不知道怎么才能变回去。而我无法为他们扮演一个角色。我跟妈妈不一样。

突然间,我觉得我又不能呼吸了,就好像我无法把空气好好地吸进肺里似的。我想要逃离他们的问题,逃离他们那一张张和蔼可亲又满是担心的脸。我告诉他们我要走开一下去找厕所。他们似乎并不介意,没准还松了口气呢。我从人群中脱身。我觉得我听见了妈妈在呼唤我的名字,但我仍然继续往前走,而她也没再叫,大概是因为她又分心去和其他人说话了。妈妈喜欢有个听众。我走得又快了些,还脱掉了那双愚蠢的高跟鞋,那上面已经满是尘土。我也不确定自己除了要往跟其他所有人所在之处相反的方向走之外,究竟要去哪里。

我的左边是由黑色石头形成的悬崖峭壁,在水雾中闪着潮湿的光泽。有些地方的地势下沉，就像是一大块土地突然消失在大海中，留下一个参差不齐的边缘。我不知道如果我脚下的地面突然向下倾斜，突然消失的话会是种什么感觉，那样的话，我除了跟它一起下坠之外别无选择。有那么一刻，我意识到我正站在这里，几乎期盼着那样的事发生。

在我走过的小路下方，从悬崖峭壁之间，我能看到呈片状分布的白沙滩。顶着白色浪花的海浪出奇地大。我任由风吹打，直到我的头发就像是要从头上被扯下来，直到我的眼皮就像是要使劲地从里往外翻出来，这风推搡着我，像是要尽其所能地把我挤到一边去。我的脸上有种咸咸的刺痛感。

外面的海水呈现出一种明亮的蓝色，很像是一张加勒比海岛照片里大海的颜色，我的朋友杰斯去年就和她的家人去了这样一座岛，她从那里在 Instagram 上传了差不多五万张自己的比基尼照（当然了，全部都修了图，所以她的腿看上去长了一些，腰看上去细了一些，胸看上去也大了一些）。我想我眼前的一切都是非常美丽的，但我却无法感受到它的美。我无法再正常地感受任何美好事物了：比如食物的美味，比如阳光洒在我脸上的感觉，再比如收音机播放的一首我喜欢的歌。眺望着大海，我感受到的只是肋骨下方隐隐作痛，宛如一处陈年旧伤。

我找了一条路，能够往下走到一个不那么陡，地面以缓坡而不是悬崖峭壁与沙滩交会的地方。我不得不奋力前行，穿过生长在缓坡上的矮小而坚韧的荆棘灌木丛。穿行中，它们钩住了我的礼服，同时我又被一条树根绊了一下，于是一个趔趄向前翻滚出去，跌倒在岸上。我能感觉到丝裙撕开了——朱尔斯为此会暴跳如雷的——然后我的两个膝盖都跪在了地上，发出"砰"的一声！我的膝盖刺痛难忍，而我能想到的所有事就是上一次体会这种感觉时，我还是个孩子，还在上学，大概是九年前。我跌倒在沙滩上，想要像个孩子似的大哭一场，因为这应该很疼的，整个身体都应该感到疼痛，但是不会有眼泪流出来——我没办法挤出眼泪已经有很长一段时间了。如果我能哭出来，一切或许都会变得更好，然而我却不能。这就像一种我已经失去了的能力，像一种我已然遗忘了的语言。

我坐在潮湿的沙滩上，能够感觉到海水已经浸透了我的礼服。我两个膝盖上覆盖着像沙砾般粗糙的擦伤。我打开小珍珠包，小心地取出了那个剃须刀片，掀起礼服的布料，用剃须刀抵住皮肤。看着那小小的红色血珠一点点出现——开始时很慢，随后渐渐快了起来。即使我能感觉到疼痛，那感觉也不像是我的血，不像我的腿。于是我使劲挤压伤口，把更多的血带到表面，等着去感受它属于我的感觉。

鲜红色的血，特别鲜艳，看上去挺美的。我用一个手指蘸了一下，然后放在嘴里尝了尝，品味了一下那种金属的味道。我还记得经过那次他们称之为"治疗"的过程以后出的血。他们说有"一点点淡淡的斑点"是完全正常的事。但感觉上它持续了好几个星期；我的内裤上出现的是深棕色的污渍，就像是我身体里的什么东西生锈了似的。

我还准确地记得当我意识到我没来月经时身在何处。当时我和我的朋友杰斯一起去参加了几个二年级学生在家里举办的家庭聚会，杰斯告诉我她得去翻一下卫生间里的橱柜找找月经棉，因为她的月经提前来了。我还记得她告诉我时，我那种奇怪的感觉，像是我胸部有什么东西不消化，让我都没办法深吸一口气——有点儿像现在。我意识到我想不起来上次是什么时候用的月经棉，或是其他什么东西了。而且我感觉怪怪的，觉得肚子有点儿胀，有点儿恶心，还很疲惫，不过我认为这与我吃的垃圾食品和跟史蒂文之间的垃圾事有关。这种情况已经有一阵子了。有几个月我的月经量真的很少，所以压根儿也不会烦扰到我。不过月经总还是来的，而且依然很规律。

这个时候新学期已经过半。我去找了大学的校医，让她给我做了个妊娠试验，因为我怕我自己做不好。她告诉我结果是阳性。我坐在那里，盯着她，就好像我不打算上她的当，我在等着她告诉我她在开玩笑一样。我不相信这是真的。而她则开始跟我谈我都有哪些选择的问题，还问我有没有可以倾诉这件事的人。我什么话都说不出来，张了几次嘴，别说一句话了，就连空气都没吐出来过，因为我又一次觉得无法呼吸了。我感觉像要窒息。她一脸同情地坐在那里，但因为那些法律方面的问题，她当然无法过来给我一个拥抱。而那时，我真的真的需要一个拥抱。

我从那里出来时浑身颤抖，举止怪异，都没有办法正常行走了——就像一辆小汽车猛地撞了我一下似的。我的身体感觉不像是自己的。一直以来它都在做着这件秘密而奇怪的事情……却把我蒙在鼓里。

我甚至都没法用手指操作我的手机，不过最终我还是把它解锁了。我用 WhatsApp 联系他。我看到他马上就看了信息。我看见那三个小点点出现在了顶部——那是在告诉我他正在"打字输入"。接着它们消失了。随后它们又出现了，而他又"输入"了差不多一分钟。然后就再也没有任何动静了。

我给他打了电话，因为很显然他的手机就在手边。他没有接。我再给他打，铃声一直响到自动挂断。第三次打就直接变成了语音信箱留言。他拒接了我的电话。于是我给他留了一条语音信息——尽管我并不确定他是否能明白我说的到底是什么意思，因为我的声音颤抖得实在太厉害了。

妈妈带着我去诊所解决问题。她一路开车从伦敦来到埃克塞特，全程花了将近四个小时，我在里面解决问题时，她就在外面等着我，之后又开车把我送回了家。

"这是最好的解决办法，"她告诉我说，"这样最好了，利维，亲爱的。我在你这个年纪的时候有了一个孩子。我觉得我别无选择。当时我的生活、我的职业生涯都才刚刚开始。孩子把一切都毁了。"

我知道朱尔斯就想听这个。有一次我听到了她们的争吵，朱尔斯当时冲着妈妈大喊："你从来都不想要我！我知道我是你最大的错误……"

这是我唯一能做的事。可如果他接了电话，如果他让我知道他能明白，他也感同身受的话，事情会简单得多。只不过一句话而已——那就是我需要的全部。

"他就是个小混蛋，"妈妈告诉我，"居然让你自己一个人去经历所有这一切。"

"妈妈，"我跟她说——以防她在百年不遇的机缘巧合下撞见卡勒姆，然后对着他一通长篇大论，"他不知道。我不想让他知道。"

我不知道我为什么没有告诉她这不是卡勒姆的孩子。倒不是说妈妈是个假正经的人，她不会因为史蒂文这件事对我品头论足。但我想我知道如果把整件事再重温一遍，再体会一次被拒绝会让我感觉有多糟糕。

那次开车从诊所回来的路上的所有情形都还历历在目。我记得妈妈看起来跟平常判若两人，我以前真的从来没见过她那副样子。我看见了她的双手是如何紧紧抓着方向盘，紧到皮肤都发白了。她一直在不停地低声咒骂,连她的驾驶技术也比平时还要糟糕。

等我们回到家中,她嘱咐我去躺在沙发上,接着她给我拿来了饼干,给我泡了茶,还给我盖了块小毛毯,尽管那天十分暖和。随后她端着自己那杯茶在我身边坐了下来,虽然我也不确定以前曾经见她喝过茶。事实上她并没有喝,只是坐在那里,双手紧紧握着茶杯,紧得就像她之前抓着方向盘时一样。

"我可以杀了他,"她又说了一遍,声音听起来低沉粗哑,甚至都不像她自己的,"今天他本来应该在那儿陪着你的,"她用那种同样奇怪的声音说道,"我不知道他的全名或许是件好事。要是知道的话我可饶不了他。"

我凝望着海浪。待在海里的话也许会让我感觉好一些。突然一闪念,我觉得这是唯一能奏效的方法。大海看起来那么干净,那么漂亮,那么完美无瑕,在那里面就会像在一块宝石中一样。我站起身来,拭去礼服上的沙子。该死……风一吹还真冷。但其实这种冷还挺好的——不像在小教堂里的那种冷。就好像它要把我脑子里所有其他的想法都吹出来似的。

我把鞋脱在潮湿的沙滩上,懒得脱礼服了。我走进水中,水里的温度要比空气里低十度,寒冷彻骨,它让我的呼吸变得急促,我只能一小口一小口地吸气。咸咸的海水进入我腿上的伤口时,让我感到一阵刺痛。我又向前往深处走了一些,这样水就没到了我的胸部,然后是肩膀,此时的我就像穿着一件紧身胸衣,真的没法好好呼吸了。我感到有小小的烟火在我头脑中、在我皮肤表面爆开,所有那些坏想法全都松动了,于是我就可以更容易地看着它们了。

我把头埋下去使劲摇晃，想促使那些坏想法都飘散开去。一个浪打过来，海水冲进嘴里。太咸了，让我忍不住作呕，而我一呕吐便会吞下更多海水，无法呼吸的同时，更多的海水还在往里涌，现在连鼻子里也都是，每次我张开嘴想寻找空气时，进来的都是海水，一大口咸咸的海水。我能够感受到脚下海水的流动，感觉它像是在拖拽着我，试图要带着我跟它一起去什么地方。而我的身体则仿佛知道些我不知道的事，因为它正在为我而战，胳膊和腿在狂踢猛打。我不知道这是不是有点儿像溺水的感觉。然后我想知道，我是否正在遭遇这种灭顶之灾。

朱尔斯
新娘

　　威尔和我已经远离了混乱,来到悬崖边拍照片。风确实越刮越猛。从我们一脱离小教堂的保护来到外面就能感觉到,宾客们抛撒的五彩纸屑甚至都没来得及沾到我们,就被风裹挟着向远处的大海飞去。谢天谢地,我决定把头发披下来,所以风也就只能造成这么大的伤害了。我感觉到它在我身后如波浪般飘荡,而我的裙摆则宛若丝流随风轻扬。摄影师很喜欢这个样子。"你看起来就像个古时候的盖尔女王,配上那顶金冠——还有你头发的颜色!"他叫道。威尔咧嘴一笑,"我的盖尔女王。"他只张嘴不出声地说道。我还了他一个微笑。我的丈夫。

　　当摄影师要求我们接吻时,我把舌头伸进了他的嘴里,而他也以同样的方式回应了我,直到摄影师——有几分慌张地——暗示我们说这些照片作为官方正式记录可能会有一点点"不雅"才作罢。

　　现在我们回到了客人们身边。我们走在他们中间时,那一张张转向我们的脸都已经红光满面,洋溢着温暖和醉意。走在他们面前让我有一种奇怪的被扒得精光的感觉,仿佛早先的压力还能从我脸上看出来。我努力用挚爱亲朋在这里欢聚一堂、各得其乐的喜悦之情来提醒自己,而且这也的确奏效了:我已经营造出一个人们会记住、会谈论、会尝试,又很可能无法成功去复制的场景。

地平线上阴云密布,给人不祥的感觉。女士们把帽子死死地扣在脑袋上,把裙子紧紧地裹住大腿,发出欢快的轻声尖叫。我同样能感觉到风在拉扯我全身的衣服,撩起礼服下摆厚厚的丝裙,仿佛它轻如薄纱,又从我头饰的金属辐条间呼啸而过,好像要把花冠从我头上拽下来抛向大海一般。

我朝威尔那边匆匆一瞥,想看看他是否注意到了。他被一群祝福的人团团围住,一如既往地迷人。但我感到他并没有全身心投入。他好像在找什么人,或是在看什么东西,眼神一直都心不在焉地越过前来向我们道贺的亲朋好友的肩膀向外张望。

"怎么了?"我握住他的一只手问道,这只戴着普通金戒指的手此刻在我看来变得有些不同且陌生。

"那边那个——那个人是——皮埃尔吗?"他说,"跟乔诺说话的那个?"

我顺着他的目光看过去。那个人的确是皮埃尔·怀特利,《幸存之夜》节目的制片人,乔诺不知道在说着什么,他在倾听,光秃秃的脑袋很认真地低着。

"是,"我说,"那是他。出什么问题了?"因为我很确定,肯定是出了什么问题——我可以从威尔紧锁的眉头看出这一点来。这个表情我很少在他脸上看到,这是一副稍显焦虑的心烦意乱的模样。

"没什么——特别的事,"他说,"我——呃,只是有那么点儿尴尬,你知道的。因为乔诺落选了那档电视节目。说实话,我也不确定谁会更尴尬。或许我应该过去,给其中一个人解解围。"

"他们都是成年人了,"我说,"我确信他们自己能解决好。"

威尔似乎没听见我说话。事实上，他放开了我的手，然后穿过草地，一边礼貌而坚决地从那些转过身来跟他打招呼的宾客身边挤过，一边径直走向他们。

这一举动非常出乎意料。我目送着他，心里很纳闷。我曾经想着那种不安情绪会在仪式之后，在我们说完那几句极其重要的誓言后便离我而去。但它却依然伴我左右，犹如一块心病驻扎在我内心深处。我有种感觉，觉得有某种邪恶的东西在悄悄跟踪我，仿佛就在我的视线边缘，在我永远都无法看清的地方。然而这一切都很疯狂。我断定，我只不过需要到远离冲突的地方一个人静静。

我迅速从人群外围的宾客们身边走过，低着头，迈着坚定的大步，以防他们中的哪个人试图拦住我。我经由厨房进了富丽宫。那里面出奇安静。我闭上双眼，就这样过了好一会儿，感到如释重负。在厨房中央的砧板上，有什么东西——毫无疑问，肯定是稍后餐食的一部分——被一大块布蒙着。我找了个杯子，倒了杯冰水，同时听着墙上挂钟舒缓的嘀嗒声。我站在那里，面对着水槽，一边小口喝着水一边数到十再数回来。你太可笑了，朱尔斯。这一切都是你的想象。

我不太确定是什么让我意识到我并非一个人在这里。或许是某种动物的直觉吧。我转过身去，在门口看见了——

噢，上帝啊。我倒吸了一口气，向后一个趔趄，心里咚咚直跳。那是个男人，手里攥着一把巨大的刀，他的身前蹭得到处都是血。

"上帝啊。"我轻声说了一句，接着避开了他，同时勉强没让手里的杯子掉在地上。一波纯粹的恐惧，一阵肾上腺素的飙升……随后理智再次回归。是弗雷迪，奥伊弗的丈夫。他正拿着一把切肉刀，而那些血渍也全都是蹭在他系在腰间的屠夫围裙上的。

"对不起，"他以那种尴尬的语气说道，"我没想要吓您一跳。我正在这儿切羔羊肉——这儿的砧板比餐饮帐篷里的那块好。"

好像是为了证明似的，他掀开了砧板上那块布，我看见那下面全都是一堆堆羊排：深红色泛着光的肉，以及白花花向上伸出的骨头。

待心跳恢复正常后，我都羞于回想刚才自己脸上那种恐惧的表情得有多么赤裸裸。"好吧，"我努力为自己注入一种权威感，"我相信这肯定会非常可口的。谢谢你。"紧接着我快步——但又很小心不要显得太匆忙地——走出了厨房。

当我重新回到乱哄哄的人群中时，我发现大家的注意力发生了改变。大家有了新的兴趣点，一时间人声嘈杂。似乎海上出了什么状况。所有人都开始转头去看，眼球随即便被正在发生的不知什么事牢牢抓住了。

"怎么了？"我一边问一边伸长脖子，想从一堆脑袋上方看个明白，却什么也看不见。围在我身边的人群变稀疏了，人们一声不吭地渐渐散去，大家都朝着大海，试图找个更好的角度，以便能看清楚正在发生的事。

或许是某种海洋生物。奥伊弗告诉我，人们会定期来这里看海豚。更少见的情况下还有可能看到鲸。即便需要有很多的大气条件细节，那也会是一派相当壮观的景象。不过从人群最前方传过来的声音听上去却不像这么回事。我还以为会听到尖叫和惊叹，看到激动不已的手势。不知他们在专心看着什么，反正没有制造出很大的噪音。这让我感到有些不安。因为它提示我这不是什么好事。

我推着前面的人往前走。人们开始变得争先恐后，扎堆抢位置，就好像在演出现场争夺最佳视角似的。之前我作为新娘，在他们中间就像个女王，无论走到哪儿都能在人群中开出一条路来。可现在他们对正在发生的什么事已经全神贯注到忘乎所以的地步了。

"让我过去！"我喊道，"我要看看。"

最终，他们为我让开了道，我走上前去，来到了最前面。

那边远处有个什么东西。光线太亮，我眯起眼睛来能勉强辨认出一个脑袋的形状。要是不算上间或出现的一只白手的话，那有可能是一只海豹或者其他某种海洋生物。

有人在水里。从这里很难看清楚那人究竟是男是女。肯定是宾客中的一位，因为没有什么人有本事从本岛一路游到这里来。如果那是乔诺的话，我倒也不会惊讶——尽管那不可能是，因为片刻之前他还在跟皮埃尔聊天。那么如果不是他，或许会是我们这帮人当中其他那些爱出风头的人中的一个，迎宾员中的一个，在那里卖弄身手。不过当我再仔细一看，我才意识到，那个游泳的人并没有冲着岸边，而是向着大海深处。而且现在我看出来此人并不是在游泳。事实上——

"他要淹死了！"一个女人在大喊——我觉得是汉娜。"他被水流困住了——看呐！"

我想要看得再清楚些，便在围观的那群宾客中挤出一条路来往前挪。最后我终于来到了最前面，也能看得更清晰了。或许仅仅是基于那种奇怪的深刻了解，使得我们能够在很远的距离就认出我们最亲近的人，即使只是看到了一个后脑勺。

"奥利维娅！"我大喊道，"那是奥利维娅！哦，我的上帝啊，那是奥利维娅。"我想跑起来，但因为脚下踩到了自己的裙子被绊住了。我全然不顾听到的丝绸撕裂的声音,踢掉了鞋子继续奔跑,却又双脚陷进潮湿泥泞的沼泽里跌倒在地。我向来不擅长跑步,而穿着婚纱就更加困难了。我以看起来难以置信的慢速移动着。谢天谢地,威尔似乎没碰上同样的问题——他从我身旁一掠而过,后面跟着查理和几个其他的人。

等我最终赶到海滩上时,我花了一会儿工夫才弄明白发生了什么,搞清楚了眼前这一幕。汉娜在我之后也到了,上气不接下气,她肯定也是跑着过来的。查理和乔诺站在没到大腿深的海水里,在他们身后的岸边站着另外几个人——是费米、邓肯和其他人。在比他们都远的地方,威尔从水里冒出来了,怀里抱着奥利维娅。她似乎在挣扎,在跟威尔搏斗,她的两只手臂在挥舞,两条腿在拼命地踢。他紧紧地抱着她。她的头发乌黑亮滑,身上的礼服变得完全透明。她看起来面色苍白,皮肤微微发蓝。

"她差点儿就淹死了。"乔诺转过身来冲着海滩说道。他看起来心烦意乱。我第一次对他感到更加亲切。"幸亏咱们发现她了。这孩子真是疯了,谁都能看出来这儿没有遮蔽。真的有可能直接就被冲到远海去了。"

威尔上了岸,松开了奥利维娅。她从他怀里一下子蹿到一边,站在那里盯着我们所有人。她的眼睛黑黑的,让人看不透。透过她被浸湿的礼服,你能看到她近乎全裸的身体:她两个乳头的黑点,肚脐眼的凹陷。她看起来充满原始气息,就像一只野生动物。

我看到威尔的脸和喉咙都被抓了,红色印记怒气冲冲地出现在他的皮肤上。一看到这些,一个开关就被打开了。一秒钟以前我还对她满是担心,现在我感到的是一股强烈的、炽热如太阳耀斑一般的狂怒。

"这个疯狂的小婊子。"我说。

"朱尔斯,"汉娜轻声说道——但还没轻到让我听不出她声音里那种责备的腔调,"你知道吗,我觉得奥利维娅不太好。我……我想她可能需要帮助……"

"噢,看在上帝的分儿上,汉娜。"我转向她,"听我说,我知道你有多善良,多么母性十足,诸如此类的。但奥利维娅他妈的不需要母亲。我告诉你吧,她已经有一个了——给她的关注比我得到的还要多。奥利维娅不需要帮助。她他妈需要振作起精神来,干事情有点儿条理。我可不打算让她毁了我的婚礼。所以……躲开点儿好吗?"

我看见她脚步踉跄地向后退去,同时隐约觉察到了她脸上受伤和震惊的表情。我已经过分了:好吧,木已成舟。不过此时此刻,我也不在乎了。我又转回身冲着奥利维娅大声吼道,"你到底在搞什么鬼?"

奥利维娅只是那样回望着我,一脸木然,缄默不言。她的样子看上去就像是喝醉了酒。我抓住她的两个肩膀,她的皮肤摸起来冰凉冰凉的。我想要摇晃她,扇她的耳光,揪她的头发,让她给我个答案。而她的嘴张开又合上,张开又合上。我目不转睛地盯着她,努力想要搞个明白。她仿佛试图要拼出词句,但却发不出声音来。她的眼神很急切,带着恳求的神情。这给我浑身上下带来了一股寒意。有那么一刻,我感觉她仿佛正在竭尽全力地用信号给我发一条我无法破译的信息。是一句道歉吗?还是一个解释?

还没等我来得及让她再试一次,我母亲就来找我们了。"噢,我的女儿,我的孩子们啊。"她把我们两个人都紧紧揽入她瘦骨嶙峋的怀抱中。在那团汹涌的夏尔美香水的香味之下,我闻出了她的汗水和恐惧那强烈而刺鼻的味道。当然,她伸手想抱的其实是奥利维娅。不过这一刻,我还是允许自己接受她的拥抱。

然后我回头往身后看,其他客人正在赶上我们。我能够听到他们的窃窃私语声,感受到他们散发出的兴奋。我需要化解整个局面。

"还有人想游泳吗?"我喊道。没有人发笑。沉默似乎蔓延开来。如今节目已经结束了,他们看起来全都在等待,等着某种提示来告诉他们现在去哪儿,该怎样行事。我不知道该干什么。这些没写在我的剧本里。于是我就站在那里,盯着他们,同时感受着脚下的沙滩浸透我礼服裙子的那种潮湿感觉。

感谢上帝,还有奥伊弗,她穿着整洁实用的海军裙和低坡跟鞋出现在他们中间,沉着冷静,从容不迫。我看见他们都转向了她,就好像认可她的权威似的。

"各位,"她叫道,"听我说,"对于一个矮小、安静的女人来说,她的声音却很洪亮,让人过耳不忘,"如果你们愿意全都跟着我从这条路回去的话,喜宴马上就能开始了。主帐篷在恭候大家的光临!"

乔诺
伴郎

看看他。扮了回英雄,把朱尔斯的妹妹从海里捞回来了。就他妈看看他吧。他总是特别善于让人们恰好看到他想让他们看的东西。

我比其他人更了解威尔,也可能比世界上任何人都更了解他。我敢打赌我了解他比朱尔斯现在了解的,或者将来可能了解的都要多得多。跟朱尔斯在一起时,他会戴上面具,拉起幕布。但我可是为他保守过秘密的,因为那也是我们两个人要共同保守的秘密。

我一直都知道他就是个冷酷无情的混蛋。我从上学时,他偷了那些考试卷子时就知道了。但我觉得我不会受到他性格中那一面的伤害。我是他最好的朋友。

无论如何,直到大约半个小时以前,这还是我心里的想法。

"当听说你不想接这份工作时,"皮埃尔说,"我们觉得真是太遗憾了。我的意思是说,威尔在女士中当然绝对大受欢迎。他简直就是为电视而生的。但是他有点儿太……温文尔雅了。这话就你知我知啊,我觉得男性观众并没有那么喜欢他。我们做过的消费者调查结果显示,他们发现他有那么点儿——嗯,我记得有一个参与者用的词是:'有点儿蠢'。有些观众,尤其是男性,对于他们认为长得太帅的主持人是没什么兴趣的。而你就可以平衡各方面的需求。"

"你先等会儿，哥们儿，"我说，"你们为什么会觉得我不想接这份工作呢？"

皮埃尔一开始看起来有点儿恼火——他明显是那种在自己滔滔不绝地谈论统计数据的过程中不喜欢被打断的家伙。接着他皱起眉头，留意了我说的话。

"我们为什么会觉得——"他停住了，摇了摇头，"嗯，因为你根本没在会上露面，这就是为什么。"

对于他说的话，我完全没有头绪。"什么会啊？"

"就是我们为了讨论每件事的进展情况开的会啊。威尔带着他的经纪人出席了会议，很遗憾地告诉我们说你和他进行了一次很长时间的讨论，你最终认定这份工作并不适合你。说你不是'一个喜欢上电视的人'。"

在过去的四年中，我对每个人说的都是这句话。除了没对威尔说过。无论如何，当时没说过。在某个重要的会议之前没说过。"我从来没听说过有什么会议，"我说，"我收到了一封邮件，上面说你们不想要我。"

这句话似乎需要一段时间才能让人恍然大悟。接着皮埃尔的嘴无声无息地张开又闭上，一脸茫然，就像一条鱼在咕嘟咕嘟地吐泡泡。最终他说道："这不可能。"

"不，"我对他说，"没有什么不可能的。而且我告诉你的话都是很确定的——因为我从来就没听说过要开会。"

"但是我们发了电子邮件——"

"是啊。可是你们从来都没收到过我的邮件，对吗？一切都是经由威尔和他的经纪人办理的。所有的东西他们都会那样分类挑选一遍。"

"好吧。"皮埃尔说。我想他刚刚意识到自己捅了个大娄子。"嗯,"他继续说道,像是觉得还不如索性一吐为快似的,"他明确告诉我们说你不感兴趣。说你经过一大段时间的深刻自省,然后告诉他你决定不参加节目了。这真是太遗憾了,因为按照我们的计划,你和威尔……一个粗犷一个优雅。这样一来就有可能成为电视节目的爆款。"

跟皮埃尔就这件事再说下去也没有什么意义。他看上去已经像是巴不得能瞬间移动到任何其他地方去的样子。我差点儿就想告诉他,哥们儿,咱们这是在一座小岛上。无处可去。但我一点儿都不惊讶他会有那种感觉。我能看到他在不住地向我身后看,想找个什么人来解救他。

不过我跟他其实没有什么恩怨。我是跟那个我以为是我最好的朋友的家伙。

说曹操曹操到。威尔向我们这边大步走来,他咧开嘴冲着我俩笑,不管刮多大风头发都一丝不乱,看起来真他妈帅。"你们俩在这儿聊什么呢?"他问道。他离我们很近,近得我都能看到他额头上的汗珠。你瞧,威尔是那种几乎从来不出汗的家伙。即使在橄榄球场上,我也没怎么见他出过汗。但他现在出汗了。

太晚了,哥们儿,我心想。太他妈晚了。

我想我明白了。他太聪明,不会从一开始就剥夺我的这个权利。《幸存之夜》的创意是我提出来的,我们俩都心知肚明。如果他那么干了,那我就有可能去乱说,把我们小时候发生的那些事告诉所有人。我不像他,有那么多可失去的东西。所以他先把我请进来,让我觉得我是其中的一分子,然后又把我被赶出来这件事做得看起来像是应该归咎于别的什么人。完全不是他的错。

哥们儿,我也很难过。真是太遗憾了。我本来是很喜欢跟你一起工作的。

我还记得我当时多喜欢去试镜。我觉得谈论那些事,那些我懂得的事挺自然的。我对这个领域有话要说,如果他们要求我背诵九九乘法表,或者谈论政治学,我可能就完蛋了。但是攀岩也好,绳降也好,还有其他所有这些:我就是在度假村专门教授这些技能的。可是经过那一次之后,我甚至都不会再去考虑摄像机的事了。

这件事里最他妈让人觉得不爽的就是,对威尔来说,他会觉得这有多么易如反掌。愚蠢的乔诺……那么容易就被蒙蔽了。现在我明白为什么最近联系他那么难,为什么我会觉得他把我推到一边去,以及实际上我为什么不得不求着他给他当伴郎了。当他同意时,他肯定是把这当成了一种安慰性的奖赏,一块橡皮膏。但是让我当伴郎可不够补偿的。这块橡皮膏还不够大。他自始至终都在利用我,从上学那会儿开始。我一直都在那儿替他干他那些卑鄙的勾当。可他却不想跟我一起分享聚光灯下的荣耀,一丁点儿都不行。关键时刻一到,他就把我牺牲了。

我把杯子里的威士忌一饮而尽。那个骗人的混账王八蛋。我非得想办法报复他不可。

汉娜
陪同来宾

奥利维娅是别人的妹妹,别人的女儿。或许我应该躲开点儿,就像朱尔斯告诉我的那样。可是我做不到。就在其他人全都往主帐篷里面涌的时候,我发现自己正朝着另一个方向,朝着富丽宫走去。

"奥利维娅?"我一走进屋里便叫道。没有回应。我的声音被石头墙反射了回来。现在的富丽宫看起来是那么安静,黑暗,空空荡荡。很难相信这里还有别的人。我知道奥利维娅的房间在哪里,那扇门是通往餐厅的——我决定先试试那扇,于是抬手敲了敲门。

"奥利维娅?"

"嗯?"我觉得我听见门里有个微弱的声音,便把这个声音当作让我推开门的暗示。奥利维娅坐在床上,一条浴巾围住了她的双肩。

"我没事,"她说话的同时并没有抬头看我,"我马上就回主帐篷去。我得先换衣服。我没事。"她说了两遍也没能让这句话显得更令人信服。

"你看上去真的不太好。"我说。

她耸了耸肩,沉默不语。

"听我说,"我说,"我知道这不关我的事。我也知道我们几乎还不了解彼此。但昨天我们说话时,我有种感觉,觉得你可能经历了什么相当重大的事……我想象着面对这一切,你肯定很难做出一副高兴的样子。"

奥利维娅保持着沉默,依然没有看我。

"所以,"我说,"我想我要问的是——你在海里干什么?"

奥利维娅又耸了耸肩。"我也不知道,"她说,接着是一个停顿,"我——这一切有点儿让人吃不消了。这场婚礼,还有所有那些人。说我一定很为朱尔斯高兴。问我过得怎么样。关于大学的事——"她看着自己的双手,声音渐渐弱了下去。我看到她的指甲像孩子的一样被啃得乱七八糟,在苍白皮肤的衬托下,指甲根部的表皮显出又红又疼的样子。"我只是想逃离这一切。"

朱尔斯说过这些都是作秀,奥利维娅戏很多。我怀疑事实恰恰相反。我认为她是想要消失不见。

"我能告诉你一些事吗?"我问她道。

她没说不行,于是我继续说了下去。

"你知道我昨晚是怎么提起我姐姐艾丽斯的吗?"

"记得。"

"嗯,我……我觉得是你让我有点儿想起了她。我希望我这么说你别介意。我保证这是赞美的话。她是我们家里第一个上大学的人。她GCSEs考试的成绩是最好的,A级考试成绩也是全A。"

"我可没那么聪明。"奥利维娅咕哝道。

"是吗?我觉得你比你喜欢表现出来的要更聪明。你在埃克塞特学过英国文学。那是门很好的课,对不对?"

她耸了耸肩。

"艾丽斯想要从政,"我说,"她知道她必须拥有无可挑剔的记录,并且取得良好成绩。当然,她如愿以偿,也被一所英国顶级大学录取了。然后在她上大一的那一年里,当她意识到她交上去的每一篇论文都能够很轻松地独占鳌头的时候,她稍稍放松了一些,于是交了第一个男朋友。我、妈妈和爸爸,我们仨都觉得这件事挺有意思的,因为她突然一下子就对他特别着迷。"

艾丽斯回家过圣诞节假期时,把关于这个新冒出来的家伙的所有事都告诉我了。她是在苏格兰里尔舞社团里认识他的,那是她参加的某个时髦的俱乐部,起因则是期末他们举行了一次化装舞会。我记得我当时觉得她对这段新鲜恋情的投入和她对学习的投入强度是完全相同的。"他简直太完美了,汉,"她告诉我,"而且每个人都喜欢他。我都不敢相信他会看我一眼。"她告诉我,同时让我发誓要保守秘密,说他们已经睡过了。他是她睡过的第一个男孩。她告诉我说她觉得自己离他是那么近,她都不曾意识到事情会是这个样子。不过我记得她又解释了一下,说这大概是激素和年轻人的爱情中所有社会文化因素理想化的结果。我聪明又美丽的姐姐,努力想要为她的感情找借口……典型的艾丽斯。

"不过接下来她就开始对他失去兴趣了。"我告诉奥利维娅。

奥利维娅扬了扬眉毛。"她觉得厌烦了吗?"她此时似乎更投入了一点点。

"我想是吧。到复活节假期那会儿,她就已经不再谈论他了。我问她的时候,她告诉我说,她意识到了他并不完全是她所想的那种人,还说她因为迷恋他已经花费了太多时间,她真的需要集中精力埋头于她的学业了。有一篇她交上去的论文只得了个很低的 2.1,这也为她敲响了警钟。"

"天呐，"奥利维娅眼珠一转说道，"她听上去就像个超级极客。"紧接着她又马上住了嘴，"不好意思啊。"

我笑了笑。"我对她说了一模一样的话。不过这就是艾丽斯。不管怎么样，她想要确保她对他做的事很得体，她要亲口告诉他。"这也完全是艾丽斯的风格。

"他有什么反应呢？"奥利维娅问道。

"事情没那么一帆风顺，"我说，"他对这一切的反应相当可怕，说他不会让她就这么羞辱他的。说她会为此付出代价。"我记得这些是因为我还记得当时很纳闷，不知道他会做什么。你怎么才能让一个人为一次分手"付出代价"呢？

"她没有告诉我他干了些什么来报复她，"我对奥利维娅说，"她没告诉我，也没告诉妈妈或者爸爸。她觉得羞愧难当，难以启齿。"

"但你发现了？"

"后来，"我说，"我后来发现的。他给她拍了段视频。"

一段艾丽斯的视频被上传到了大学内网。这是在那次里尔舞社团的假面舞会以后她让他拍的。学校一发现就马上把视频从服务器上撤下来了。不过到了那时，消息已经传开，伤害已经造成。其他版本的视频已经被保存在了校园各处的电脑上。视频还被发布在了 Facebook 上。它被撤下来，又被上传。

"这么说，就像是……报复性色情影像？"奥利维娅问道。

我点点头。"如今我们会用这个词来称呼。不过你也知道，那时是个更纯真的年代。现在你会被警告要小心谨慎，对不对？所有人都知道如果你让别人给你拍照片或者录视频，最后就有可能被传到互联网上。"

"我猜到了，"奥利维娅说，"不过人们在那个时候会忘记的，你应该也知道，如果你真的喜欢某个人，而他们又提出要求的话。所以我估计学校里的每个人都看到了，对吗？"

"是的，"我说，"但最糟糕的是我们当时并不知道，她也没告诉我们。她太羞愧了。我想或许她是觉得这会破坏她在我们心里的形象。她一直以来都是如此完美，当然，尽管这并不是我们爱她的原因。"

她甚至都没告诉我，这才是至今仍然让我感到无比痛苦的地方。

"有时候，"我说，"我觉得想要告诉跟你最亲近的人实在是太难了。那些你爱的人。听上去耳熟吗？"

奥利维娅点点头。

"就是这样。我想让你知道的是，你可以告诉我。对吗？因为事情就是这样的。把话明明白白地说出来总是会更好一些——即使它听上去很丢脸，即使你觉得人们理解不了。我真希望艾丽斯能跟我谈谈那件事。我想她或许可以得到某种意想不到的观点。"

奥利维娅抬头看了看我，随后又看向了别处。从她嘴里发出了一声跟耳语差不多的声音。"是啊。"

这时从主帐篷的方向传来了尖细的公告声。"女士们，先生们——"我意识到那是查理的声音，他肯定正在履行他司仪的职责，"请大家入座，婚宴即将开始。"

我没有时间给奥利维娅讲其余的部分，可能这样也好。所以我没有告诉她，这整件事就像是艾丽斯生命中的，以及她这个人身上——仿佛文身一般的一个巨大污点。我们谁都没意识到艾丽斯有多么脆弱。她一向看起来是那么能干，那么善于掌控：取得了那些惊人的成绩，参加了运动队，在大学里有了一席之地，从来不会错过机会。但是在那下面，促成了所有这些成功的那乱作一团的焦虑。等我们发现时，她应付不了这一切带来的耻辱。她意识到她永远都不会——永远都不能——像她梦想的那样在政界工作了。这还不仅仅是她由于退学而无法得到文学学士学位那么简单的事。有一段她给某个男人口交的视频——还有更多的——现在就在网上。这是无法抹去的。

所以我没有告诉奥利维娅，在她从大学回家来的两个月之后，那是六月里的一天，我妈妈去网球场接我时，艾丽斯吞下了由止痛药和她在浴室的药橱里能找到的几乎所有东西组成的混合物。就这样，在十七年前的这个月，我美丽而聪明的姐姐自杀了。

奥伊弗
婚礼统筹人

刚刚在伴娘身上发生的事是我的错。我早该预料到的。我也确实预料到了：我知道那姑娘就要有麻烦了。早上我把她的早餐给她时就知道。仪式期间，她一直保持着镇静，虽然她看上去就像是想要转过身去匆忙逃离那里似的。在那之后，我当然还是试图盯住她。但我却收到了太多其他要求：客人们都很坚决，很亢奋，而那些服务人员——全都是些放了暑假的学龄儿童和学生——则处理不了。

接下来我知道的事就是那阵骚动了，她掉到了海里。看到她，我好像突然就被带回到了另一天。爱莫能助。明明看见了征兆却又置之不理，直到最后为时已晚。那些在我梦中反复出现的影像：水面在上涨，我伸出双手，好像我也许能做些什么似的……

这一次营救是有可能成功的。我想起了带着她从海水中走出来的新郎，他是今天的救世主。但如果我能在适当时给予更多关注，或许我本可以防患于未然。我很生自己的气，竟然会如此松懈大意。在组织安排所有宾客进入主帐篷参加喜宴的那段时间里，我在他们面前设法保持着一副冷静的职业面孔。就算我没把自己控制得那么好，我也怀疑能有谁注意到有什么不对劲的地方。毕竟，我的工作就是保持隐形。

我需要弗雷迪。弗雷迪总是能让我感觉好些。

我发现他在主帐篷后面的餐饮区，不在宾客们的视线范围内：他正在一小群助手的帮助下摆盘。我让他跟我一起出去一下，远离他那些厨房帮手好奇的目光。

"那姑娘差点儿就在那儿淹死了。"我说。每当想起这件事时，我就觉得几乎喘不上气来。我看到了一切，看到了它是怎么发生，怎么在我的眼皮子底下上演的。就像是我被带回了另外的一天，而那一天却并没有大团圆结局。"噢，上帝啊——弗雷迪，她差点儿就淹死了，我没能给予她足够的关注。"那是过去的事了，结果又卷土重来。都是我的错。

"奥伊弗，"他说话的同时紧紧抓住了我的双肩，"她没淹死。一切都还好。"

"不，"我说，"是他救了她。可要是——"

"没有什么可要是的。现在客人们都已经在主帐篷里了。一切都会非常完美的，相信我。回到那里去，做你最擅长的工作去吧。"弗雷迪向来最会安慰我，"这只是个小插曲。除此之外一切顺利。"

"但这跟我想象的完全不一样了，"我说，"他们全都在这儿，还到处乱逛，这就更难了。那些男人，还有昨晚他们那讨厌的游戏。然后是现在这个——把以前的事全都带回来了……"

"就快结束了，"弗雷迪坚定地说道，"你需要做的所有事就是撑过接下来的几个小时。"

我点点头。他说得对。而我也知道我需要控制一下自己。我可不能就此崩溃，至少今天不行。

现在
新婚之夜

现在他们可以认出来人是谁了，是那个叫弗雷迪的人，他正以最快的速度向他们赶过来。他手里拿着一根火把：没有什么比这显得更加不祥的了。当他走近时，他们手中火把的光照出了来者苍白额头上闪闪发亮的汗珠。"你们得回主帐篷去，"他喘息未定便大喊道，"我们已经报警了。"

"什么？为什么？"

"那个女服务员已经清醒点儿了。她说她觉得看到了黑暗中有什么人在那边。"

"咱们得听他的，"弗雷迪刚走出几步远，安格斯便冲其他人喊道，"等警察来。这样可不安全。"

"拉倒吧，"费米喊道，"咱们已经走得太远了。"

"你真觉得他们马上就会到这儿来是吗，安格斯？"邓肯问道，"那帮警察？在这种天气里？根本不可能，哥们儿。大老远跑到这儿的就只有咱们了。"

"呃，那就更有理由了。这样可不安全——"

"咱们是不是下结论下得太草率了？"费米喊道。

"你什么意思？"

"他只不过是说她有可能看见了什么人。"

"可如果她真的看见了呢,"安格斯叫道,"那就意味着——"

"什么?"

"呃,是不是还有其他人也牵涉其中。那意味着这可能不是——这可能不是一场意外。"

他甚至都没有把那个词拼出来,但他们还是从他的话里听明白了。谋杀。

他们都把手里的火把攥得更紧了一些。"如果到最后真是那样的话,"邓肯喊道,"这些可以当成很好的武器。"

"对,"费米稍微正了正自己的肩膀,喊道,"是咱们跟他们死磕。咱们四个人,他们就一个。"

"等会儿,有谁看见皮特了吗?"安格斯突然说道。

"什么?该死——没看见。"

"没准儿他跟那个叫弗雷迪的家伙走了?"

"他没有,费姆,"安格斯回应道,"而且他可真够事不关己的。妈的——"

他们开始呼唤他:"皮特!"

"皮特,哥们儿——你在吗?"没有人回答。

"天呐……好吧,我也不打算再到处找了,"邓肯喊道,他的声音里有一丝微弱却能听得出来的颤抖,"他这个样子也不是第一次了,对吧?他能照顾好自己,不会有事的。"其他人怀疑他是在努力让自己的话听起来比实际上更言之凿凿。不过他们并不打算对此质疑。他们也想要相信它。

那天早些时候
朱尔斯
新娘

在主帐篷中,奥伊弗已经施展完毕她的魔法。这里很温暖,让人能够从外面愈加寒冷的风中得到一丝喘息。从入口处我可以看到点燃的火把闪烁着火焰,火光摇曳不定,而主帐篷的顶部则在外面大风的吹动下缓缓地时而鼓起来时而瘪下去。不过在某种程度上,这只是增加了帐篷里面舒适的感觉。整个地方都弥漫着蜡烛的香味,而烛光旁聚集着的一张张脸庞全都红扑扑的,洋溢着健康与青春的气息——虽然真实原因其实是在刺骨的寒风中喝了一下午的酒。这就是我想要的一切。我环顾四周的客人们,在他们脸上能够看到的表情是对周围环境的惊叹。然而……我为什么还是会留下如此空虚的感觉呢?

所有人似乎都已经忘记了奥利维娅那个疯狂的表演;这完全有可能是发生在另一天的事。他们正在开怀畅饮,猛灌葡萄酒……声音越来越大,场面也越来越热闹。这一天本该有的氛围已然回归,并且正按照预先设定的轨迹铺展开来。但我却无法忘记。当我想起奥利维娅脸上的表情,想起她想要说话时那种恳求的眼神,我脖子后面的汗毛就根根直竖。

盘子都被收拾走了,实际上每一个盘子都被舔得干干净净。

酒精能让客人们饥肠辘辘,弗雷迪真是个了不起的天才。我参加过太多婚礼,在那些婚礼上,我得被迫吃下一口又一口嚼不动的鸡胸肉以及学校食堂风格的蔬菜。现在吃到的则是最嫩的羊排,就像舌尖上的天鹅绒一般,还有带有迷迭香香味的土豆泥。完美至极。

演讲的时间到了。服务员们在帐篷里呈扇形散开,端着一盘盘堡林爵,为敬酒环节做好了准备。我的胃里一阵酸楚,一想到还有更多的香槟我就有点儿想吐。为了能够配得上客人们的友好热情,我已经喝了太多酒,感觉有些奇怪,像是摆脱了所有束缚似的。而婚宴上觥筹交错之际,地平线上那片乌云的影像则始终萦绕在我的心头。

那边传来了勺子敲在玻璃杯上的声音:叮叮叮!

主帐篷里的喧闹声渐渐平息下来,而代之以顺从的安静。我感觉到这个空间里的注意力发生了转移。一张张面孔都转向主桌,转向了我们。演出马上就要开始了。于是我让自己的脸上显现出了一种喜悦的期待。

接着,主帐篷里的灯光颤巍巍地熄灭了。我们陷入了与外面渐渐变暗的光线相匹配的昏暗暮色之中。

"非常抱歉,"奥伊弗从主帐篷的后面叫道,"是外面的风造成的。这里的电力供应有些不稳定。"

有个人发出了一声长长的狼一样的嚎叫,我觉得是迎宾员中的一个。之后其他人也随之附和起来,让这里听上去感觉就像有一大群狼。到了这会儿,他们全都喝多了,也全都变得更加放松、更加疯狂。我真想冲着他们大喊,让他们闭嘴。

"威尔,"我小声说道,"咱们能要求他们停下来吗?"

"那只会火上浇油,"他把手覆盖在我的手上,宽慰道,"我相信灯马上就会亮起来的。"

就在我觉得我再也无法忍受，真的想要大叫一声时，灯光闪烁了几下又亮了。客人们都欢呼起来。

爸爸先站起身来发表演讲。或许我本该在最后一刻把他排除在外的，作为对他之前行为的惩罚。不过那样看起来会有点儿奇怪，对不对？而且我也已经意识到，关于整场婚礼的很多事务其实是与事情以何种面目呈现有关的。只要我们能带着所有这些表面上的欢快喜悦撑过这一天……或许就能压制住涌动在它表面之下的任何黑暗力量。我敢打赌，多数人会猜测这场婚礼是拜我爸爸的慷慨所赐。其实并不尽然。

每个人都在问我是什么促使我决定把婚礼安排在这里举行。我曾经在社交媒体上发过一个帖子。"把你的婚礼地点推荐给我。"这些全都是给《下载》杂志的一篇特稿的一部分。奥伊弗回应了我的需求。我很欣赏她的推销计划的水平，还有她对于实用性的考虑。她看上去要比其他所有人都更充满渴望。这一点真的可以打败她的竞争对手。不过这还不是这个地方赢得我们青睐的原因。我之所以决定把婚礼安排在这里举行，事实真相就是因为这里又好又便宜。

因为站在那里看上去一脸自豪的我最亲爱的爸爸一毛不拔。要么就是塞弗琳替他干了这件事。

没有人会猜到是这个原因，对吗？至少在我买了价值三千英镑的蛋糕，或者纯银雕刻的餐巾环，又或者相当于科隆·基恩工作室全年产量的蜡烛的时候猜不到。不过这些正是我的客人们期待我能拿得出来的东西。而我能够负担得起这些——还包括一场按照我所习惯的风格举办的婚礼——只不过是因为如果我在这里举办的话，奥伊弗能给我打五折。她可能看上去有些老派，但其实却很有经验。那正是她用以搞定这场婚礼的方法。现在她知道我会把它刊登在杂志上,也知道它会因为威尔而受到媒体的关注。这场婚礼最终是会有回报的。

"我很荣幸能来到这里,"此刻爸爸说道,"来参加我的小女孩的婚礼。"

他的小女孩。真是的。我觉得脸上的笑容都僵硬了。

爸爸高高举起他的酒杯。我看见他喝的是健力士——他很忠于自己的祖辈,总是特别注意不喝香槟。我明白我应该深情回望,可我还在为他早先说过的话生气,所以几乎都不想正眼看他。

"不过从另一个方面来讲,朱莉娅其实从来都不是我的小女孩。"爸爸说。他的口音是这么多年来我听到过的最重的。每当讲到情绪高涨……或者当他喝了不少酒时总是会变得更加明显。"她一直都知道自己内心的想法。甚至在九岁那年,她就很明确地知道她想要什么。虽然我……"他意味深长地咳嗽了一声,"也试图说服过她。"宾客们中响起了一阵愉悦的笑声。"她会一心一意地追求她想要的任何东西。"他苦笑了一下,"假如我想要自夸一下的话,我可能会说她在这方面很随我。不过我跟她并不一样。我远没有那么坚定。我假装知道我想要的是什么,但其实那都只是些投我所好的东西。朱尔斯绝对就是她自己,谁挡她的道谁就要倒霉。我相信任何一位她的雇员都会同意我的话。"从《下载》杂志那群人所坐的桌子那边传来几声略带紧张的笑声。我快乐地冲他们微微一笑:你们当中谁也不会有麻烦的。至少今天不会。

"你瞧,"爸爸说,"对于婚礼这种事,我肯定不是最好的榜样,这一点我完全诚实。我确信我的第一任和第五任妻子今晚都在这里。所以我想你们可以说我是这个俱乐部的正式会员……尽管不是个很好的会员。"不是很好笑——虽然观众席里传出来几声尽职尽责的窃笑。"朱尔斯她——嗯哼——很快就向我指出了这一点,那是在今天的早些时候,当时我正尝试着想要提出一些慈父般的忠告。"

慈父般的忠告。哈。

"不过我得说这些年来我也学会了一些东西,都是关于如何做正确的事的。婚姻就是要找到世界上你最了解的那个人。不是说了解他们怎么喝咖啡、他们最喜欢哪部电影,或者他们养过的第一只猫叫什么名字,而是更深层次的了解,是了解他们的灵魂。"他冲着正洋洋自得的塞弗琳咧嘴一笑。

"况且,我觉得我也没什么资格来提出这种忠告。我知道我并没有一直在你的身边。抱歉,重新说。我几乎就没在你身边待过。我们两个人谁都没有。我想阿拉明塔在这一点上可能会同意我的说法。"

哇哦。我看向妈妈。她脸上挂着一种不自然的笑容,我觉得那笑容有可能跟我的一样僵硬。她不会喜欢第一任妻子这种说法的,因为那会让她觉得自己很老,而且如果考虑到她有多喜欢在今天扮演新娘和蔼可亲的母亲这个角色,那么对于这种暗示父母失职的话,她会大动肝火的。

"于是在我们都不在身边的情况下,朱莉娅总是不得不去走自己的路。看看她已经走出了一条什么样的路吧。我知道自己并不是十分擅长表现出来,但我真的为你深感骄傲,朱朱,为你所取得的所有成就深感骄傲。"我想起了学校的颁奖典礼。我的毕业典礼。《下载》杂志的发布会——这些场合我父亲一次都没有出席过。我想起了我有多么想要听到这些话,而现在,这些话来了——就在我对他怒不可遏的时候。我感到眼睛里充满泪水。该死。这可真是让我措手不及。我从来都不哭的。

爸爸转向了我。"我是那样爱你……我聪明的，令人费解的，暴脾气的女儿。"哦，上帝啊。它们也不是什么漂亮的眼泪，而是眼睛里隐隐闪动着的光。它们溢到了我的脸颊上，我不得不抬起手，接着又拿起餐巾纸，来试着止住泪水。我身上到底发生了什么啊？

"而事情就是这样的，"爸爸对着众人说道，"就算朱尔斯是这么一个不可思议的、独立自主的人，我还是喜欢自夸一下——她是我的小女孩。因为这里面有某些特殊的情感，这是作为父母无法逃避的……不管你曾经有多混蛋，也不管对于他们你拥有的权利有多小。其中之一就是保护的本能。"他再次转向我。现在我不得不看着他了。他的脸上写满了发自内心的柔情。我的胸口好痛。

随后他转向了威尔。"威廉，你看起来是个……了不起的家伙。"是我多心了，还是说这句话里对"看起来"几个字真的带着一种含有威胁性的强调呢？"但是——"爸爸咧开嘴一笑——我知道那种笑。那其实根本就不是笑，只是露出了牙齿而已，"你最好照顾好我的女儿。你最好别搞砸了。如果你做了任何伤害我女儿的事——嗯，那也简单。"他举起了他的杯子，默默地敬了一杯，"我会去找你的。"

一阵充满紧张感的沉默。我勉强地笑了一声，尽管那听上去更像是一声呜咽。一股涟漪紧随其后，其他客人也开始有样学样——或许是因为知道了该怎么去理解这段话而感到放松了。啊，这就是个玩笑而已。只不过这并不是玩笑。我心里明白，爸爸心里明白——同时从威尔的表情看来，我猜他心里也明白。

奥利维娅
伴娘

朱尔斯的爸爸坐下了。朱尔斯看上去疲惫不堪：脸上红一块白一块的。我看到了她用餐巾纸轻轻擦拭眼睛。她，我同母异父的姐姐，确实感触良多，尽管一直以来她给人留下的都是十分坚强的好印象。说实话，我对之前发生的事感到很抱歉。我知道就算告诉朱尔斯，她也不会相信的，不过我真的觉得很抱歉。我还是觉得很冷，感觉像是来自海水的寒气渗入了我的肌肤。我已经换上了昨晚穿的那身礼服，因为我想这样她可能就不会生气了，可我真希望我穿的是我平时的衣服。我一直用两个胳膊环抱着自己，想尽量让自己暖和一些，但牙齿依然不住地打战。

威尔迎着叫喊声、口哨声以及一两声嘘声站起身来。屋里随后便安静下来。他把他们全部的注意力都吸引过去了。他对别人就是能产生这种影响。我猜那是因为他的外表和他的为人，还有他的自信。他总是一切尽在掌握的那副样子。

"我代表我的新婚妻子和我自己——"他说道——起哄声、欢呼声、敲桌声、跺脚声几乎把他的声音淹没了。他微笑着环顾四周，直到所有人都安静下来。"我代表我的新婚妻子和我自己，特别感谢大家今天的光临，"他说，"我知道，我要是说能和所有我们珍爱的人，我们的至亲至爱一起来庆祝一番是件无比美妙的事的话，朱尔斯应该会赞同我的。"他说着转向朱尔斯，"我感觉自己是这个世界上最幸运的人。"

朱尔斯此时已经擦干了眼泪。当她抬起头来看向威尔时，脸上的表情变得完全不同了。她似乎突然之间变得非常快乐，快乐得就像个发着光的灯泡，让人很难去盯着她看。威尔也满面笑容地回望着她。

"哦，我的上帝，"我听到邻桌的一个女人低声说道，"他们俩在一起简直是太完美了。"

威尔笑着环顾众人。"而我们的初次相遇，"他说，"那才真的是运气。我要是没在正确的时间出现在正确的地点呢。正如朱尔斯喜欢说的，那就是我们的滑动门时刻。"他举起他的杯子，"所以呢：敬运气，同时也祝你们能够创造出自己的运气……或者在它需要的时候，给它施以小小的援手。"

他挤了挤眼睛。客人们哄堂大笑。

"首先，"他说道，"告诉伴娘们她们看上去有多么美丽是通常的惯例，对不对？我们只有一个伴娘，不过要说她一个人的美丽能赶得上七个人，我想你们也都会同意的。所以为了奥利维娅，我的新妹妹，干杯！"

一屋子人全都举着酒杯转向了我。我可承受不了这个。于是我盯着地板，一直等到欢呼声渐渐平息下去，威尔重新开始讲话为止。

"接下来敬我的新婚妻子。我美丽聪明的朱尔斯……"——客人们又开始变得疯狂了——"没有你，生活的确会变得极其乏味。没有你，也就没有了快乐、没有了爱。你就是与我珠联璧合的另一半。所以，请各位起立，一起敬朱尔斯一杯！"

我周围的客人们全都站起身来。"敬朱尔斯！"他们笑逐颜开地呼应着。他们，尤其是女人们，全都朝着威尔笑，眼神久久停留在他的脸上。我知道他们看见了什么。威尔·斯莱特——电视明星。如今是我同母异父姐姐的丈夫。英雄——看看他早先是如何从海里把我救上来的吧。全方位的好人。

"你们知道朱尔斯和我是怎么认识的吗？"等他们全都坐下以后，威尔问道，"这都是命运的杰作。她那次在V&A博物馆为《下载》杂志举办了一个派对。我是跟一个朋友一起去的，就算是个陪同来宾。不管什么原因吧，我的朋友提前离席，于是把我留了下来。我也正考虑着自己要不要离开。要么说这就是一时冲动心血来潮，我决定还回到那里去。假如我没回去的话，谁知道又会发生什么呢？我们还会相遇吗？所以——即便朱尔斯工作那么辛苦，有时候我都觉得工作是我们两个人关系当中的第三者，我还是想要感谢它让我们走到了一起。敬《下载》杂志！"

客人们又站起身来，鹦鹉学舌般地附和着道，"敬《下载》杂志！"

我直到他们订婚以后才见到了朱尔斯的新未婚夫。她对于他一直都守口如瓶。就好像她不想在戴上戒指之前把他带回家，以防我们让他变卦似的。我这么说或许像个招人讨厌的女人，不过朱尔斯对某些事一直毫不留情。我想我并不怪她，真的。妈妈还能比她更过分一些。

朱尔斯就是朱尔斯，她精心安排了整个过程。他们会先到妈妈家喝咖啡，待上半个小时，然后我们就全体出发去河畔咖啡馆吃午饭（朱尔斯告诉我们那是他们最喜欢的地方；她已经预订了座位）。她给妈妈和我的指示非常明确：别他妈的给我搞砸了就行。

第一次见朱尔斯的未婚夫,我真不是故意要搞砸的。不过就在他们两个人到达,第一次从门口走进来时,我不得不跑去厕所,因为我要吐。接着我就发现我动弹不得。我从马桶旁边滑下来坐在了地上,感觉坐了很长一段时间。我觉得喘不上气来,就好像有人一拳打在了我肚子上一样。

我很清楚地知道事情是怎么发生的了。就在他把我送上那辆出租车以后,他又回到了V&A博物馆里面。在那里他遇见了我的姐姐,舞会之花——更适合他的人。命运啊。我还记得我们第一次相见时他说过的话:"如果你再大十岁,就是我理想中的女人。"我全都明白了。

过了一小会儿——我猜是因为她有自己重要的安排——朱尔斯上楼来了。"奥利维娅,"她说,"现在我们要出发去吃午饭了。当然,我希望你能跟我们一起去,不过如果你要是觉得不舒服的话,呃,我觉得不去也好。"我能听出来不会好的,根本不会,但那是我最不担心的事。

不知怎么,我又能开口说话了。"我——我去不了了,"我隔着门说道,"我……病了。"此时此刻,顺着她的话说似乎是最简单的办法。而且不管怎么说,我确实觉得不舒服——我的肚子很难受,好像吃了什么有毒的东西一样。

不过从那以后,我就一直在想这件事。假如我当时有胆量打开门,把事实真相告诉她,就那样当着她的面告诉她,而不是这样等着藏着,直到一切都太迟了又会怎么样呢?

"好吧,"她说,"没问题。我很遗憾你不能来。"她的语气里听不出丝毫遗憾,"我现在也不想就这件事小题大做,奥利维娅。也许你是真的病了。我姑且相信你。不过在这件事上,我真的希望得到你的支持。妈妈告诉我说你最近经历了一段很艰难的日子，对此我也很难过。不过这回，我想让你努力地为我高兴一次。"

我靠着厕所的门跌坐下去，尽力让自己保持呼吸。

他很快就掩盖了自己的反应。当他走进妈妈家的门，我们第一次"相见"时，他可能有那么一刹那的震惊，或许只有我能注意到的震惊。眼皮一颤，下巴微微一紧，仅此而已。他掩饰得那么好，真是太圆滑了。

所以你瞧，我没法把他看作威尔。对我来说，他永远都是史蒂文。当我在交友软件上给自己另起名字的时候，我没想到过这一点。我没想到他可能也撒了谎。

在他们的订婚酒会上，我决定不再像以前那样逃跑以后躲起来。其间我已经花了好几个月来思考我本可以做出的好得多的反应，这些反应都不像溜号和呕吐那么差劲。毕竟我没有做错任何事。这一次，我要和他当面对质。他才是那个需要把一切都解释清楚的人，对我，也对朱尔斯。他才是那个应该觉得很他妈不爽的人。我已经让他赢了第一回。这一次我要让他看看。

他一开始就把我甩开了。我到那儿的时候他给了我一个大大的笑容。"奥利维娅！"他说，"我希望你感觉好些了。上一次咱们没能好好地见一面真是太遗憾了。"

我震惊得一句话都说不出来。他在装作我们从来没见过面，而且是当着我的面。这甚至都让我开始怀疑自己了。真的是他吗？可我知道就是他。关于这一点毫无疑问。走近一些，我都能看见他眼睛周围皮肤上如出一辙的皱纹，还有他下巴下面，脖子上的那两颗痣。而且我也清清楚楚地记得他第一眼看见我时，那一刹那的反应。

他很清楚自己在做什么：他要让我更难以说出我心里的真相。而且他还寄希望于我会害怕朱尔斯不相信我说的话，于是可怜得什么都不跟她说。

他押对了。

汉娜
陪同来宾

刚才威尔的演讲有点儿奇怪。怪在有些东西感觉很熟悉,似曾相识。我虽然说不上来,不过在我周围的人全都欢呼鼓掌时,我内心深处却觉得有些不安。

"开始吧,"我听到餐桌旁有人窃窃私语,"大家都准备好迎接重头戏了吗?"

查理跟我并不在一桌。他在主桌,坐在朱尔斯左手边。我想这是说得通的:我终究不是个参加婚宴的人,而查理是。不过在其他任何地方夫妻都是彼此挨着坐在一起的。我突然想到,从今天早上开始我就几乎没见着查理,只是在外面的酒吧看见一眼——不知为什么,这让我觉得和他之间比我们根本没看见彼此感觉还要更加疏离。仅仅二十四小时,我俩之间便仿佛裂开了一道鸿沟。

坐在我附近的客人们已经就伴郎的演讲会持续多长时间进行了投票。要赌五十英镑,所以我拒绝了。他们还把我们所在的桌子命名为"顽皮桌"。在它周围弥漫着一种狂躁而强烈的感觉。他们就像是一群被关了太久的孩子。在过去的差不多一个小时,每个人都已经至少干了一瓶半酒。坐在我另一边的彼得·拉姆齐——话说得太快,都开始让我觉得头昏脑涨了。这可能也跟他一个鼻孔周围那些白色粉末形成的硬壳有关；我能做的全部就是不探过身子，用我餐巾纸的角把它们都弄掉。

查理站起身来，从威尔手里接过麦克风，继续扮演他的司仪角色。我发现自己正在仔细盯着他看，想要找出他身上有没有任何喝多了的迹象。他的脸是不是露了馅儿，稍微耷拉下来一些？他是不是稍微有些站立不稳呢？

"那么现在——"他说道，然而麦克风发出了尖利的噪声，使得人们——我注意到尤其是那些迎宾员——纷纷捂住了耳朵，又是抱怨又是起哄。查理的脸一下子通红起来。我暗自为他感到难堪。他再次说道："那么现在……该轮到伴郎了。请大家以热烈的掌声欢迎乔纳森·布里格斯。"

"嘴下留情啊，乔诺！"威尔用双手拢在嘴边，大声叫道。他一副苦笑的样子，脸上肌肉夸张地抽搐着。所有人都哈哈大笑起来。

我发现因为期望值太高，伴郎的演讲总是惨不忍睹。过于平淡和招人反感之间的差异往往只在毫厘之间。当然了，最好还是待在政治正确的这一边，而不要试图去完全揭老底。给我留下的印象是，乔诺并非那种会担心得罪别人的人。

或许是出于我的想象，他从查理手中接过麦克风时似乎在微微晃动。在他身边，我丈夫看上去就像一名法官一样清醒。接下来，当乔诺绕到桌子前面时，他脚下一绊，差点儿跌倒。跟我同桌坐的几个人发出了一连串起哄声和嘘声。我旁边的彼得·拉姆齐把手指头放在嘴里吹了一声口哨，弄得我的耳膜嗡嗡作响。

等到乔诺站在我们所有人面前，很明显能看得出来他喝醉了。他在那里静静地站了几秒钟以后，似乎才想起他身在何处以及他该干些什么。他轻敲了几下麦克风，轰鸣声在帐篷中回响不已。

"快点吧,乔诺!"有人喊道,"我们在这儿等得头发都白了!"我这桌周围的客人们开始用拳头擂桌子,同时还跺着脚。"开讲,开讲,开讲!开讲,开讲,开讲!"听得我胳膊上汗毛直竖。这让人想起了昨天晚上:那种原始部落的节奏,那种威胁恐吓的感觉。

乔诺用手比画了一个"安静下来,安静下来"的手势。他朝我们所有人咧嘴一笑。然后他转头看向威尔,清了清嗓子,深吸一口气。

"这家伙和我,我们已经是老相识了。向所有我特里维廉的老相识致意!"大家一片欢呼,尤其是那些迎宾员。

"无论如何,"等声音渐渐平息下来,乔诺一挥手指着威尔说道,"看看这个家伙。要恨他很容易,对不对?"他停顿了一下,这个停顿或许有点儿长,随后他又接着说了下去。"他拥有了一切:相貌,魅力,职业,金钱"——这话是不是有些尖锐?——"还有……"——他向朱尔斯比画了一下——"姑娘。所以,实际上现在我想到这个……我觉得我的确是恨他的。还有人跟我一样吗?"

一阵笑声在帐篷中响起。有人喊道:"好!说得好!"

乔诺咧嘴笑了笑。他的眼中闪现出那种狂野而危险的光芒。"你们当中可能有些人还不知道,威尔和我是一起上的学。但那不是什么普通的学校。它更像是……哦,我也不知道……更像是一个战俘集中营与《蝇王》的混合产物——查理老弟,谢谢你昨晚告诉我们这个!明白了吧,在这儿不是为了尽可能取得最好的成绩,而全都是为了幸存下来。"

我不知道是不是我想象出了他对最后这几个字的强调,说得好像"幸存"是个专有名词似的。我想起了昨天晚饭时他们给我们讲的那个游戏。那个游戏就叫"幸存者",不是吗?

"我来告诉你们吧,"乔诺继续说道,"这么些年来,我们惹了很多很多麻烦。我特别谈到的就是在特里维廉的那段岁月。那里面有一些黑暗的时刻,有一些疯狂的时刻。有时候感觉就像是我们在对抗全世界。"他的目光看向了威尔,"对不对?"

威尔微微一笑,点了点头。

乔诺的语气有些奇怪,带着一股危险的锐气,一种他什么都能说,什么都敢做,要彻底颠覆一切的感觉。我看了看周围那几张桌子,想知道其他客人是否也有同样的感受。帐篷里确实变得安静了一些,仿佛每个人都屏住了呼吸。

"这是个事关最好的哥们儿的问题,不是吗?"乔诺说,"他们总是会在背后鼎力相助。"

我感觉就像是眼看着一个玻璃杯在桌子边缘摇摇欲坠,却对此无能为力,只能等着它摔得粉碎。我瞥了一眼朱尔斯,不由得有些畏缩。她的嘴绷得紧紧的,看上去仿佛是在等待这一切结束。

"再看看这个,"乔诺冲自己比了个手势,"我他妈是个穿着一身太紧的西服的邋遢胖子。哦,"他转向了威尔,"还记得我说忘了带西服吗?是啊,在这背后还有个小故事。"他转回身来面对我们,面对所有听众。

"就是这样。下面公布真相——如假包换的真相。根本就没有什么西服。或者说……曾经有一套,后来又没有了。你看,在开始的时候,我想着威尔可能会给我买。我对这方面的事了解不多,不过我很确定伴娘的礼服也是一样处理的,对不对?"

他用探询的目光看着我们所有人。没人应声。主帐篷里现在安静下来了——就连我身旁的彼得·拉姆齐都不再上下抖动他的腿。

"难道新娘不买单吗?"乔诺问我们,"这是个规矩,不是吗?你们这是在逼着别人穿他妈这玩意儿。这不是他们自己的选择。而坐在这儿的威尔老兄想让我穿一身保罗·史密斯的西服,没有比这更好的了。"

他现在开始进入状态了,在我们面前大步地来回踱着,就像个开放麦之夜上的喜剧演员。

"不管怎么说吧……我们就去了店里,我看见了价签,心里想着——他妈的,他可真够慷慨大方的。八百英镑。这是那种能让你去滚床单的西服,对不对?但是要花八百英镑吗?那还不如花钱去滚床单。再说了,我这辈子要一身八百英镑的西服有什么用啊?我又不是说每隔几个星期就要去参加个奢华派对什么的。然而,我也在思考,如果这是他想让我穿的东西,争辩起来的话,我又算老几?"

我朝威尔瞥了一眼。他仍面带微笑,可笑容里却透出一种紧张的神情。

"不过话说回来,"乔诺说,"一到收银台,他就站在了一旁,让我去付款,尴尬的时刻便到来了。我从始至终都在祈祷能用我的信用卡支付成功。老实说吧,真是他妈的奇迹,成功了。而他就站在那里,一直保持微笑。就好像他真的给我买了一样。就好像我应该转身感谢他。"

"这下可坏了。"彼得·拉姆齐小声说道。

"于是呢,到了第二天,我就把西服退了。很显然,我不打算把这一切都告诉威尔。所以你们明白了吧,我早在来这里之前就编好了整个故事,我会假装说把西服落在家里了。他们总不能让我大老远地跑回英格兰去取，对吗？而且谢天谢地，我住的地方前不着村后不着店，所以你们大伙儿谁也没办法'好心帮我'跑趟腿去取过来——真要那样的话可就把我坑了，哈哈！"

"他是在讲笑话吗？"坐在我对面的一个女人问道。

"八百英镑一身西服，"乔诺说，"八百。就因为衣服里面缝上了随便哪个家伙的名字吗？那我就不得不他妈把肾卖了。我就不得不上街，"他边说边用手淫荡地抚摸着自己的身体，招来了几声敷衍的嘘声，"去把这副臭皮囊给卖了。而你们也知道，人们对于三十多岁毛茸茸的邋遢胖子的兴趣实在有限。"说罢，他发出了一阵狂笑。

一些听众紧随其后——好似得到了暗示一般——跟着他一起大笑起来。那是如释重负的笑声，像是那些刚才屏住了呼吸的人发出的笑声。

"我是想说，"乔诺还没说完，"他本来可以给我买那套西服的，对不对？又不是说他囊中羞涩，是吧？这主要得感谢你，朱尔斯亲爱的。不过他可是个抠门鬼。当然，我说这个也是带着我全身心的爱来说的。"他以一种奇怪而夸张的模仿方式向着威尔假装呼扇了一下眼睫毛。

威尔不再面带微笑了。我甚至都无法让自己去看一眼朱尔斯的表情。我觉得我就不该看；这与你去看车祸现场时那种恐怖、黑暗的欲望别无二致。

"不管怎么说，"乔诺说，"无所谓了。他把他那身备用的借给我了，二话没说。这是个表演单人喜剧的家伙会干的事，不是吗？然而我必须得提醒你，哥们儿"——他伸了伸胳膊，西服上的扣子被绷得紧紧的——"可能再也不会跟以前一样了。"他又一次把脸转向了我们所有人。"不过这是个事关最好的哥们儿的问题，不是吗？他们总是会在背后鼎力相助。他或许是个守财奴。但我知道他一直都在我的身边。"

他把一只大手放在了威尔的肩膀上。威尔看上去似乎在重压之下有点儿垮掉了，仿佛乔诺对他施加了一些向下的压力。"我还知道，我真的知道，他永远都不会欺骗我的。"他转向威尔，脑袋突然靠得很近，就好像他在探寻威尔的脸一般，"对吗，哥们儿？"

威尔抬起一只手擦了擦脸，乔诺的唾沫星子似乎溅到他脸上了。

停顿了一会儿——这是一段拉长了的、有些尴尬的停顿，就在停顿的这段时间里，大家都明白了乔诺其实是在等一个答案。最终，威尔说道："对。我不会的。当然不会了。"

"嗯，那就好，"乔诺说，"简直太好了。因为，哈哈……我们一起经历过的那些事。我对你的那些了解，老兄。这样不太明智，是吧？我们共同拥有的那段岁月，你还记得呢，对不对？在那么多年以前。"

他又转向了威尔。威尔的脸已经变得刷白。

"乔诺他妈的说什么呢？"桌边有个人低声说道，"他这是嗑了什么药了吧？"

"我知道，"我听见有人回应说，"这是发疯了。"

"你们知道吗？"乔诺说，"早些时候我跟迎宾员们聊了聊。我们觉得在活动过程中加入一些传统的东西也许挺好的。看在老交情的分儿上。"他向着帐篷里做了个手势，"弟兄们呢？"

仿佛接到了信号一样，迎宾员们站了起来。他们全都朝威尔坐的地方走了过去，把他围在当中。

威尔心平气和地耸了耸肩："你们要干吗呢？"大家都笑了。

不过我看到威尔没笑。

"看起来挺公平的,"乔诺说,"传统之类的嘛。来吧,哥们儿,很好玩儿的!"

然后他们抓住了威尔,同时一边欢呼一边大笑——如果他们没这样的话,那个场景会显得更加邪恶。乔诺已经解下了他的领带,把它围在威尔的眼睛上,然后系紧,就像一块蒙眼布。接着他们把他抬起来扛在了肩上,带着他走出了主帐篷,走进越来越暗的夜幕中。

乔诺
伴郎

我们把威尔丢到了耳语洞的洞底。我猜无论是他珍贵的西服沾到了潮湿的沙子，还是那里面扑面而来、如同一拳打在脸上的腐烂海藻与硫黄的气味都不会让他感到高兴。天越来越黑，让人不得不眯起点儿眼睛才能看清周围。海浪也比之前更汹涌——你能听到它们撞击着两边岩石的声音。在我们扛着他到这儿来的一路上，威尔都是一边笑着一边跟我们开玩笑。"你们这帮兄弟最好别带我去太脏乱的地方。如果我这身衣服沾上什么东西的话，朱尔斯会杀了我的——"还有"我就不能额外拿一箱堡林爵贿赂一下你们当中任何一个人带我回去吗？"

小伙子们全都哈哈大笑起来。对于他们来说，这一切都很有趣，有点儿旧日重现的意味。他们都已经在主帐篷里坐了好几个钟头，喝得越来越醉，也越来越不耐烦，尤其是像彼得·拉姆齐那样已经去吸过粉儿的那些人。在发表演讲之前，我也跟那帮家伙中的几个人去厕所吸了点儿"快乐客"[①]，这或许是个馊主意。它只是让我更加惴惴不安，同时也让一切都变得异常清晰。

其他人对于能出来都很兴奋，那感觉类似单身派对。所有男

[①] 原文为 have a bump，可卡因的黑话。

生聚在一起，仿佛回到过去。风现在刮得已经很大了，这让一切都变得更加戏剧化。我们不得不低着头顶风前行。这也让扛着威尔变得愈发困难。

耳语洞这个地方很好，相当偏僻。你可以想象，在特里维廉时如果有这么一个洞，那肯定会在"幸存者"游戏中被用上的。

威尔躺在卵石地面上：离海水并不是特别近。不知道这里的潮汐是什么样子。按照学校的旧日传统，我们用自己的领带捆住了他的手腕和脚踝。

"好了，兄弟们，"我说，"咱们把他留在这儿待一小会儿吧。看看他能不能自己回去。"

"咱们不是真的要把他留在那儿吧？"我们爬出洞穴的时候邓肯小声问我，"直到他琢磨出来怎么给自己松绑？"

"不会的，"我告诉他，"如果他半个小时内还没回来，咱们就来找他。"

"你们最好来啊！"威尔喊道，他依然表现得就像这是个大大的玩笑一样，"我还有个婚礼要参加呢！"

我和其他那几个迎宾员一起向主帐篷走去。"知道吗，"经过富丽宫时我说，"我得在这儿脱衣服方便一下。"

我望着他们全都返回了主帐篷，彼此推搡，充满欢声笑语。我希望自己也能像他们中的一员那样。我希望对我来说这只是全无害处的校园回忆，一点小小的乐趣而已。它仍然可以是一场游戏。

等到他们全都从视线中消失以后，我转回身，开始朝洞穴走去。

"谁啊？"当我走近他时，威尔叫道。他的声音在洞中回响，听起来好像有五个他在说话。

"是我,"我说,"哥们儿。"

"乔诺?"威尔发出了一阵嘶嘶声。他已经想办法坐起来了,正靠在洞壁上。现在兄弟们都走了,他也就不装了。即便他的眼睛被蒙着,我也能看出来他相当恼火,下巴绷得紧紧的。"给我解开,把这蒙眼布拿下去!我应该待在婚礼上——朱尔斯会气死的。你们的玩笑现在已经开完了。不过这一点儿意思都没有。"

"对,"我说,"没错,我知道没什么意思。你看,我也没笑。当玩笑的对象是你的时候没什么好笑的,对吗?但你不会知道的,直到现在也不会。在特里维廉时,你从来也没玩过'幸存者'游戏,是吧?不知道用什么办法就豁免了。"

我看到他在蒙眼布下皱了皱眉头。"你知道吗,乔诺,"他说话的语气轻松友好,"你那段演讲……还有现在这番话——我觉得你可能是那好东西嗑得有点儿太多了吧。说正经的,哥们儿——"

"我不是你哥们儿,"我说,"我想你大概也能猜得出来为什么。"

在演讲过程中,我装得比我实际上要醉得厉害。其实我没喝得那么高。而且可卡因还使我更加敏锐了。我的头脑现在非常清醒,就像有人在里面打开了一盏又大又亮的聚光灯。很多事突然之间被照亮了,也说得通了。

这是我最后一次让人当猴耍了。

"直到差不多今天下午两点以前我都是你的哥们儿,"我告诉他,"但现在不是了,再也不是了。"

"你在说什么啊?"威尔问道。他的声音听上去开始有些不自信了。是啊,我心想,你觉得害怕就对了。

在演讲的过程中,我能看见他自始至终都在看着我,想知道我他妈到底在干什么，也想知道我接下去还要说些什么，给他所有的客人讲什么跟他有关的事。我真希望他当时都吓尿了。我希望我能在演讲中一不做二不休，把所有事都告诉他们。但我临阵退缩了。就像我那么多年以前也临阵退缩了一样——当时我也应该去找老师，去证实那个告发我们的孩子所说的话，告诉他们我们究竟做过些什么。他们不会对我们两个人的话充耳不闻的，对吗？

但我当时没能做到，在演讲中我也没能做到。因为我他妈是个胆小鬼。

这是件第二好的事。

"我之前和皮埃尔聊得很开心，"我说，"受益匪浅。"

我看见威尔咽了口唾沫。"听我说。"他小心地开口说道，语气非常坦率，通情达理，而这只会让我更加生气。"我不知道皮埃尔跟你说了些什么，但是——"

"你他妈耍了我，"我说，"皮埃尔其实并不需要说那么多。我自己也想明白了。对，我自己。傻了吧唧的乔诺，必须得更加努力啊。你就不能让我去那儿，对吧？实在太累赘了。会让你想起你曾经是什么样子，还有你干过的事。"

威尔一脸苦相。"乔诺，哥们儿，我——"

"你和我，"我说，"你看，注定要一直互相支持的就是你和我。我们一起对抗这个世界，这是你说过的话。尤其是在我们做过那些事，也了解了彼此之后。我支持你，你也支持我。我就是这么想的。"

"是这样的，乔诺。你是我的伴郎——"

"我能告诉你一件事吗？"我说，"关于威士忌生意的事。"

"哦，好啊，"威尔迫不及待地马上说道，"捣蛋鬼！"这次他想起来了,"看,我没说错吧!你自己干得多好啊。没必要那么苦大仇深的——"

"才不是,"我又一次打断了他,"知道吗,它根本就不存在。"

"你在说什么呢?你给我们的那么多瓶……"

"都是假货。"我耸了耸肩,虽然他看不见我,"那就是些超市里的单一麦芽威士忌,倒在普通瓶子里。我找我的哥们儿艾伦帮我做了些标签。"

"乔诺,怎么——"

"我的意思是,一开始我真觉得我能干得了。那正是结局如此悲剧的根源所在。所以我一上来就找艾伦来模仿那个设计,想看看会是个什么样子。可你知道现在要推出一个威士忌品牌有多难吗?除非你是大卫·贝克汉姆。要么就是你有富裕的父母能给你提供资金,或者跟重要人物能拉上关系。这些我哪样儿都没有,从来没有过。特里维廉其他那些兄弟都知道这事。我知道他们有些人在背后叫我流浪汉。但我们之间的关系,我觉得都是实实在在,经得起考验的。"

威尔在地面上挪动着,努力想要站起来。我不打算去帮他。"乔诺,哥们儿,天呐——"

"对啊,哦,我可不是因为要创建一个威士忌品牌而离开那个荒野度假村的。这能有多悲哀啊?听好了……我是因为在上班的时候嗑药嗑得恍惚了才被解雇的。就像个十几岁的孩子。有个胖小子参加了一个团队建设的课程——在沿着绳索往下滑时,我让他滑得太快,结果他把脚踝摔断了。而你知道我为什么会嗑得恍惚了吗?"

"为什么?"他警惕地问道。

"因为我不得不吸那玩意儿才能勉强过活。因为那是唯一能够帮助我遗忘的东西。看见了吗，感觉我的整个生活在很多年以前的那个点上就戛然而止了。像是——像是……从那以后就再也没发生过什么好事。离开特里维廉的这些年里，我赶上的唯一一件好事就是电视节目里的那些镜头——结果你还把它们从我这儿夺走了。"我停顿了一下，深吸一口气，准备说出我在将近二十年以后终于意识到的事，"可是对于你来说并不是这样的，对吗？过去好像并不会影响到你。这些对你来说也一点儿都不重要。你继续夺走你需要的东西，而且还总是能够逃脱惩罚。"

汉娜
陪同来宾

那四个迎宾员回到主帐篷时显得十分亢奋。彼得·拉姆齐在木地板上来了一个膝盖滑行,差点儿撞到摆放着华丽的婚礼蛋糕的桌子。我看见邓肯跳到安格斯的背上,胳膊紧紧环绕着他的脖子,勒得安格斯的脸都开始变紫了。安格斯脚步踉跄,半是笑半是大口喘着粗气。接着费米跳到了他们俩的上面,三个人一起倒下来,胳膊腿纠缠在一起,乱成一团。他们就像打了鸡血,我猜他们是为自己像刚才那样把威尔扛出主帐篷的噱头激动不已。

"兄弟们,到酒吧那儿去吧!"邓肯跳着脚地吼道,"该大闹一场了!"

其余的客人把这个当作了提示,也跟着他们一起又是大笑又是嚷嚷。我坐在自己的座位上。多数人都会为刚才的演讲以及后来的场面感到兴奋和激动。但我却不能说我有同样的感觉——尽管威尔一直在微笑,可一切的背后都隐含着一种令人不安的意味:那块蒙眼布,还有就是像那样捆住他的手脚。我看向主桌的方向,看到那里除了朱尔斯之外已经空无一人,她坐在那儿一动不动,显然陷入了沉思。

突然,从酒吧帐篷那边传来了一阵骚动。说话的嗓门也提高了。

"哟——冷静点儿!"

"你他妈怎么回事啊,哥们儿?"

"天呐,别冲动啊——"

接着很清楚地传来我丈夫的声音。哦,上帝。我站起身来,赶紧朝酒吧走去。一大群人在那里围观,个个如饥似渴,仿佛操场上的孩子们一般。我用最快的速度挤到了前面。

查理蹲伏在地板上。随后我意识到他正举着拳头,胯下半骑着另一个男人:邓肯。

"再说一遍。"查理说。

那一瞬间,我只能直直瞪着他了:我丈夫——地理老师,两个孩子的父亲,平时那么温和的一个人。我已经很长时间没有看到过他的这一面了。随后我意识到我必须采取行动。"查理!"我大喊一声冲上前去。他转过头来,那一刻只是惊愕地看着我,就好像他没认出我。他的脸涨得通红,身上因为肾上腺素的缘故在发抖。我能够闻到他嘴里呼出的酒气。"查理——你到底在搞什么?"

听到这句话,他似乎有点儿清醒过来了。谢天谢地,他随后便很轻松地站起身来。邓肯整了整自己的衬衣,喃喃自语。查理跟在我身后的同时,人群为我们分开了一条路,我能感觉到所有客人都在默默地看着我们。此刻,我刚刚的恐惧已经消退,只是觉得有些难堪。

"究竟是怎么回事?"等我们回到主帐篷,找了一张最近的桌子坐下以后我问道,"查理——你中了什么邪?"

"我受够了,"他说这句话的时候肯定是言语不清的,从他嘴里那股苦啤酒的味儿我就能知道他喝了多少,"他一直在口无遮拦地说那次单身派对的事,我已经受够了。"

"查理,"我说,"那次单身派对上发生了什么事?"

他用双手捂住了脸,发出一声长长的呻吟。

"告诉我吧,"我说,"还能有多糟糕啊?真的那么糟吗?"

他的肩膀低垂下来,似乎突然之间就听天由命地打算告诉我了。他深吸一口气,在一段久久的停顿之后,最终还是开了口。

"我们从斯德哥尔摩坐了几个小时的轮渡到了那个地方,在那群岛当中的一座岛上扎了营。都是很……你也知道,很有男生特色的,搭帐篷、生火之类的。有人买了些牛排,我们就着木炭的余烬烤着吃了。除了威尔,其他那些家伙我一个都不认识,不过我觉得他们看上去都还不错。"

突然一下子,他喝下的酒打开了他的话匣子,他一股脑儿说出了所有事。他告诉我,他们都是一起上的特里维廉学校,所以其间就有了一大堆关于那儿的无聊回忆;查理只是坐在那里,面带微笑,尽量表现出很感兴趣的样子。很显然,他并不打算喝很多酒,他们还为此嘲笑他。然后其中的一个人——查理觉得是皮特——就拿出了一些蘑菇。

"你吃蘑菇了,查理?迷幻蘑菇吗?"我差点儿笑出来。这听起来完全不像我那个又理智又有安全意识的丈夫。我才是那个准备好要去尝试毒品,十几岁年纪就在曼彻斯特的俱乐部里接触过好几次的人。

查理的眉头都拧到了一起。"是,对啊,我们全都吃了。当你跟这样一群家伙在一起时……你也不会说不的,对吗?而我又没上过他们那所贵族学校,所以我已经有些格格不入了。"

我真想对他说,可你都三十四岁了。如果本的朋友让他去做一些他不想做的事,你会怎么跟本说呢?接着我想起了昨天晚上,他们全都冲着我高喊的同时我把那杯酒一饮而尽的情景。虽然我并不想喝,也知道实际上我不是非喝不可。"的确如此。那你吃了迷幻蘑菇吗?"这就是我丈夫,在他的学校里坚持严格的毒品零容忍政策的副校长。"噢,我的上帝啊!"我说,这次我真的笑了——实在忍不住了。"想想家长教师协会对此会怎么说吧!"

接下来,查理告诉我,他们都坐进各自的独木舟去了另一座岛。在那儿他们赤身裸体地跳进海里。他们怂恿查理朝着第三座很小的岛游过去——其实还有很多类似这样的挑战——然后等他游回来时,他们全都走了。他们把他留在了那里,却没给他留独木舟。

"我没穿衣服。当时也许是春天,但那儿他妈可是北极圈,汉。到了晚上冻死人。最终我在那儿待了好几个小时他们才来找我。蘑菇的劲儿已经过了。我太冷了。我觉得我都要失温了……我想我就要死了。而当他们找到我的时候,我——"

"怎么样?"

"我正在哭。我躺在地上,抽泣得像个孩子。"

他现在看上去羞愧得都要哭了,而我的内心非常同情他。我想要给他一个拥抱,就像我会给本的一样——但我也不知道这么做会引起什么样的反应。我知道男人们在单身派对上会干蠢事,不过这件事听起来是有针对性的,他们好像就挑中了查理。那样是不对的,是吗?

"这也——太可怕了,"我说,"这很像霸凌,查理。我想说,这就是霸凌。"

查理的脸上是一副僵硬而恍惚的表情,我看不懂。我一直都认为我对我的丈夫非常了解,并且引以为傲。我们已经在一起生活了很多年。但在这个陌生的地方,只用了不到二十四小时,这种假设就变成了一种假象。自从我们跨海横渡来到这里，我就已经有了这种感觉。查理对我来说似乎越来越像个陌生人。那次单身派对则是又一个明证：他一直瞒着我的那段可怕经历还是让我发现了，我现在怀疑那段经历有可能已经以某种复杂且无形的方式改变了他。事实是，我觉得此时此刻的查理并不完全是他自己：或者应该说不是我所了解的那个他。这个地方对他——对我们产生了一些影响。

"那全都是他的主意，"查理说，"我敢肯定。"

"谁的主意？邓肯的吗？"

"不。他就是个白痴，一个跟屁虫。是威尔。他才是罪魁祸首。你能够看得出来。乔诺也是。其他人全都是奉命行事的。"

我很难想象出威尔让其他人做那种事。不管怎么说，发号施令的通常都是那些单身汉，而不是新郎。没错，我能想象出乔诺是背后的主使，没问题，尤其在经过了刚才那一幕以后。他身上散发着一点点野性的味道。倒不是说心怀恶意，但他却有可能在并非出于本意的情况下把事做得很过分。肯定是邓肯，而不会是威尔。我觉得查理把责任推给威尔只不过是因为讨厌他。

"你不相信我，对吗？"查理说道，同时脸上的表情也阴沉下来，"你觉得不是威尔。"

"嗯，"我说，"老实说，我真觉得不是。因为——"

"就因为你想跟他上床？"他咆哮道，"是啊，你以为我没注意到吗？我看见你昨晚看着他的眼神了，汉。甚至还包括你叫他名字的方式。"他用了个很难听的假声，"噢，威尔，跟我讲讲那次你冻伤的事吧，噢，你可太有男子气概了……"

他语气中透出的凶狠出乎我的意料，让我不由得对他望而却步。查理已经很久没喝醉过了，我都已经忘记了他会发生多大转变。不过我也为他话里那一点点真实成分所触动。想起自己对威尔的反应让我产生了一丝内疚。然而这一丝内疚很快就转化成了愤怒。

"查理,"我生气地低声说道,"你……你怎么能这么对我说话?你能意识到你这样有多无礼吗?那全都是因为他为了让我感到受欢迎而做出的努力——可比你做的要多得多了。"

然后我想起了昨天晚上他和朱尔斯之间的调情。他半夜三更偷偷溜进我们的卧室就说明他肯定没跟那些男人在一起喝酒。

"实际上,"我的嗓门也高了起来,"你的话根本也站不住脚。看看昨天晚上你和朱尔斯之间那场可怕的装模作样的表演吧。她总是表现得好像你被她玩弄于股掌之间——而你还真配合。你知道我是什么感觉吗?"我的声音都沙哑了,"你知道吗?"这一天以来的压力和孤独让我尝到了苦果,我一时间又生气又想哭。

查理看起来有些懊悔。他开口想要说话,但我摇了摇头。

"你跟她上过床,对吗?"我以前从来都不想知道这个。可现在我有了足够的勇气去问了。

停顿了很长一段时间。查理用双手抱住了头。"有过一次,"他的声音从指缝间传来。"不过……老实说,都是很久很久以前了……"

"什么时候?那是什么时候的事?在你们都十几岁的时候吗?"

他抬起头来。张了张嘴,像是要说什么,随后又闭上了。看他的那副表情。我的天啊,不是在他们十几岁的时候。我觉得仿佛肚子上挨了一拳似的。但我现在必须知道。"那就是后来?"我问道。

他叹了口气,点点头。

我的喉咙似乎被堵住了，说句话都要费尽九牛二虎之力。"那是……那是我们已经在一起之后的事？"

查理缩成了一团，又把脸埋进了双手里。他发出一声又长又低的呻吟。"汉……真对不起。说实话，那什么都说明不了。那太愚蠢了。你……那是，呃，是在我们很久都没有过性爱的时候。那是——"

"在我有了本以后。"我感到胃里一阵难受。我突然间就确定了。他什么都没说，而这就是我需要的全部确认。

最终，他开口了。"你知道吗……我们那会儿正经历着一段艰难时期。你，呃……你始终情绪都那么糟糕，而我又不知道该干什么，怎么才能帮上忙——"

"你是说，在我几乎得了产后抑郁症的时候？在我等待着缝了线的伤口愈合的时候？上帝啊，查理——"

"真对不起。"此时，所有的虚张声势都已经离他而去。我几乎相信他彻底清醒了，"我很抱歉，汉。朱尔斯那会儿刚刚跟她当时交往的男朋友分手——我们下班以后出去喝酒……我喝得太多了。事后我们都认为这是个很糟糕的主意，而且以后再也不会发生了。那什么都说明不了。我是说，我几乎都不记得了。汉——看着我。"

我没法看着他。我也不想看着他。

这简直太可怕了，我几乎都没法开始好好思考这件事。我感觉自己还处于震惊中，仿佛还不能完全体会它带来的全部伤害。不过它却给了所有那些调情，所有那些肌肤之亲一个全新而可怕的视角。我想起了每一次我感觉到朱尔斯有意把我排除在外的情景——她想把查理封锁包围起来为她所用。

那个婊子。

"所以说一直以来,"我说,"一直以来你告诉我的,说你们只是朋友而已,一点点调情说明不了任何问题,她就像是你的妹妹……等等这些都他妈不是真的,对吗?我不知道你们两个人昨天晚上都干了些什么。我也不想知道。可你怎么就敢干出这种事来呢?"

"汉——"他伸出一只手来,试探性地碰了碰我的手腕。

"不——别碰我。"我抽出胳膊站了起来。"你就是个笑话,"我说,"一个丢脸的人。无论单身派对上他们对你做了些什么,你眼下的这种行为都没有借口。没错,他们做的事也许很可怕。但那些都没能带给你持久伤害,对吧?看在上帝的分儿上,你是个成年人——是个父亲……"我差一点儿就要加上"是个丈夫"了,但我不能让自己说出口,"你有很多责任,"我说,"你知道吗?照顾你令我厌倦。我不管了。你自己收拾烂摊子吧。"说完我转过身去,大步离开。

乔诺
伴郎

"乔诺。"威尔微微一笑,说道。洞壁把笑声的回音又反射给我们。"我真的不知道你在说些什么。全都是在谈论过去的事。这对你没什么好处。你得继续往前走。"

没错,我心想,但我做不到。好像我的某一部分被卡在那儿了。就像我曾经试图要忘记它一样,那件有毒的事一直存在于我的内心深处。我感觉自那以后,我的人生中什么事都没发生过,总之是什么重要的事都没有。而我很纳闷儿,威尔怎么就能够继续过他的生活,甚至都没有回头看过一眼。

"他们说那是一起悲惨的意外,"我说,"但那不是。是我们,威尔。全都是我们的错。"

"我正在整理宿舍呢。"当我们练完橄榄球回来时,独行客说。是我告诉他干这个的,因为实在没别的事可让他做了。"可我找到了这些。"他把它们拿在手里的样子就好像它们烫手似的:是一摞 GCSE 考试的试卷。

他看着威尔。从独行客脸上的表情看,你会以为是有什么人死了。我猜对他来说已经有人死了:那就是他的英雄。

"放回去。"威尔非常平静地说道。

"你不应该拿这些。"独行客说。考虑到我们俩身高都差不多比他高一倍,我觉得他说这话表现出了十足的勇气。每当我回想起来,就觉得他是个相当勇敢的孩子,也很正直。这是我尽力不去想的事。他摇摇头。"这是——这是作弊。"

等他离开房间以后,威尔转向我。"你真他妈是个白痴,"他说,"你明知道那些试卷在那儿,干吗还要让他来清理房间?"偷那些试卷的人是他不是我。不过我现在确信,如果这件事败露,他肯定会让我背锅的。

我还记得他接着就咧嘴一笑,而那其实根本就不像是在笑。"你知道吗?"他说,"我觉得今晚咱们要玩'幸存者'了。"

"你忍受不了的,"我对威尔说道,"因为你知道如果事情败露,你就会被开除。而他妈对你来说,你的名声一直都很重要。向来如此。你可以予取予求。而其他任何人如果挡了你的道,就他妈让他滚蛋。即便是我。"

"乔诺,"威尔说话的语气平静又理性,"你喝得太多了。你都不知道你在说些什么。如果那真是咱们的错,咱们是没法逃脱惩罚的,对吗?"

这件事只需要我们两个人。那天晚上独行客的宿舍里有四个男生——有两个人因为生病在疗养院里。这就好办了。我感觉我们进去时,他们中有一个人可能微微动了一下,但我们动作飞快。我觉得自己就像个刺客——而过程太他妈精彩了。很有意思。我其实都没怎么走脑子，只不过靠着遍布我全身的肾上腺素而已。我把一只橄榄球袜猛塞进他的嘴里，同时威尔给他系上了蒙眼布，这样一来，他发出的任何响动都闷闷的，很是安静。扛着他没什么难度：他一点儿都不沉。

他挣扎了几下。不过他并没有像其他有些男生一样尿了裤子。如我所言，他是个相当勇敢的孩子。

我想着我们会走进森林里去。不过威尔却向着悬崖走去。我看了看他，没明白什么意思。在那可怕的一瞬间，就好像他在提议我们要把这孩子扔到悬崖下面去。"走悬崖那条路，"他用口型告诉我，"行，好嘞。"我松了一口气。爬下那条悬崖小径花了我们很长时间，每走一步都有白垩岩破碎崩裂，我们的脚下直打滑，又因为我们的手全都占着，我们甚至都没法扶着用锤子钉进岩石里的扶手。那孩子已经不再挣扎了，他变得一动不动。我记得我当时还担心他是不是不能呼吸了，想要去把塞在他嘴里的袜子拿出来，但威尔摇了摇头。"他可以用鼻子喘气。"他说。或许是从那时起，我就开始感觉有些不好了。我对自己说这种想法很愚蠢——我们全都经历过这个不是吗？于是我们继续往前走。

最终我们来到沙滩上，脚下是潮湿的沙子。我搞不明白我们要怎么给这个游戏制造难度。一旦把蒙眼布摘掉，即使没戴眼镜，他身在何处也是显而易见的。这里离学校也没有那么远，任何人都可以沿着这条悬崖小径爬上去——对一个小孩来说尤其如此。男生们经常到海滩来。不过我心想：也许威尔想让游戏对他来说简单一些，因为毕竟他为我们做了那么多事——又是清洗我们的靴子，又是整理我们的宿舍，还有其他所有的所有。这样似乎很公平。

"你很清楚,威尔。"我说。一个声音从我胸口深处的某个地方传来,那是个痛苦的声音。我想我可能要哭了。"咱们应该为此付出代价的,为咱们的所作所为。"

我还记得威尔是如何指着悬崖小径的底部的。那是在他拿出一些鞋带时。平平无奇,就是从一双橄榄球靴上拆下来的鞋带。

"咱们要把他绑起来。"他说。

到头来还是很简单。威尔让我把他绑在悬崖小径底部的扶手上——打结之类的事我很擅长。现在我明白了。那会让事情变得更加困难。他不得不像胡迪尼那样才能从那里逃脱,而这正是需要花费时间的部分。

随后我们就把他撇下了。

"看在上帝的分儿上,乔诺,"威尔说,"当时你也听见他们说的话了。那是一次可怕的意外。"

"你知道那不是真的——"

"不。那就是事实。没有别的解释。"

我记得第二天早晨一觉醒来,我从我们的宿舍里望向窗外,看到了大海。也正是此刻我才意识到。我无法相信我们竟然会那么傻。涨潮了。

"威尔,"我说,"威尔——我认为他不可能解得开自己的绑绳。这潮水……我没想到。哦,上帝啊,我觉得他可能会——"我想我可能要吐了。

"闭嘴吧，乔诺，"威尔说，"什么事都没有发生，好吗？首先，咱们需要一起来解决这个问题，乔诺。否则的话，咱们就有大麻烦了，你能明白，对吗？"

我简直不敢相信会发生这种事。我想要去睡觉，然后醒过来的时候发现这些都不是真的。有些事情太他妈可怕了，似乎很不真实。一切都是因为那区区几张偷来的试卷。

"好吧，"威尔说道，"你同意吗？当时咱们上床睡觉了，什么都不知道。"

他的话来得也太快了。我甚至都还没想到这些，比如要告诉谁。不过我想我会认为这是我们必须做的事。这是正确的做法，不是吗？这种事你没法保密的。

不过我也不打算跟他唱反调。他的表情有点儿吓着我了。他的眼睛都变了——就好像那后面一丝光亮都没有。我缓缓地点点头。我想我当时并没有想明白这意味着什么，以及后来它会怎样毁掉我。

"大声说出来。"威尔告诉我。

"好。"我说，声音听起来无比沙哑。

他死了。他没能逃脱。这是一起悲惨的意外。这就是一周以后我们所有人在集会上被告知的事，在他被海水冲到了更远的海滩上，被学校的管理员发现之后。我想捆他的带子终究还是松了，只是没来得及救他一命。无论如何，你会觉得现场肯定留下了一些痕迹。当地警察局长是威尔他老爸的哥们儿。他们俩会一起在威尔他老爸的书房里喝酒。我猜这一点帮了大忙。

"我记得他的父母，"此刻我对威尔说道，"之后他们来到了学校。他妈妈看上去也不想活了。"我从楼上的宿舍里看见她下了汽车。她抬头往上看,我浑身发抖,不得不躲出了她的视野。

我蹲了下来,以便跟威尔处在同一水平线上。我紧紧抓住他的肩膀,使他能够正视着我。"咱们杀了他,威尔。咱们杀了那个男孩。"

他推开了我,胳膊漫无目的地甩着。他的指甲划到了我的脖子,隔着衣领挠了我一下。这一下挠得很疼。我一只手就把他猛推到岩壁上。

"乔诺,"威尔喘着粗气说道,"你需要控制一下自己。你他妈的给我闭嘴。"而这时我就知道我已经让他烦了。他几乎从来不骂人的。我猜那样会跟他招人喜欢的金童形象不符。

"你知道吗?"我问他,"你是知道的,对不对?"

"我知道什么?我都不明白你在说什么。看在上帝的分儿上,乔诺——帮我解开。这游戏玩儿得够久了。"

"你知道潮水会涨上来吗?"

"我不明白你在说什么乔诺——你讲的都不合情理。我昨天晚上才知道,哥们儿,还有就是在你的演讲里。你喝得真是太多了。你有什么问题吗?听我说,我是你的朋友。有很多途径可以获得帮助。我也可以帮助你。但别再沉迷于幻想中了。"

我把头发从眼睛上拨开。尽管天气很冷,我还是能感觉到汗水在我的手指上直流。"我他妈是个白痴。我一直脑子都迟钝,这个我心知肚明。我不是说这是个借口。把他绑起来的人是我,没错,你让我绑的时候我就绑了。但我并没有想到潮水的事。直到第二天早上我才想起来,但那时已经太晚了。"

"乔诺。"威尔用力地低声说道,仿佛是害怕有人会来。

这只会让我更想大声说出来。"一直以来,"我说,"一直以来我都纳闷儿。而我总是把你往好处想。我会想：没错，威尔在学校时偶尔会很混蛋，不过我们也都是。为了在那个地方活下来，你不得不如此。"

那里把我们变成了畜生。

我想到了那个孩子，如果你不是这样——如果你人太好，太诚实，如果你不懂得规矩的话会发生什么，他就是个活生生的例子。

"可是，"我说，"我心想：'威尔并不坏。他不会去杀死一个孩子的，不会为了几张偷来的试卷这么做，哪怕那意味着他有可能被开除。'"

"我没有杀死他，"威尔说，"没有人杀死他。是海水杀了他。也许是那个游戏杀了他，但不是咱们。他没逃出来不是咱们的错。"

"对，"我说，"没错。这些年来，我一直是这么告诉我自己的。我一直重复着这个你编出来的故事，是那个游戏干的。可咱们就是那个游戏，威尔。他以为咱们是他的哥们儿。他信任咱们。"

"乔诺，"他现在有点儿生气了，往前探了探身子，"你他妈冷静一点儿吧。我不会让你毁了我的一切的。因为你对过往留有一些遗憾，因为你的生活乱成了一团，而你也没有什么可失去的。一个像他那样的小孩——他在现实世界里都活不下来。他就是个弱不禁风的小不点儿。就算不是咱们，也会有其他什么人的。"

因为这起死亡事件，学期提前结束了。每个人都把注意力转向了即将到来的暑假,而那个孩子则似乎从来没有存在过。我猜对于学校里的其他人来说,他几乎就是不存在的:一个一年级新生,无足轻重。

除了一个告密者。一个告了我们状的学生。我始终都相信就是独行客那个胖乎乎的小伙伴干的。他说他看见我们进了独行客的宿舍,把他绑了起来。这事并没有闹多久。当然,因为威尔他老爸是校长。他大部分时间里都是个混蛋——对威尔而言,比任何其他人都混。不过在这件事上,他拥有威尔和我的支持。

而我们也相互支持着。

这些年来我们一直在一起——被回忆,被我们共同经历过的黑暗时刻、我们做过的事捆绑在一起。我以为他跟我想的一样,觉得我们需要彼此。但电视节目那件事表明他一直想摆脱这份友谊。我是个太大的累赘。他想要疏远我。也难怪当我告诉他我要做他的伴郎时,他看起来那么他妈的不自在。

"乔诺,"威尔说道,"想想我老爸。你知道他是个什么样的人。那也是为什么我要拼命去努力得到那些成绩。我不得不这么做。而如果他得知了事实真相,知道我把那些试卷藏起来了——他会杀了我的。所以我想要吓唬吓唬那个孩子——"

"你怎么敢,"我说,"你可别又开始觉得自己委屈了。你知道别人给了你多少免费通行证吗?就因为你的长相,因为你想方设法让人相信你是个大好人?"他的自艾自怜只会让我更生气。"我要去告诉他们,"我说,"我再也受不了了。我要去告诉他们所有人——"

"你不敢,"威尔现在说话的声音起了变化——变得低沉而生硬,"你会毁了我们的生活的。你的生活也一样。"

"哈!"我说,"它已经毁了我的生活了。自从那天早上你让我闭嘴以来,它就一直在毁掉我。如果不是为了你,我一开始也不会保持沉默。那个男孩死了以后,我没有一天不在想这件事,我觉得我应该告诉谁就好了。可你呢?哦,不,这件事对你没有任何影响,对吗?你还是一如既往地过你的日子。没有什么后果。嗯,你知道吗?我觉得现在是时候显现出一些后果来了。在我看来,这会是一种解脱。我只不过是在做我们很多年前就应该做的事而已。"

这时,洞里响起了一个声音,一个女人的声音:"你好?"

我们俩都僵住了。

"威尔?"是那个婚礼统筹人,"你在这里面吗?"她出现在岩壁的拐弯处。"噢,你好啊,乔诺。威尔,他们派我来找你了——是那几个迎宾员告诉我的,说他们把你留在这儿了。"她的声音听上去十分冷静,非常职业,即使我们全都站在一个巨大的洞穴里,其中一个人还被捆住了手脚、蒙上了眼睛瘫坐在地上。"这都快半个小时了,所以朱莉娅想让我过来……呃,解救你一下。我得事先提醒你,她——"她看起来像是在尽力找一种委婉的表达方式,"对这件事她并不是很高兴……而且乐队也就要开始演奏了。"

在我给威尔松绑并帮他站起来的过程中,她等在那里注视着我们,那样子就像个老师。接着我们跟着她走出了洞穴。我忍不住想知道她有没有听到或者看到什么,还有就是,如果她没有打断我们的话我会怎么做。

奥伊弗
婚礼统筹人

　　主帐篷里的庆祝活动进入了另一个阶段。客人们已经把香槟都喝光了。现在他们正转向劲儿更大的东西：临时酒吧的鸡尾酒和烈酒。夜晚的自由让他们兴奋不已。

　　在给富丽宫的洗手间更换擦手毛巾时，我发现地板上以及石板水槽周围洒落着很少的一些精细白色粉末。我并不感到意外，因为我看到了一些客人在返回主帐篷时偷偷擦着他们的鼻子。他们这一大帮人在今天其余的时间里都表现得中规中矩。他们经过长途跋涉来到这里，带来了礼物。他们衣着得体，一直耐着性子参加仪式并且听完了演讲，脸上带着恰当的表情，嘴里说着合宜的话语。可他们是些暂时把自己的责任抛在脑后的成年人，就像是些没有父母在身边的孩子。这一天里的这一时间段是给他们自由支配的。就在新娘和新郎等待着开始他们第一支舞时，他们还在往前挤，已经做好了把舞池据为己有的准备。

　　差不多一个小时以前，在回富丽宫的途中，我听见楼上传来一阵奇怪的声音。当然，这栋建筑的其他部分都被封上了，但要想阻止那些喝醉了酒的人乱窜，你也只有这么些招数了。我上楼去查看，推开新娘和新郎卧室的门，发现里面不是那对幸福的新婚夫妇，而是另一对男女弯着腰趴在床上。我这一闯进去，他们马上手忙脚乱地盖住自己，女人红着脸往下猛拽裙摆，男人则用自己的高顶礼帽盖住了他那颤巍巍勃起的家伙。只过了一小会儿，我就看到他们两个人各自若无其事地回到了主帐篷里的不同角落。这件事让我觉得尤其有意思的地方在于他们俩似乎还都戴着结婚戒指。可是——我大概也跟朱莉娅本人一样，记住了那份座位安排表——碰巧知道所有的夫妇都是对面而坐的。

不过他们并不怎么担心我：至少不是真的担心。他们看到我进去时最初的那种惊慌失措，也被代之以一阵透着轻松的咯咯的笑声。他们知道我是不会公开他们的秘密的。况且我也并不特别惊讶。类似的事我以前见过很多。这种行为上的极端实在是家常便饭。一场婚礼总是会围绕着很多秘密。我听见过私下里说的事，恶毒的评论，还有闲聊八卦。刚才在洞里伴郎说的话，我也听到了几句。

这就是关于组织一场婚礼的那些事。我能够安排好完美的一天，只要客人们配合，时刻记得不越雷池一步。但假如他们不配合的话，影响持续的时间就会远远超过二十四小时。没有人能够控制得了那种后果。

朱尔斯
新娘

乐队已经开始演奏。威尔回到主帐篷时看上去稍显邋遢,此时他拉着我的手走上了木地板。我意识到我握着他的手握得太紧了,这样或许会把他弄疼——于是我告诉自己稍微放松一些。但我对于那些迎宾员用他们愚蠢的恶作剧打断了这个夜晚还是感到很生气。客人们围在我们身边,欢呼着,叫喊着。他们的脸红扑扑、汗津津的,龇着牙咧着嘴,眼睛瞪得又大又圆。他们都喝醉了——当然还有别的。他们探着身子往前挤,让人感觉空间一下子变得太小了。他们离得如此之近,我都可以闻到他们身上的气息:香水和古龙水味、汗酸味、健力士和香槟的酵母味、狐臭味以及呼吸中的酒味。我对着他们所有人微笑,因为那是我必须做的事。我笑得实在太多了,以至于耳根处的某个地方都觉得隐隐作痛,而整个下巴则感觉像是一根绷得紧紧的橡皮筋。

我希望我给人留下的印象是玩得很开心。我已经喝了很多酒,但那除了让我更加小心翼翼、心神不宁之外并没有任何明显的效果。自从听了那段演讲之后,我心中的不安感便愈演愈烈。我看了看我的周围,其他所有人都很尽兴:他们那种矜持和拘束感如今都已经被抛到了九霄云外。对于他们来说,有如火车失事一般的演讲大概只能算是今天的一个脚注——一段逸闻趣事罢了。

威尔和我先是朝一个方向转,接着又朝向另一个方向。他使我快速从他身边转开,随后又转回来。这几个普普通通的动作招来了客人们大声赞赏。我们并没有去上舞蹈课,因为那样会显得难以形容的没品位,但威尔天生舞跳得就好。除了有几次他踩到了我的裙摆;我不得不趁着还没绊倒的工夫把裙摆从他脚下猛拽出来。动作那么笨拙,一点儿都不像他。他看起来有点儿心烦意乱。

"这究竟是怎么回事?"当我贴近他的胸膛时如此问道。我低低的声音仿佛是在对他说着绵绵情话。

"噢,真是太愚蠢了,"威尔说道,"男生就是男生。全是瞎胡闹,你也知道。没准儿是单身派对留下来的小尾巴。"他脸上挂着微笑,可看上去却不大对劲。他当时返回主帐篷以后喝了两大杯葡萄酒:一杯接着一杯。此刻他耸耸肩。"这就是乔诺开的一个玩笑。"

"昨晚的海草据推测就是个小玩笑,"我说,"那可不怎么好笑。而现在这个呢?还有那个演讲——他说的所有那一切都是什么意思?过去到底都有些什么事?关于彼此保守的那些秘密⋯⋯他指的是什么秘密?"

"哦,"威尔说,"我也不知道,朱尔斯。不过是乔诺瞎胡闹。什么事都没有。"

我们在地板上慢慢地转了一圈。给我留下的印象是到处都是堆着笑的脸庞和鼓着掌的双手。

"听起来可不像是什么都没有,"我说,"倒很像是有什么事。威尔,他到底攥着你什么把柄?"

"噢,看在上帝的分儿上,朱尔斯,"他厉声说道,"我说过了：什么事都没有。别再说这些了。拜托。"

我瞪着他。问题不在于他说的话本身，而在于他说出来的方式——以及他紧紧抓住我胳膊的样子。这感觉倒像是一个人所能求得的最确凿的铁证，不管是什么事，反正不可能没事。

"你弄疼我了。"我把胳膊从他的手里抽了出来，说道。

他立即就后悔了。"朱尔斯——听我说，我很抱歉。"他说话的声音现在也完全不同了——任何一点点敌意的痕迹都转瞬即逝。"我不是故意对你发火的。听我说，这是漫长的一天。当然，非常美好，但也确实很漫长。能原谅我吗？"随后他冲我微微一笑，这是自从那个在V&A博物馆的晚上起，我就一直无法抗拒的微笑。然而它并没有发挥它平常的作用。要说有什么作用的话，那也是让我觉得更加不安。因为这变脸的速度，感觉他就像是戴上了一副面具。

"咱们现在是夫妻了，"我说，"按理我们就应该能够分享彼此的事。互相信任。"

威尔让我在他的胳膊下转开去，接着又向他转回来。人群为这个夸张的动作欢呼叫好。

然后，当我们又一次面对彼此时，他深吸了一口气。"听我说，"他说，"乔诺对于他说的这件发生在过去我们都还年轻时的事一直耿耿于怀。他被它迷住心窍了。可他就是个爱幻想的人。这些年来我始终都为他感到难过。这也正是我做错的地方。我觉得我应该去迎合他、取悦他，因为我的生活已经有了着落，而他的还没有。现在他很嫉妒：嫉妒我拥有的，我们拥有的一切。他认为我欠他的。"

"噢，看在上帝的分儿上，"我说，"你还能欠他什么？他显然是个这么久以来一直依靠着你才获得成功的人。"

对于这句话,他并未作答。相反,随着歌曲渐入高潮,他把我拉得离他更近了。人群中响起了一阵欢呼。但他们的声音突然间变得遥远起来。"今晚过后,就这么定了,"他对着我的头发坚定地说道,"我要把他从我的生活中——从我们的生活中赶出去。我保证。我会跟他做个了断的。相信我。我能搞定。"

汉娜
陪同来宾

我已经溜达进了跳舞的帐篷。谢天谢地，第一支舞结束了，所有围观的宾客全都蜂拥而入，把里面挤得满满当当。我也不确定自己究竟想在这里得到些什么。我猜应该是想从满脑子的纷乱思绪中解脱出来。查理和朱尔斯。想起他们来真的太痛苦了。

感觉好像每一位客人都被塞进了这里，热乎乎的身体挤压成一团。乐队的主唱走到了麦克风前："准备好跳舞了吗，姑娘小伙儿们？"

他们开始奏起一段疯狂的旋律——四把小提琴，一个狂热的跺着脚的曲调。大家都在尽力尝试跳出自己版本的爱尔兰吉格舞步，身体却如喝醉了酒似的失败地相互乱撞。我看到威尔从人群里把奥利维娅拉了出来："到了新郎要求伴娘跟他一起跳个舞的时候了！"可非常奇怪的是，他们脚下的步子似乎很不合拍，跌跌撞撞地进了舞池，仿佛其中一个人在抗拒另一个人。奥利维娅脸上的表情让我犹豫了一下。她看起来像是陷入了困境。演讲中有这么一小段。我之前想过。那又是哪段呢？让我有种奇怪的熟悉感。我努力集中精力，在脑海中搜索探寻。

V&A博物馆，就是它。我记得她昨晚告诉我说，她带着史蒂文去过那儿，去参加一场朱尔斯举办的派对。而我一想到这里,一切便都停滞不前了——可那也太疯狂了。不可能。根本就讲不通。这肯定是个诡异的巧合。

"嘿,"一个男人在我从他身边挤过去的时候说道,"挤什么呢?"

"哦,"我茫然地朝他的方向瞥了一眼,说道,"对不起。我……有些心不在焉。"

"嗯,或许跳支舞会有所帮助。"他咧嘴一笑。我更仔细地打量了他一下。他很有吸引力——个子高高的,黑色头发,笑的时候一侧脸颊上会出现个酒窝。我还没来得及说话他就一把抓住我的手,轻柔地把我揽向他怀中,带着我踏上了舞池的木地板。我并没有反抗。

"我之前看见你了,"他在音乐声中大喊道,"在教堂里,独自一个人坐着。然后我就想:她看起来值得去了解一下。"又是那副笑容。哦。他以为我是单身,一个人到这里来的。他不可能看到过酒吧里我和查理之间的那一幕。

"路易斯。"此刻,他指着自己的胸膛喊道。

"汉娜。"

或许我应该解释清楚我是和我丈夫一起来的。不过眼下我并不想考虑查理的事。而带着从他眼中看到的我自己这个好看的新形象——不是我自认为的穿着破衣烂衫的骗子,而是一个有吸引力、有神秘感的人——我决定什么都不说。我开始跟上他的脚步,与音乐合拍。我允许他靠我靠得更近一些,让我们四目相对。或许我也靠他靠得更近了。近到我都能闻到他的汗味——不过那是很干净的汗水,气味很好闻。我的内心深处泛起了一阵涟漪。那是欲望带来的一点点刺痛。

现在
新婚之夜

岛上还有其他人。这个想法使得他们会被阴影吓到，对于黑暗中隐隐约约的形象也会畏缩躲避，那些形象看似要浮现在他们面前，结果却表明那不过是眼睛的错觉而已。他们往前走时结成了紧密的队形，生怕再丢下一个人。皮特依然下落不明。

他们似乎感受到了被陌生的眼睛注视，如芒在背。他们此刻感觉到活动更加笨拙，更加暴露无遗。不平整的地面，隐藏着的帚石南丛让他们一路上磕磕绊绊。他们努力不去想皮特的事。他们也不能去想：因为必须得照顾好自己。他们会不时彼此呼喊以确保安全，这是最重要的事，他们的声音好似黑夜中的另一盏明灯，异常体贴："你没事吧，安格斯？""没事——你还好吧，费米？"这能帮助他们继续前行，也能帮助他们忘掉不断增加的恐惧。

"天呐——那是什么？"他用火把划出一道大大的弧线。火光照亮了一个直立着的东西，这东西几乎有一人高，在阴影中了无生气地戳着。接着他们又发现了几个相似的东西，有几个小一些。

"这是墓地。"安格斯轻声叫道。他们盯着那些凯尔特十字架，盯着那些支离破碎的石头结构：那就像是一支既诡异又沉默的军队。

"老天爷，"邓肯大喊道，"我还以为是个人呢。"有那么一刻他们全都是这么以为的：圆圆的外形，细细的直立的基座，组合在一起乍一看挺像个人。即便是现在，在战战兢兢离开时，他们也很难摆脱那种被许多如同哨兵般责备的眼神盯着的感觉。

他们朝一个新的方向又走了一段时间。

"你们听见了吗？"安格斯喊道，"我觉得咱们现在离海已经太近了。"

他们停下了脚步。从近在咫尺的某个地方，他们能隐约听到海水撞击岩石的声音。同时他们也能感受到脚下的大地在这种冲击之下的颤抖。

"嗯。好吧。"费米心想，"墓地在我们后面，大海在这里。所以我觉得我们应该走——那条路。"

他们开始朝远离拍岸惊涛的声音的方向走去。

"嘿——那边有什么东西——"

顷刻间，他们全都立在了原地。

"你刚才说什么呢，安格斯？"

"我是说那边有什么东西。看。"

他们举起手中的手电筒，发射出的光线映在地上不住抖动。他们已经鼓足了勇气，做好了看到可怕景象的准备。当耀眼的光芒从某个金属物体上反射回来时，他们很吃惊，同时也算松了口气。

"这是个——这是什么？"

费米，他们当中最勇敢的人，走上前去把它拾了起来。他转身朝向他们，用手挡住刺眼的光，同时把它举了起来，以便他们全都能看到。尽管它已经被损坏得变了形，金属扭曲断裂，他们还是立刻就认出了那件物品。那是一顶金色的皇冠。

那天早些时候
奥利维娅
伴娘

    我在主帐篷的角落里徘徊游荡，在桌子间穿行。我拿起人们喝剩下的半满的杯子，然后一口喝干。我想要喝得酩酊大醉。

    在威尔抓住我去跳舞之后，我用最快的速度摆脱了他。跟他离得那么近，感觉到他的身体紧紧贴着我，想到我和他在一起做过的那些事……那些他让我做的事……我们两人之间那可怕的秘密，都让我觉得恶心。他对此好像很是享受，乐在其中。最后的时候他在我耳边低语道："你之前那个疯狂的举动……就到此为止了，可以吧？别再来一次了。你听见我的话了吗？别再来了。"

    当我四处扫荡他们丢弃的酒水饮料时，似乎没有人注意到我。到了现在，他们全都已经喝得醉醺醺了，而且他们也离开了桌边去了舞池。那里绝对人满为患，都是些三十多岁的人，跳着热辣的舞，彼此间蹭来蹭去，仿佛他们是在某个他妈的淫秽俱乐部里就着五十美分的歌起舞，而不是在一座荒岛上的大帐篷里跟几个拉小提琴的人在一起。

    从前的我或许会觉得这很好笑。我能想象到我会发信息给朋友们，对这场在我面前上演的十足的闹剧给他们做现场评论。

    有几个服务员正从主帐篷的角落里盯着所有人，有些像是在这场活动的边缘徘徊。他们中的几个人跟我年纪相仿，或者更年轻一些。他们全都憎恶我们，这一点显而易见。而我对此毫不意外。我觉得我也憎恶他们。尤其是那些男人。这一晚上，我的肩膀、胯还有屁股全被这里的几个家伙，也是所谓威尔和朱尔斯的朋友触碰过。一堆手又是抓、又是摸、又是捏、又是捧——都是在他们的妻子和女朋友看不到的地方，就好像我是一块肉一样。我真是受够了。

上次发生这种事时，我转过身去恶狠狠地瞪了那家伙一眼，结果他从我身边躲开了，故意傻乎乎地睁大了眼睛，两只手举在半空——装出一脸无辜的样子。假如这种事再发生的话，我觉得我可能真的会失态的。

我又喝了一些酒。我嘴里的味道又酸又臭，很是难闻。我需要接着喝下去，直到我不再在乎这些事，直到我再也闻不出来或者感觉不到什么。

然后我就被表妹贝丝一把抓住拖到舞会帐篷去了。除了之前在教堂外照相的时候，我上次见她还是去年我姨妈生日那天。她化了浓妆，不过你能看出来她依然是个孩子，她的脸庞圆润柔软，眼睛大大的。我想让她去把口红和眼线都擦掉，在那个安全的童年时代的空间里再多待一会儿。

在舞池里，被周围这些身体包围，不停移动并且推来挤去，我开始感觉天旋地转。就好像我喝下的所有东西一下子就把我打垮了。接着我绊倒了——也许是被谁的脚，或者是被我自己那双过高的愚蠢的鞋。我重重地倒了下去，同时听到"啪"的一声，过了很长时间我才感觉到疼。我想是撞到脑袋了。

透过这令人窒息的空气，我听到贝丝在跟旁边的什么人说话。"我觉得她真是喝多了。哦，我的上帝啊。"

"叫朱尔斯来，"那人说，"或者她妈妈。"

"哪儿都没看到朱尔斯。"

"噢，看呐，威尔来了。"

"威尔，她喝得太多了。你能帮帮忙吗？我也不知道怎么办好了——"

他面带微笑地朝我走过来。"哦，奥利维娅。出什么事了？"他向我伸出一只手。"来吧，我扶你起来。"

"不用，"我说着挥开他的手，"滚开。"

"来吧。"威尔说道，他的声音既亲切又温和。我感觉到他把我扶了起来，挣扎似乎也没有太大意义。"咱们去透透气吧。"他用双手扶住了我的肩膀。

"把你的手拿开！"我试图从他的控制之下挣脱出来。

我听到从看着我们俩的人群中传出一阵窃窃私语。我太难对付了，我打赌他们相互之间说的就是这个。我是个疯子，丢脸丢到家了。

在主帐篷外，风用尽全力吹在我们身上，猛烈得几乎把我掀翻在地。"这边走，"威尔说，"这边比较背风。"我突然间感到疲惫至极，加上喝醉了，根本无力抗拒。我任由他带着我绕到了主帐篷的另一边，朝着陆地让位于大海的方向。我能看到远处本岛上的灯火，宛如黑暗之中片片流光溢彩的斑点。它们时而清晰，时而模糊：边缘时而锐利，时而柔和，仿佛我正从水中看着它们。

此时此刻，这么长时间以来的第一次，只有我们两个人了。

我和他。

朱尔斯
新娘

我的新婚丈夫好像失踪了。"有人看见威尔了吗?"我问我的客人们。他们耸耸肩,摇摇头。我觉得我已经失去了对他们的控制力。他们显然已经忘记他们是为了我大喜的日子才到这儿来的。早些时候他们还在我周围转来转去,满嘴溢美之词和良好祝愿,就像朝臣觐见女王一样,几乎让我受不了。现在他们似乎已经对我无动于衷。我想这是他们实行自己那一点点享乐主义的好机会,回归他们在为了孩子或者劳神费力的工作而疲于奔命之前,在大学里或者二十出头时享有过的自由。今晚属于他们——和旧识攀谈,与故人调情。我可以发脾气,但肯定没什么意义。我有更重要的事要操心:那就是威尔。

我找他的时间越久,心里不安的感觉便越强烈。

"我看见他了,"有人说道,我看到说话的人是我的小表妹贝丝,"他跟奥利维娅在一起呢——奥利维娅有点儿喝多了。"

"噢,是的。奥利维娅!"另一个表妹插话道,"他们朝着入口方向走的。他觉得奥利维娅应该去透透气。"

奥利维娅又让自己出了回洋相。不过我走出去却并未看到他们的踪影。唯一在主帐篷入口附近徘徊的是一群烟民——也都是一起上大学的朋友。他们转过身来冲着我,说尽了各种该说的好话，什么我看起来有多漂亮，这个仪式有多神奇之类的——我打断了他们的话。

"你们看见奥利维娅或者威尔了吗？"

他们含糊不清地冲着绕过主帐篷朝向大海的那边比画了个手势。可威尔和奥利维娅到底为什么要去那儿呢？现在已经开始变天了，外面漆黑一片，月光太微弱，什么也看不见。

当我步入风中的时候，狂风在主帐篷附近和我的身边呼啸着。一想起奥利维娅之前差点儿淹死的情景，我的内心里便忐忑不安。奥利维娅不可能做出什么傻事的，对吗？

我最终在主帐篷倾泻出的光线之外看到了他们朝向大海的模糊身影。但某种说不上来的直觉阻止了我大声招呼他们。我已经意识到他们两个人靠得很近。在接近天黑的情况下，两个人的身影似乎都要模糊成一体了。有那么一刻，我想想都觉得可怕……不过不会的，他们肯定是在说话。可这有些说不通。至少我不敢肯定曾经看到过我妹妹和威尔相互间除了礼貌的寒暄之外还交谈过。我的意思是，他们几乎都不认识对方。他们以前就见过一次。然而他们彼此看起来却有说不完的话。他们两个人究竟在说些什么？又为什么要绕到这边来，避开其他客人们的视线呢？

我开始向前移动脚步，安静得像个翻墙入室的飞贼，慢慢走进渐渐降临的暮色之中。

奥利维娅
伴娘

"我要去告诉她。"我说。把这些话说出口很难,但我下定了决心。"我要……我要去告诉她我们俩的事。"我想起了汉娜之前对我说过的话。"把话明明白白地说出来总是会更好一些——即使它听上去很丢脸,即使你觉得人们无法理解。"

他用一只手捂住了我的嘴。这让我大吃一惊——太突然了。我能闻出他的古龙水。事后我还记得闻到了我皮肤上那股古龙水香味。以前我会想这味道有多么馨香宜人,多么富有成熟气息。现在它却让我想要呕吐。

"噢,不,奥利维娅。"威尔说。他的声音依然那样温柔亲切,却只会让情况更糟。"其实我觉得你不会的。你知道为什么吗?你不会那么做,是因为那样你会毁了你姐姐的幸福。今天是她举行婚礼的日子,你个傻丫头。她对你来说太特殊了,你不能那么对她的。而且又是为了什么目的呢?又不是说现在我们两个人之间还会发生些什么。"

从主帐篷的另一边传来一阵喋喋不休的说话声,或许他也担心会有人看见我们两个人这个样子,因此他把手从我的嘴上拿开了。

"我明白!"我说,"我不是那个意思……那不是我想要的。"

他扬了扬眉毛,就好像他不确定自己是否相信我似的。"呃,那你想要什么呢,奥利维娅?"

我想我不会再觉得那么难受了。我要摆脱这个一直藏在我心里的可怕的秘密。不过我没有回答他。于是他又继续说了下去:"我懂了。你就是想猛烈抨击我,控诉我。我会首先承认,在整件事当中,我的所作所为并不是无可挑剔的。我应该和你好好地分手才对。或许我应该更坦诚一些。我从来没想过要伤害任何人。我能告诉你我的真实想法吗,奥利维娅?"

他似乎在等待一个答复,于是我点了点头。

"我在想如果你真的想要这么做的话,此时此刻就应该已经做过了。"

我摇摇头。但他说得没错。其实我有大把时间可以去做这件事,去把真相告诉朱尔斯。有很多次,清晨时分,我躺在床上,想着我怎么才能把朱尔斯单独约出来——邀请她出来吃个午饭,或者喝个咖啡。但我却从未付诸实践。因为我是个胆小鬼。相反,我避开了她,就像我不去商店里试穿我的伴娘礼服一样。藏起来,假装什么事都没有发生过会更容易些。

我也想过如果我是朱尔斯或者妈妈的话,在这种情况下我会怎么做。我肯定会大显身手的,没准就在我第一次见到他时——订婚酒宴上,让他在所有人的面前难堪。但我不像她们那么坚强,也没有什么自信。

所以我又试着写字条。我把它印出来,丢进朱尔斯的信箱里:

威尔·斯莱特不是你想象中的那个人。

他是个骗子,是个撒谎的人。不要嫁给他。

我想这也许至少能让她对他产生一些质疑，也能引起她的思考。我想要在她心里种下一点点怀疑的种子。不过我现在已经看出来了，这个办法一点儿用都没有。朱尔斯甚至可能都没有收到。或许威尔先看到了，又或者跟一大堆宣传单卷在一起被扔进垃圾箱。而且就算她真的看见了，我也应该意识到朱尔斯不是那种会为一张字条烦心的人。朱尔斯可不会杞人忧天。

"你也不想毁掉你姐姐的生活，对吧？"威尔此时说道，"你不会那么对她的。"

这是事实。尽管有时我觉得我恨她，但我其实更爱她。她会一直是我的大姐姐，可那么做会永远毁掉我们之间的关系的。

他对他自己的故事充满信心。我的这个版本却正在土崩瓦解。而我想他说他没有撒谎是对的，那算不上。他只不过是没有说出事实真相而已。我似乎再也控制不住我的愤怒，控制不住怒火熊熊燃烧的能量了。我能够感觉到它正从我的身边偷偷溜走，而留下了一些更糟糕的东西。那是一种虚无感。

然后，突然之间，我想起了朱尔斯，想起了在小教堂里她站在威尔身边时脸上挂着的微笑，对于他真正的身份完全被蒙在鼓里。她是从来不会允许任何人愚弄她的……可威尔已经做到了。我替她感到愤怒，从某种程度上来说，我为自己都不会这么生气的。

"我还保留着你的短信，"我告诉他，"我可以拿给她看。"这是我能够控制住他的最后一样武器，也是我手里拿着的最后一张王牌了。我掏出手机拿到他面前，以强调这一点。我本应能预见到的。可他说话的时候一直那么温柔，那么和缓，使得我鬼使神差般愣是没想到。他的胳膊猛地伸过来，在半空中抓住了我的手腕，接着又抓住了我的另一只手腕。他以迅雷不及掩耳之势抢过了我的手机。我尚未来得及搞清楚他在干什么,他就把手机远远地扔出去了,扔进了漆黑的海水中。手机掉进水里时还发出了轻微的"扑通"声。

"还有备份——"我说,尽管我也不知道要怎样才能找到备份。

"哦,是吗?"他冷笑着说,"你想要把别人的生活都搞得一团糟吗,奥利维娅?因为你也应该知道我的手机上还有些照片呢——"

"别说了!"我说道。一想到朱尔斯——想到任何人——看见我那副样子……

他拍那些照片时我心里就觉得特别不舒服。不过他实在是太擅长提出要求了,他会告诉我说当我为他做那些事的时候看起来有多么性感,还有那样会令他多么兴奋。而我则担心如果不做那些事会使我看起来像个假正经,像个孩子。他压根儿也没出现在那些照片里——他的脸,他的声音都不会出现。我意识到他可以声称是我把那些照片寄给他的,而那些都是我亲手拍摄的。他可以全盘否认。

此时此刻,他的脸离我非常非常近。有那么一刻我疯狂地认为他可能就要吻我了。尽管我为此痛恨我自己,但我内心里的一小部分真的想让他这么做。我心里有一部分还想要他。这让我感到恶心。

他依然握着我的另一只手腕,握得我生疼。我忍不住出了声,想要挣脱他,可他却只是抓我抓得更紧了,手指头都快掐进我的肉里去了。他很强壮,比我强壮得多。我之前已经意识到了这一点,就是他在人群面前作秀,看起来像个大英雄一样把我从海水里抱出来时。我想起了我小小的剃须刀片,可它在我的小珍珠包里，在主帐篷里面的某个地方。

威尔突然向前猛地一拉我，我被自己的脚绊了一跤，鞋也掉了。直到现在我才发现这里离悬崖边缘也没多远。而他正把我往那边拉去。我能看清楚那边远处的海水，在月光下呈现出闪亮的黑色。不过……他不会那么干的，对吗？

现在
新婚之夜

迎宾员们盯着费米手中那顶破损的金色皇冠。它看上去和他们发现它的地方很不相称——在风暴中，扔在黑色的土地上——他们全都花了些时间才想明白以前在哪儿见过这东西。

"这是朱尔斯的金冠。"安格斯说。

"该死，"费米说，"当然是。"

每个人心里都在默默地疑惑，究竟何种暴力才能够如此野蛮地把这件金属物品弄得面目全非。

"你们看见她的脸色了吗？"安格斯问道，"朱尔斯的脸色，在她切蛋糕之前。我觉得她看起来——真的很生气。要么……要么或许是真的被吓到了。"

"有人在主帐篷里看见她了吗？"费米问道，"在灯亮了以后？"

安格斯畏缩了一下。"但你肯定不会是觉得……你不会是想说你觉得真有什么不好的事发生在她身上了吧？"

"他妈的。"邓肯嘴里发出嘶的一声。

"我可没说得那么肯定，"费米回应说，"我只是想说——有人记得看见过她吗？"

一段长长的沉默。

"我不记得——"

"对啊,邓克。我也不记得。"

他们屏住呼吸,在黑暗之中环顾四周,眼睛紧紧盯着任何动静,耳朵竖起来倾听任何声响。

"噢,上帝啊。看,那边还有别的呢。"安格斯弯下腰捡起了那个东西。他们都看见了当他把东西举到光线下时手有多抖,但这一次没有人嘲笑他的恐惧。现在他们全都开始害怕了。

那是一只鞋。一只灰色丝绸船形高跟鞋,脚趾部位有个装饰着珠宝的搭扣。

几个小时以前
汉娜
陪同来宾

　　这个叫路易斯的家伙舞跳得非常棒。乐队使客人们变得狂热，随着我们周围那些身体的倾斜，我们也被迫靠得更近了一些。我发现自己一直在想着我这一整天精神压力有多么大，同时又是多么孤独。查理对此负有很大的责任。然而我眼下一点儿都不愿意想起他来。我太生他的气，太伤心了。再说了，我上一次让自己沉浸在某段音乐中是在什么时候来着……我上一次跳舞跳得这么好是在什么时候来着？我上一次感受到这种渴求，这种冲动又是在什么时候呢？就好像一路走来，我在途中的某个地方丢失了自己的那一部分。在这几个小时里，我要好好享受一下它的失而复得。我把双手放在了头上。我摇晃头发，感受着它们拂过我肩头裸露的皮肤。我觉得路易斯在盯着我看。我用我的臀部找到了音乐的节奏。我以前舞一直跳得很好——十多岁时在曼彻斯特的俱乐部里进行过多年练习，对于所有伊维萨岛的最新歌曲都疯狂喜爱。我都已经忘记了它会让我感到与自己的身体有多么合拍，会让我有多么兴奋。而我可以从路易斯赞许的表情中看出来我看上去有多好，伴随着我的移动，他的目光不再与我对视，只是沿着我的身体上下打量。

音乐慢了下来。路易斯又把我拉近了一些。他的两只手放在我的腰间,透过他的衬衣,我能够感觉到他的心跳,以及布料下面胸膛的热度。我能闻到他皮肤的气味。他的嘴唇离我的只有咫尺之遥。我开始意识到,此刻我们的身体正在发生接触,他下面已经变硬了,紧紧地抵着我。

我离开了一点点,想要在我们之间保持几厘米距离。我需要让头脑清醒一下。"你知道吗,"我说话的声音有些颤抖,"我想我要去喝一杯了。"

"当然,"他说,"好主意!"

我本来不想让他跟我一起来的。我突然间觉得自己需要一点点空间,但同时又没有精力去解释。所以我们就一起去了酒吧所在的帐篷。

"你是怎么认识威尔的?"我在音乐声中冲他喊道。

"什么?"他凑近了来听,耳朵都蹭到了我的嘴唇。

我重复了一遍问题。"你也是从特里维廉出来的吗?"我问道。

"哦,"他说道,"你是指上的学校吗?不,我们是在爱丁堡上的同一所大学。我们都是橄榄球队的。"

"嘿,路易斯。"当我们靠近时,一个站在吧台的男人扬起了一只手,然后给了他一个拥抱。"来,跟一个孤独的家伙一起喝一杯,行不行?我把艾奥娜遗失在舞池里了。不到最后一刻估计是见不到她了。"他一眼看见了我,"哦,你好啊。见到你很高兴。你一直陪着我老弟呢,是吗?你知道吗,他在小教堂里就盯上你了——"

"闭嘴,"路易斯满脸通红,"不过也对,我们已经跳过一支舞了,不是吗?"

"我叫汉娜。"我说。我的声音听起来有点儿哽咽。我都不知道我在这里干什么。

"我是杰思罗,"路易斯的朋友说道,"那么汉娜,你想喝点儿什么?"

"呃……"我有些犹豫,觉得自己应该理智一些。我今天已经喝得太多了。随后我想到了查理,还有他告诉我的关于他和朱尔斯的事。我想要重获那种在舞池中短暂感受到的自由感觉。我不想要那么清醒。"来一小杯,"我说着转向了酒吧招待——约恩,之前见过的,"呃……龙舌兰。"我不想浪费时间。

杰思罗抬了抬眉毛。"好——啊。也算我一杯。路易斯呢?"

约恩给我们倒了三杯龙舌兰。我们喝干了杯中的酒。"天啊。"路易斯说着把杯子使劲放下,眼里噙满了泪水。可我觉得我喝下的酒什么效果也没有,还不如喝水呢。

"再来一杯。"我说。

"我喜欢她,"杰思罗对路易斯说,"但我不确定我的肝喜不喜欢。"

"我觉得这太他妈性感了。"路易斯说着冲我露出一个微笑。

我们又喝了一小杯。

"你以前不在爱丁堡,"杰思罗斜着眼睛看着我说道,"对吗?要知道,你在的话我会记得你的。像你这样的校花。"

"不在。"我说。又是那个地方。仅仅是提到它就让我清醒多了。"我——"

"我们在,"杰思罗说着用胳膊勾住了路易斯的脖子,"那是属于我们生命中的时光,对吧,路?依然怀念那段日子。也怀念咱们打橄榄球。尽管对我来说不玩的话可能更安全。"他指了指自己有些平的鼻梁,很显然那是个旧伤。

"我丢了颗牙。"路易斯说。

"我记得！"杰思罗哈哈大笑，接着转向我，"当然，威尔身上从来都是毫发无损的。那个杂种，他打边锋。给英俊小生的位置。这也是为什么他那么帅，帅得让人眼红。"

"咱们赛后出去的时候，"路易斯说，"他是最差劲的阻截手。你在那儿试图跟某个姑娘搭讪时，威尔就会慢悠悠地走过来问你想不想喝一轮，这时候她们的眼里就只有他了。"

"他的命中率实在太高了，"杰思罗说着点点头，"他加入里尔舞社团的唯一原因就是为了那个性感尤物。但别忘了，他也并非能够始终如此。还记得跑掉的那个吗？"

"噢，对啊，"路易斯说。"我都忘了这事了。你指的是那个北方来的女孩子吗？很聪明的那个？"

噢，上帝啊。这种感觉就好像是恐怖的事物正在变得清晰起来，而我只能站在这里看着它。

"对，"杰思罗说，"就像你。"他冲我眨了眨眼睛，"不过她把威尔甩了的时候，他也报复了她。还记得吗，路易斯？"

路易斯眯起了眼睛。"真不记得了。我是说……我记得她离开大学了，对不对？我记得她跟他分手时威尔还挺伤心的。我总是觉得对威尔来说，她有些太聪明了。"

我胃里那种恶心的感觉越来越强烈。

"流传得很广的那个视频，还记得吧？"杰思罗说。

"我——去，"路易斯眼睛睁得大大的，说道，"记得啊，当然记得。那可是……真够狠的。"

"现在大概都已经传到 Pornhub 上去了，"杰思罗说，"显然是属于精品部分的。真想知道那姑娘现在干什么呢。我知道她就在某个地方。"

"嘿，"路易斯突然看着我说道，你没事吧？天呐——"他用一只手扶住了我的胳膊,"你的脸色可真苍白。"他充满同情地做了个苦相,"最后那杯呛到气管里去了?"

我用力把他推开,跌跌撞撞地离开了他们身边。我需要到外面去透透气,可还没来得及出去就跪倒在地,吐了一地。我全身上下都不住地颤抖,好像正在发烧一样。我模模糊糊地觉察到入口处里面站着几个客人,他们嘴里咕哝着各自的震惊与厌恶之情,随后发出一阵清脆的笑声。我隐约注意到外面的天气已经变得愈发狂野,风把我头上的头发吹得乱飞,刺痛得我双眼流泪。

我又吐了。但这跟我在船上时的晕船还不一样,它一点儿都不见好。这种恶心的感觉是无法减轻的。刚刚了解到的事就像毒药一样已经浸入我的内心,已经抵达我心底最深处。

现在
新婚之夜

"谁穿的是这个？"安格斯举起了这只鞋。他的手在发抖。

"我确定我之前见过这只鞋，"费米回应道，"但我回想不起来是在哪儿了——这些想想都像是好久以前的事了。"此时此刻，让人感觉这一天真的有些超现实的意味。这样的夜晚，这样的风暴，他们的恐惧，这一切都已经变成专门为他们而存在的了。

"咱们该拿上这只鞋吗？"安格斯问道，"或许——或许对于已经发生的事来说这能成为某种线索呢。"

"别拿。咱们应该把它留在原处，"费米说，"说老实话，咱们甚至都不该碰它，还有那顶金冠。"

"为什么？"安格斯问道。

"你个白痴，"邓肯恶声恶气地说道，"因为那有可能成为证据。"

"嘿，"在他们把鞋留下继续前行的时候，安格斯说道，"这风——停了。"

他说得没错。风暴不知怎么就偃旗息鼓了，他们都没有注意到。而风暴过后留下的诡异的宁静甚至让他们都有点儿盼着它回来。这种宁静的感觉就像是屏住了呼吸，是一种虚假的平静。他们现在都能听到自己被吓坏了的那种呼吸声，既嘶哑又短促。

当他们向各个方向都查看——在天鹅绒般的黑暗中急切地搜寻着任何威胁、任何物体活动的迹象时是很难有什么大进展的。不过现在，富丽宫的轮廓终于在远处隐约显现出来，房子的窗户黑漆漆地反射着光。

"瞧那儿。"费米刚一张嘴又住口了。他身后的其他人都僵在了原地。

"我觉得——"他说，"我觉得那儿有什么东西。"

"不是他妈的另一只鞋，"邓肯喊道，"这回是什么？灰姑娘？汉塞尔和该死的格蕾特尔？"没有人相信他是想要开玩笑。所有人都听见了他声音里那种由恐惧造成的紧张。

"不，"费米说，"那不是鞋。"

大家都听得出来他的声音有些尖锐。无论那是什么东西，他们也巴不得不去看，而是畏缩着，恨不得远远逃离。可在他用火把慢慢地画着圈，让光在地面上微微晃动时，他们却又强迫自己站在那里。

那儿是有个什么。尽管这一次并不是个物件，而是个人。当他们看着映照在地面上的光线中出现一个长长的身形时，心中愈发感到恐惧。那绝对是个人，趴在那里的样子很可怕。那个人所在的位置离富丽宫很近，就在比较坚实的地面被沼泽取而代之的交界处。那人身上的衣服边角在风中不住飘动并且发出声响，连同手机手电发出的光也随之摇摆，这些动静都给人造成了一种不安的感觉。这是个可怕的把戏，一个骗人的花招。

在这些迎宾员眼中，那堆衣服里不太可能真的有个人。一个直到最近还有说有笑，跟他们所有人一起庆贺婚礼的人。

早些时候
奥伊弗
婚礼统筹人

在几个服务员极其小心的帮助照料下,我们把那块大蛋糕抬到了主帐篷的中央。客人们马上就会被召集到这里,来共同见证切下的第一块。这种感觉就如同之前在小教堂举行的仪式一样神圣。

弗雷迪从餐饮区那边走了过来,带着那把刀。他对我皱起了眉头。"你没事吧?"他仔细端详着我问道。

"我没事,"我告诉他,我猜我脸上肯定还挂着这一天来紧张的神情,"我想我只是有点儿不知所措。"

弗雷迪点点头,他心领神会了。"嗯,"他说,"这一切很快就要结束了。"他递给我那把刀,让我放在蛋糕旁边。这是把漂亮的刀,精致锻造:长长的刀刃,配上优雅的珍珠母刀柄。"告诉他们用的时候真得小心。轻轻碰一下就能给你划个口子。新娘还特别要求要锋利一些——真够疯狂的,因为像这样的刀其实是用来切肉的。用它切那块海绵蛋糕会跟切黄油一样。"

朱尔斯
新娘

奥利维娅和威尔,就在悬崖边上:我全都听到了。或者说至少足够我搞明白了。其中有些话被风吹得听不清楚,于是我不得不走到离他们那么近的地方,我确信他们会朝我这个方向瞥上一眼然后看见我。但很显然,他们两个人的精力过分专注于对方——专注于彼此之间的对峙上——以至于都没有注意到我。最初我还不明白这是怎么回事。

"我要告诉她我们两个人的事。"奥利维娅喊道。一开始我对于理解这句话的意思很抗拒。不可能,简直太可怕了,让人无法想象——

接着我想到了奥利维娅,想到她从水里出来的时候。有那么一刻,就好像她有什么事想要告诉我。

然后我听到威尔说话的声音变了,看到了他如何用手捂住她的嘴,如何抓住她的胳膊。这些甚至比他实际上所说的内容更让我震惊。这是我的丈夫,这也是一个我几乎都不认识的人。

我一边在阴影中暗中观察着他们,一边注意到他们之间有种身体上的熟悉亲近感,而这种感觉已然胜于雄辩。

当我看着他们在悬崖边上时,整件事的可怕轮廓便开始在我的眼前汇集浮现。

最初没有时间去生气，只够我去承受这件事带来的那种巨大而攸关存亡的震惊：所有的一切全部崩塌。现在我开始有了不同的感觉。

他羞辱了我。他把我当傻子耍了。我感到怒不可遏，这熟悉的感觉几乎令我感到欣慰，那股怒气在我的心中绽开，之后便抹掉了其他的一切。

我扯掉头上的金冠，把它扔在地上，然后用力把它踩扁，直到它变成一块面目全非的金属。这还不够。

奥利维娅
伴娘

"威尔!"是朱尔斯的声音。接着是一道明晃晃的略带蓝色的光——是她手机上的手电筒。给人感觉我们好像是被聚光灯逮住了一样。我们两个人都僵在了那里。威尔立刻放下我的胳膊,仿佛我的皮肤灼痛了他,然后马上从我身边退开了。

从她叫他名字的方式当中我什么也听不出来。这一声完全不带感情色彩——或许有一点点不耐烦。我想知道她看见了多少,或者更重要的是,她听见了多少。不过她不可能听到太多的,对吗?否则的话——呃,我了解朱尔斯。我们此时此刻很可能已经双双躺在悬崖底下了。

"你们俩究竟在这儿干什么呢?"朱尔斯问道,"威尔,所有人都不知道你去哪儿了。还有奥利维娅——有人说你摔倒了?"她离我们更近了。我觉得她身上好像有什么地方不一样。她的金冠不见了:就是这个。不过也许还有别的变化,一些我说不太清楚的东西。

"是啊,"威尔再次表现得魅力十足,说道,"我想我最好带她出来透透气。"

"好吧,"朱尔斯说,"你真好。不过现在你得进来了。咱们要切蛋糕了。"

现在
新婚之夜

　　迎宾员们小心翼翼地靠近那具尸体。
　　那具尸体倒在离干燥土地有些距离的地方，地面在那里转为了泥炭。沼泽已经开始在尸体周围聚拢，勤勉又充满爱意地包裹住了它——这样一来即使这个人突然奇迹般地死而复生，打起精神想要站起来，可能也会发现比他预想的要困难一点，可能很难抽出一只手或者一只脚来，还可能发现自己被大地紧紧地抱在了那黑色而潮湿的怀中。
　　这片沼泽地以前也吞噬过其他尸体，仿佛是张开大嘴囫囵吞下，把它们吞进大地深处一般。不过那是很久以前的事。如今这片沼泽地也饿了一段时间了。
　　随着他们慢慢靠近，迥然不同的部分在光线掠过的地方显现出来：两条腿笨拙地向外伸开，头向后仰抵着地面。一双失明而无神的眼睛，在光束的照耀下反射着微光。他们瞥见了一张半张着的嘴，舌头微微伸出，不知为什么显得有些淫秽。而在胸骨部位有一处暗红色的血迹。
　　"见鬼，"费米说道，"见鬼……是威尔。"
　　新郎头一次看上去不怎么漂亮了。他的面孔扭曲成了一副痛苦的面具：瞪得大大的混浊的双眼，还有那耷拉出来的舌头。

"哦,我的天哪!"有人说了一声。安格斯干呕起来。邓肯发出了一声抽泣:从来没有人看见过邓肯被什么事触动过。接着他蹲了下来,摇晃着尸体——"别啊,哥们儿。站起来!站起来啊!"随着尸体的脑袋从一边晃到另一边,这个动作造成了一种类似于无声恐怖动画的效果。"别摇了!"安格斯一把抓住邓肯,嘴里喊道,"别再摇了!"

他们盯着尸体看来看去。费米说得没错。就是威尔。但是这不可能是他。不可能是威尔,不可能是这个作为他们这群人的支柱,这个无可比拟又深受所有人喜爱的人。

他们全都全神贯注在他身上——他们倒下的朋友,沉浸于各自的震惊与悲伤之中,这使得他们放松了警惕。没有人注意到几英尺以外的动静:在那儿还有第二个人,一个活生生的人,正从黑暗中向他们走来。

早些时候
威尔
新郎

　　朱尔斯和我一起走回了主帐篷。我就让奥利维娅自生自灭了。站在那儿的那段时间里，当我意识到我们离悬崖边有多近时，在那疯狂的一刻我甚至有些动心。这不会让别人感到多么惊讶的。毕竟之前她就曾经企图自溺过——或者可以说在我救下她之前，这一点看上去确定无疑。而在这种风势之下——现在其实算得上狂风怒号了——本来也会乱作一团的。

　　可那不是我干的。我不是杀人凶手。我是个好人。

　　然而这一切都有些失控了，所有的事都失控了。我必须得把事情理清楚。

　　很显然，我不可能告诉朱尔斯关于奥利维娅的事。在我到她妈妈家，并且在她们两个人之间建立起联系的那天之前不可能，在事情已经走到这一步了的时候也不可能。毫无必要地伤害她有什么意义呢？跟奥利维娅之间的事——那是永远不会成真的，对吗？那只是一时的吸引。对她而言，一切都是建立在谎言之上的，她说的谎话都跟我一样多了。实际上也正是这种伪装使得我去赴了我们的约会，她想要扮演一个跟她本人不一样的人。假装自己更老成，假装自己见多识广。那种不安全感，会让我想要玷污她，如同我在大学里曾经交过的一个女朋友一样，那女孩是那帮好姑娘中的一个——人很聪明，又勤奋，从某个挺差劲的学校考进来的，所以总觉得自己上我们大学不够格。

然而，当我在那次派对上遇见朱尔斯时，情况就截然不同了。这仿佛是命运的安排。我一眼就能看得出来我们两个人在一起会有多合拍。我们在一起在别人看来会有多么美妙——没错，这是从外形上来说的，不过同时也包括我们俩有多么般配。我，即将拥有一份前途光明的事业；她，如此的一名成功人士。我需要一个跟我对等的人，一个有自信、有野心的人——一个像我一样的人。我们在一起将会所向披靡。而我们现在已经是不可战胜的了。

我觉得奥利维娅会保持安静的。从一开始我就知道。我知道她觉得没有人会相信她。她太过于怀疑自己了。只是——或许我就是有些多疑——感觉自从我们来到这里，她身上真的起了变化。在这座岛上，所有的事似乎都改变了。就好像这些变化都是这个地方造成的，而我们被带到这里来是有原因的一样。我知道这么想非常荒唐可笑。可让这么多人，其中既有代表过去的也有代表现在的，突然之间聚集到一个地方来这也是事实。通常情况下，我都十分小心谨慎，不过我承认我并没有完全想清楚，把他们一起聚集到这里来会出什么幺蛾子，这么做又会有什么样的后果。

就是这样。奥利维娅这边，我觉得我没什么问题。但我不得不对乔诺采取点儿什么措施，一回到主帐篷就得行动。我不能任由他对任何人，对所有人都信口开河。或许我是低估他了。我想的是让他到这儿来，把他留在身边更安全。可是朱尔斯在我不知道的情况下邀请了皮埃尔。没错，事实上，一切问题皆源于此。如果她没有邀请皮埃尔，乔诺就永远都不会知道电视节目那件事，而我们也可以一如既往。让他上真人秀节目也永远都不可能成功，这一点他必须得知道。实际上他的确也知道：他自己说得很好。他绝对是个累赘。又吸大麻又喝酒，还有他那长长的回忆。他在一名记者面前就曾经失态，然后这件事就尽人皆知了。如果他能明白——他会是个怎样的灾难——的话，那我就真搞不懂他为什么要那么难受。不管怎么说，他是具有危险性的。因为他知道的事，以及他可能会讲出来的事。我非常确信没有人会相信他的——那就是个二十年前的荒诞故事。但我不想冒这个险。他在其他方面也同样具有危险性。我丝毫不知道他在洞里的时候打算干什么，因为我蒙着蒙眼布，不过我无比高兴奥伊弗最终找到了我们，否则的话谁知道会发生什么事。

　　好了。这一次，他不会再打我个措手不及了。

汉娜
陪同来宾

我试着理性看待我从杰思罗和路易斯那里听来的事。有没有哪怕最小的可能性这只是个巧合呢？我又试着去听从我理智的声音。想象着在同样的情况下我会对查理说些什么：你喝多了。你现在考虑问题的条理已经不清楚了。先睡一觉，明天早上再想吧。

但其实——就算不必动脑子好好想——我心里也明白。我能感觉得出来。所有事情都吻合，根本不可能是巧合。

当然，艾丽斯的视频是被匿名发布的。而那时我们都沉浸在巨大的悲痛中，压根儿也没想过去找找她的朋友，看看谁有可能帮助我们找到罪魁祸首。不过后来我发誓，如果我有机会报复那个毁了我姐姐生活的人——那个结束了她的生命的人——我要让他受尽折磨。噢，上帝啊……我想到我对他产生了爱慕之情。昨天晚上我还梦见了他——这么一想就会令更多的胆汁往上涌进我的嘴里。我居然为与摧毁艾丽斯的同样的魅力倾倒，这简直就是另一种侮辱。

我想起了在彩排晚宴上的威尔。咱们在订婚酒宴上见过吗？你看起来很眼熟。我肯定是在朱尔斯的哪张相片里看见过你。当他说他认出我来了时，他并不是认出了我。他认出的是艾丽斯。

我回到主帐篷里时,平静的外表下是一股强大到令我自己都害怕的怒火。这个要为我姐姐的死负责的男人现在功成名就,靠着他虚伪的魅力,本质上也就是靠着一副皮囊和享有特权开创了自己的事业。而比他聪明上百万倍,也比他好上百万倍的艾丽斯呢——我聪慧过人、才华横溢的姐姐——却再也没有机会了。

我被困在人山人海中。他们一个个全都喝得醉醺醺的,笨手笨脚。我没法越过他们看到更远的地方。我挤开他们,时而会因为太过用力而听到小小的惊呼,还能察觉到有脑袋转过来看着我。

灯似乎又出故障了。肯定是外面的风造成的。当我穿过人群时,灯光闪烁了几下,随后熄灭,接着又亮了。然后又灭了。早先当外面还是黄昏时,你依然能够看得很清楚。可现在如果没有电灯的话那就几乎是漆黑一片了。桌上的小圆蜡烛完全派不上用场。要说还有什么更让人晕头转向的,那就是你能看到模模糊糊的人的轮廓以及影子在四处走动。人们发出尖叫,咯咯傻笑,然后撞到我身上。我觉得自己就像在一间鬼屋里。我想要大喊大叫。

我的两只拳头握紧又松开,用的力量太大,以至于我觉得指甲都抠到了掌心的肉里。

这不像是我。这是一种被什么附了体的感觉。

灯亮了。大家纷纷欢呼起来。

查理的声音在被麦克风放大以后从帐篷的角落里传了出来。"各位,现在该切蛋糕了。"越过拥挤在我面前的客人,我凝望着拿着麦克风的我的丈夫。我从未有过这种感觉,我离他竟然是如此遥远。

蛋糕就摆在那里，洁白如雪，闪闪发亮，配上糖做的花朵和叶片，简直完美无瑕。朱尔斯和威尔做好了准备，紧挨着蛋糕站着。而事实上，他们看起来很像立在婚礼蛋糕顶上那两尊完美的小雕像：男人一身优雅的西服，身形瘦削，金色头发；女人则是一头黑发，白色的礼服显现出沙漏般的身材。我以前从来不会说我恨过谁。确实没恨过。哪怕是在我听说了艾丽斯的男朋友，听说了他对她所做的事的时候也没有，因为我并没有一个实际的对象可以让我去把恨意集中在他身上。噢，但我现在恨透了他。他就站在那里，对着上百部手机的闪光灯龇牙咧嘴地笑。我走得更近了一些。

参加婚礼的人们聚集在他们周围。那四个迎宾员拍着威尔的后背，咧着嘴笑了……我就不明白：他们当中有人看出来他的本性了吗？他们都不在乎吗？然后是查理，他给人留下的印象非常好——这一点我很确定——他看起来十分冷静，对自己的才能掌控自如。旁边站的是朱尔斯的父母和威尔的父母，脸上挂着得意扬扬的微笑。接着是奥利维娅，看起来如同她这一整天以来一样痛苦。

我又走近了一点点。有种能量在我浑身上下噼啪作响，仿佛我的血管里充斥了电流一般，我不知道对于这种感觉该怎么办。当我伸出手时，能看到手指都在不住地颤抖。这种感觉令我心生恐惧，同时又让我激动不已。我觉得假如我马上测试一下的话，我会发现自己拥有了一种全新且非自然的力量。

奥伊弗走上前去。她递给朱尔斯和威尔一把刀。那把刀很大，刀刃又长又锋利。刀柄是珍珠母做的，仿佛是为了让整把刀看上去更柔和一些，并且隐藏它的锐利，就好像在说：这只是一把用来切婚礼蛋糕的刀，没有其他更险恶的用途了。

威尔把手放在了朱尔斯的手上。朱尔斯冲着我们所有人露出微笑。她的牙齿闪闪发亮。

我离得更近了，几乎已经来到了最前排。

他们一起把刀切了下去，朱尔斯握着刀柄的手指关节都发白了，而威尔的手依然放在她的手上。蛋糕裂开了，露出了它暗红色的中心。朱尔斯和威尔微笑着、微笑着，向着他们周围的手机摄像头不住微笑。刀已经放回了桌上。刀刃闪着寒光。它就在那里，触手可及。

接着朱尔斯弯下腰来，抄起了一大块蛋糕。她一边对着镜头微笑，一边以迅雷不及掩耳之势把那块蛋糕砸在了威尔脸上。这一下子就像是扇了一耳光，或者打了一拳一样猛。威尔踉跄着退开几步，大块的海绵蛋糕和糖霜直往下掉，掉在他一尘不染的西服上，他在这一团混乱中目瞪口呆地看着朱尔斯。朱尔斯脸上的表情让人难以理解。

这是一段令人大为震惊的沉默，每个人都在等着看接下来会发生什么。随后威尔把手放在胸前，咧嘴一笑，做了个"我被打中了"的手势。"我最好去把这些洗掉。"他说道。

大家纷纷欢呼、喝彩、尖叫起来，忘记了他们刚刚看到的那一幕有多么奇怪。这些都是仪式的一部分。

不过我注意到朱尔斯没有笑。

威尔出了主帐篷，朝着富丽宫的方向走去。客人们又开始了他们的谈笑。或许我是唯一一个转过身去看着他离开的人。

乐队再次开始演奏。所有人都向舞池涌去。我站在原地，呆立不动。

然后灯就熄灭了。

奥利维娅
伴娘

他是对的。现在我绝对不会去告诉朱尔斯了。

我在想他是怎么从各个方面歪曲事实的。他又是怎么让我莫名其妙地觉得发生过的一切都是我的错的。他有意利用了他给我的那种耻辱感；也就是我自从看到他和朱尔斯一同进门起就一直背负着的耻辱感。他让我觉得自己十分渺小，无人疼爱，又丑又蠢，一无是处。他使得我痛恨自己，挑拨我和其他所有人，甚至包括我自己的家人——尤其是我自己的家人——之间的关系，就因为这个可怕的秘密。

我想起了刚才在悬崖边上他是怎么抓住我的胳膊的。我想象着假如朱尔斯没来可能会发生什么情况。如果她看到了，那么一切都会不一样的。可是她没看到，我也就错过了机会。如果我现在告诉他们的话，也没有人会相信我的。没准他们还会怪罪我。我不能那么做。我还没勇敢到那个地步。

但我还是能做些什么的。

然后灯就熄灭了。

朱尔斯
新娘

蛋糕还不够。给人的感觉太软弱，太微不足道。他已经让我彻底失望，无法挽回了。就像我家里所有那些其他的人一样。为了他，我解除了自己精心构建的所有安全措施。我使得自己在他面前变得不堪一击。

我想到了当我们的手握在一起切下蛋糕时，他在对着我微笑。他的双手曾经摸遍我亲妹妹的全身，曾经——上帝啊，想想都会让人觉得恶心。我们上床的时候他想到过她吗？他是觉得我太愚蠢，永远也猜不到这些是吗？我猜他肯定是这么想的。而他是对的。这也是导致这件事情如此具有侮辱性的又一小部分原因。

好吧。他低估我了。

愤怒正在我的内心里滋长，超越了震惊与悲伤。我能感觉到它在我的胸膛里开枝散叶。这几乎成了一种解脱，它能够抹去挡在它路上的其他一切感觉。

然后灯就熄灭了。

乔诺
伴郎

我在外面的黑暗中。这里狂风大作。感觉就像有东西不断地从夜色中涌现。我举起双手去抵抗它们。最重要的是我又看见了那张脸,与昨晚我在自己房间里看到的是同一张。那副大大的眼镜,以及那最后一次我们带他走之前,他在宿舍里时脸上的表情。那个我们杀害了的男孩。我们两个杀了他。但只有其中一个人的生活被这件事完全毁了。

我觉得非常不自在。皮特·拉姆齐像分发晚餐后薄荷糖似的把事都说了出去——由此产生的影响便控制住了我。

威尔那个混蛋。他走进主帐篷时脸上还堆满了笑容,就好像什么都没有发生过,也没有人碰过他一样。我想我应该趁着还有机会,在那个洞穴里就把他干掉。

我正试图返回主帐篷去。我能够看到从那里面洒出来的灯光,可它却又似乎不断地出现在别的地方……时远时近。我能够听到主帐篷里传来的嘈杂声,帆布在风中的猎猎作响,以及音乐——

然后灯就熄灭了。

奥伊弗
婚礼统筹人

灯熄灭了。客人们发出了尖叫。

"大家别担心,"我喊道,"是发电机的问题,因为风太大了,它又出故障了。如果你们全都待在这儿的话,用不了几分钟灯应该就会亮了。"

威尔
新郎

我正在富丽宫的洗手间里清洗脸上的蛋糕。就算可以循着这栋建筑的灯光，来到这里也并不容易，因为风一直不断尝试着想要把我吹走。不过或许能有点儿空间，让我理清思绪是件好事。天呐，我的头发里，甚至鼻子上都沾满了糖霜。朱尔斯这下可真是够玩命的。这件事太丢人了。事后我抬起头，看见我父亲正看着我，脸上是他一贯的表情——就像是一线队被宣布可以参加大赛，而我却不在其中时一样。或者是当我没能考上牛津剑桥，再或者是当我拿到GCSE的成绩，而成绩又几乎堪称完美时。那更像是一种令人沮丧的满意，如同在说他对我的看法向来都被证明是正确的一样。我从未见到过一次他为我感到自豪。他罔顾我只是一直像他对我说的那样，努力追求上进，力争达到目标，也罔顾我已然获得的一切。

瞧瞧朱尔斯抄起那块蛋糕时的表情吧。他妈的。她是已经弄明白什么事了吗？可她又弄明白什么了呢？或许她只不过还在为那几个迎宾员就那样把我带走，同时也打断了我们的新婚之夜而感到恼火。我敢肯定就是这么回事，仅此而已。即使不止如此，如果需要，我也坚信我能够说服她。

本来不应该像现在这样的。突然之间，一切都显得脆弱无比。仿佛整件事随时都有可能轰然崩塌。我需要回到那里去掌控全局，把所有问题都摆平。可是应该先解决哪个呢？

我抬起头来，看到了镜子里的自己。感谢上帝给了我这张脸。那上面丝毫看不出来过去这几个小时里施加在我身上的压力。这就是我的资本。它帮我赢得了信任与爱。同时这也是为什么我知道我最终总能胜过像乔诺那样的家伙。我擦去了嘴角上最后一小块蛋糕屑，抚平头发，对着镜子微微一笑。

然后灯就熄灭了。

现在
新婚之夜

他们蹲在尸体旁边。费米——平时是个外科医生，此时此刻则是一副拒人于千里之外的样子——向趴伏在地的死者俯下身去，把脸凑近了那张嘴，想要听听有没有呼吸声。这其实是徒劳的。就算有可能听得到除了风声之外的任何声音，那双睁开的浑浊的眼睛、大张着的嘴巴以及胸部深红色的污迹也都能够很清楚地表明他真的已经死了。

他们全都如此专注于面前这个一动不动的身形，以至于没有人注意到其实这里并不只有他们，没有人瞥见这个一直在他们围住的圈子外面，被黑暗笼罩着的身影。此刻，他走进了他们手中火把光线映照的范围内，仿佛从黑暗之中赫然现身的某种可怕而古老的身影——《旧约圣经》里复仇的化身一般。一开始他们甚至都没认出他来。首先映入他们眼帘的全是血。

他就好像在血里洗过澡一样。血液溅满了他衬衫的前襟：这件衣服现在深红色的地方已经比白色多了。他的双手直到手腕部位都浸成血色，脖子上也有血迹，血液沿着下巴已经结了痂，仿佛他一直在喝血一样。

他们默默地充满惊恐地盯着他看。

他在轻声啜泣。接着他朝他们举起了双手，此刻他们的眼睛捕捉到了金属的闪光。于是他们看到的第二件东西就是那把刀。如果他们有时间思考的话,他们也许能认出这把刀。这把刀有着长而优雅的刀刃,配以珍珠母的刀柄,最近一次被看到时它正在切开一个婚礼蛋糕。

费米是第一个开口说话的人。"乔诺,"他说话的语速很慢,小心翼翼,"乔诺——都过去了,哥们儿。把刀放下。"

早些时候
威尔
新郎

他妈的。又停电了。我在西服口袋里摸索着找到了手机,打开手电筒以后走入夜色中。外面真的是狂风怒号。我不得不低下头,向前倾着身子才不至于寸步难行。天呐,我讨厌这风,它把我的头发吹得乱七八糟。我从来不会大声承认这种事——那样的话对于《幸存之夜》这个节目品牌来说不太合适。

当我抬起头来查看前进方向时,我意识到有人正朝我走过来,我能看到的只有来者火把的光线。对于此人而言,我一定已经被照亮了;而对于我来说,他们依然看不见。

"谁?"我问道。而到最后,我终于能够分辨出来者的外形了。确切地说,是认出她来。

"哦,"我如释重负地说道,"是你啊。"

"您好啊,威尔,"奥伊弗说道,"蛋糕都弄下去了吗?"

"嗯,差不多弄干净了。出什么事了?"

"又停电了,"她说,"真是很抱歉。这破天气。预报可没说会糟糕成这个样子。我们的发电机有些不给力。现在按理说应该开始工作了……我是想去看看出了什么问题。说实话——您帮不上我的忙,对吧?"

我确实不想帮忙。我得回去,还有问题要解决呢——有个妻子需要安抚,有一个伴娘和一个伴郎需要……应付处理。但我想摸黑的话我什么也干不成,所以不妨帮一下忙。"当然帮得上,"我殷勤地说,"如我早上所说,我就是太想能帮上点儿什么了。"

"谢谢您。那真是太好了。离这儿不远。"她带着我离开了那条小路,绕到富丽宫的后面。在这里我们可以避避风。随后——很奇怪——虽然我们并没有看到任何像是发电机的东西,但她还是转过身来面对着我,拿火把的光照着我的眼睛。我举起一只手来。"有点儿晃眼,"我说着笑了起来,"感觉我就像是在接受审问一样。"

"哦,"她说,"像吗?"

但她并未将火把放低。

"拜托,"我现在有些烦躁了,但还是努力保持着礼貌地说道,"奥伊弗——这光晃到我眼睛了。你知道,这样我可什么都看不见。"

"咱们没有太多时间,"她说,"所以不得不速战速决。"

"什么?"这一刻非常奇怪,我觉得她就好像在向我求欢似的。她的确很迷人。今天早上在主帐篷里我就已经注意到了这一点。更别说她还在尽力掩饰她的魅力了——如我所言,我向来喜欢女人的那种无意识、那种不安全感。谁也不知道她跟他妈的一个像弗雷迪那样的死胖子在一起都做些什么。即便如此,我现在还是腾不出手来。

"我想我只是要告诉你一些事,"她说,"或许今天早上你提到这件事时我就应该告诉你。不过当时我觉得那样不太明智。昨天晚上床上的那些海草。是我干的。"

"海草?"我凝视着火把的光,想要弄明白她到底在说些什么。"不,不,"我说,"肯定是那几个迎宾员里面的某个人干的,因为那是——"

"你们以前在特里维廉经常干的事——对那些更小的男生,没错。我知道。我知道关于特里维廉的所有事。比我想要知道的还要多很多,真的。"

"关于……但我没明白——"我的心跳开始稍微有些加速,尽管我也不太清楚是为什么。

"我在网上找你找了好久,"她说,"可是威廉·斯莱特——这是个很普通的名字。接着《幸存之夜》这个节目就播出了。而你就在节目里。弗雷迪一眼就认出了你。你甚至连模样都没变,对吗?每一集我们都看了。"

"什么——?"

"就是这样。这也是为什么我要费尽九牛二虎之力让你们到这儿来,"她说,"以及为什么我会把打那么大折扣的广告刊登在你妻子杂志上的原因。我本来还以为她会多问几句呢。不过我想这也是她和你如此般配的原因所在。她有足够资格去相信这个世界的确对她有所亏欠。她肯定已经意识到了,我们要想从这次婚礼中获利连门儿都没有。但我从中得到了一些东西,于是事情也就发生了。"

"发生什么了?"我开始往后退,想要躲她远些。突然之间,这感觉有些可疑。但我的右脚踩在了一块下方塌陷的地面上,地面开始往下沉,我们恰好在沼泽地的边缘,就好像这都是她计划好的似的。

"我想跟你谈谈,"她说,"就这么回事。而且我也想不出比这更好的方式了。"

"还有什么——能比这样更月黑风高的了?"

"事实上，我认为这是做这件事的完美方式。威尔，你还记得有个叫达尔塞的小男生吗？在特里维廉的时候？"

"达尔塞？"照在我脸上的光太亮了，我他妈都没法把情况搞清楚。"不记得，"我说，"我不能说我记得。达西。这是个男生的名字吗？"

"姓马洛内的呢？我相信你们在那里只用姓氏。"

事实上，仔细想一下，还真想起什么来了。不过那不可能是啊。肯定不是——

"不过当然，你记得他叫独行客，"她说，"马洛内……洛内尔，或者叫独行客①。你们就是用这个名字称呼他的，对不对？你知道吗，我依然保留着他寄过来的所有信件。我把它们都带到这座岛上来了。我今天早上才看过它们。要知道，他在信中可是提到你了。你和乔纳森·布里格斯。他的'朋友们'。我知道这份友情有些不对劲——而我却什么都没有做。那正是我需要背负的苦难。

"他的墓地就在这里，在我们全都觉得最快乐的地方。当然了，墓里面什么都没有。我的父母没有任何可以放进去的东西，不过你会知道为什么的。"

"我——我不明白。"

接着我回忆起了一张照片，照片上是一个十几岁的女孩在一片白色沙滩上。那是乔诺和我经常拿来嘲笑他的东西。那个性感的姐姐。但这是不可能的啊——

"我没有时间来解释所有事，"她说，"我希望我有。我希望咱们能有时间谈谈。我就是想要谈谈，真的，想知道你为什么要

---

① Malone……loner，为呼应前文而翻。

那么做。所以我才会如此渴望你到这里来,在这个岛上举办婚礼。我想问你的事太多了。最后的时刻他害怕了吗?你试着去救他了吗?弗雷迪说当你们走进宿舍时看上去很兴奋,你们两个人都是。仿佛这就是个大大的玩笑似的。"

"弗雷迪?"

"对,弗雷迪。或者我想你们以前都叫他:死胖子。那天晚上他是宿舍里唯一醒着的男生。他以为你们会去找他,把他带走玩'幸存者'游戏。所以他藏了起来,假装自己睡着了,而且在你们带走达西的时候一声都没吭。这件事上他从未原谅过自己。我也试着跟他解释过,说他用不着对此感到内疚。是你们两个人把达西带走的。但首先是你。至少你的朋友乔诺对于他做过的事是感到后悔的。"

"奥伊弗,"我尽可能小心地说道,"我没明白。我不知道……你在说些什么啊。"

"只是——或许我现在已经不需要问所有那些问题了。我知道答案了。早先我去洞里找你们的时候,当时就已经得到了全部答案。当然了,现在我有其他问题。比如说你为什么要这么做。为什么要偷试卷?那看起来真的足够成为你夺走一个男孩子生命的动机吗?就因为你怕被人发现?"

"我很抱歉,奥伊弗,不过我现在真的必须回主帐篷里面去了。"

"不行。"她说。

我放声大笑。"你什么意思,不行?"我用我最迷人的嗓音说道,"听我说。你没有任何证据证明你说的话。因为压根儿也没有。我对于你的丧亲之痛深表遗憾。我不知道你想要干什么。但不管干什么,都不会有任何好处的。只不过就是你我的言辞之争。我想咱们都清楚谁的话会被人采信。根据所有记录,那就是一起悲惨的意外。"

"我想到你会这么说的,"她说,"我知道你不会承认。我也知道你并不为此感到后悔。毕竟我在洞里面无意中听见你俩说的话了。那天晚上你夺走了我的一切。我母亲那天晚上也跟死了一样。几年以后,因为心脏病发作,我们又失去了我父亲,这无疑是由于他的悲痛带来的压力导致的。"

我提醒自己我并不怕她。她要挟不了我。我还有更重要的事要办,很要紧的事。她只不过是个脑子糊涂的怨妇——

然后我瞥见了一个什么东西。那是金属反射出的一丝微光。就在她另一只手里,那只没拿火把的手。

现在
乔诺
伴郎

我没能挽救他。

现在我知道了,我不该把刀拔出来。那样大概只会增加出血量。

当他们在黑暗中发现我时,我想让他们明白。费米,安格斯和邓肯。但他们不愿意听。他们把手里举着的火把当作武器,就好像我是只野兽一样。他们冲着我大喊大叫,让我扔掉那把刀,让我"把它放下"就好,吵得我脑袋里嗡嗡直响。我一句话都说不出来。所以我没办法让他们明白不是我干的。我解释不清楚。

我从皮特·拉姆齐给我的那不知什么玩意儿的作用中恢复过来,又顶着风暴跑了出来。

灯光熄灭了。

我在黑暗中发现了威尔。我朝他俯下身去,接着便看见了那把戳在他胸口上、仿佛是从他身体里长出来一样的刀。那把刀插得如此之深,你从外面完全看不见刀刃。随后我意识到尽管发生了所有这一切,我却依然爱着他。我把他抱在怀中,放声大哭。

其他几个迎宾员把我团团围住。他们像抓一只动物那样抓着我，一直等到警察坐着船抵达。从眼神里我就能看得出来他们有多害怕我。他们知道我从来都不是他们当中的一员。

现在警察来了。他们已经逮捕了我，并给我戴上了手铐，准备将我带回本岛。我会在家乡接受审判，罪名是谋杀了我最好的朋友。

没错，在洞穴里我的确起过这个念头。我的意思是杀了威尔。捡起一块手边的石头。肯定有那么一刻，我是真的想过这么做的。当时给我的感觉就是：这是最容易的事，也是最好的解决办法。

但我没杀他。这个我知道——就算在我吃了从皮特·拉姆齐那儿弄来的药片之后记忆确实有些模糊，有那么几段小小的空白我也知道。我是说，我当时甚至都不在帐篷里。我又如何能拿到那把刀呢？不过警察似乎并不认为这是个问题。

反正不管怎么说，我也不觉得自己是个杀人凶手。

除非我真的是，对不对？我想起了很多年以前的那个孩子。说到底，我才是那个把他捆起来的人。是威尔确认的不假，但事情还是我干的。要说是因为当时脑子有些慢、没能想清楚后果的话，这个借口真的经不起任何推敲，对吗？

有时我会想起婚礼前夜我看见的那个东西。蹲伏在我房间里的那个家伙，那个身影。显然没有必要把这件事告诉任何人。想象一下就知道："噢，不是我干的，我认为威尔其实可能是被我们杀害的那个男孩的鬼魂，用他妈的一把巨大的蛋糕刀刺死的——没错，我觉得婚礼之前的那天夜里，我在我的卧室里看见他了。"听起来也没那么有说服力，对吗？话说回来，我看见的东西还很有可能是从我自己脑袋里想出来的呢。这样听起来倒有几分道理，因为从某种意义上来说，这孩子已经在那里住了很多年。

我琢磨着监狱的牢房正在等我。不过每每想到此处，我就觉得自涨潮那天早晨开始，我便已身陷囹圄。而这也许就是正义对我施行的惩罚，为我们所做的那件可怕的事。不过我并没有杀害我最好的朋友。这说明是其他人干的。

奥伊弗
婚礼统筹人

　　我举起了那把刀。我告诉弗雷迪我只是想把威尔带到这里来好跟他谈谈。这是真的，至少一开始的时候是。或许是我在洞穴里无意中听到的那些话——那种缺乏悔意的态度，让我改了主意。

　　只因为那一个晚上，四个人的生活便被毁掉了。用一条有罪的生命来赔偿一条无辜的生命：这似乎是一笔公平得没法再公平的买卖。

　　我希望他能借着火把的光看见刀刃。有那么一刻，我想让他——如此养尊处优、如此不可触碰的他——去体验一下我弟弟那天晚上躺在沙滩上，等着海水涌上来时的心情，哪怕只是一个小小的片段。体验一下那种恐惧。我要让这个人经历他这辈子都不曾感受过的恐惧。我一直用火把对准他，对准他大睁着的眼睛。

　　然后，为了我弟弟，我捅了他一刀。正中心脏。

　　我惹下了大麻烦。

尾声

几个小时以后
奥利维娅
伴娘

风终于停了。爱尔兰警察也已经到了。我们全都被集中在主帐篷里,因为他们想让我们待在同一个地方。他们向我们解释了一下发生了什么,他们发现了什么,以及发现了谁。我们知道有人被捕,但还不知道被捕的是谁。

一百五十个人在一起能够只发出这么小的声音真是让人惊奇。人们围坐在一张张桌旁,低声细语。其中一些人因为冷,也因为震惊而披着保温毯,当他们挪动时保温毯发出的沙沙声比说话的声音还要大。

自从他和我站在悬崖顶端的边缘以来,我没对任何人说过一句话。那感觉就像是所有要说的话都被人偷走了似的。

这几个月来,我满脑子里想的都是他。而现在他们说他已经死了。我并不感到高兴。至少我认为我不高兴。主要是因为我依然在震惊中无法自拔。

不是我干的。但也有可能是。我还记得我最后一次看见他时心里的感觉,当时他正在和朱尔斯一起切蛋糕。看着那把刀……那种想法就在我的脑海中浮现出来。只不过几秒钟而已。但我确实想过,也感觉到了,那种感觉强烈到我自己的一部分都会怀疑或许真的是我干的,而后来又不知怎么的把这件事抛在了脑后。我不能看任何人的眼睛,以防他们从我的脸上看出什么来。

这时,我感到有人把手搭在了我裸露着的肩膀上,不由吓得跳了起来。我抬头仰望,是朱尔斯,她在结婚礼服的外面还披了一条保温毯。那条毯子披在她身上,看起来就像是她这身衣服的一部分,如同勇士女王的一条披肩。她的嘴紧闭着,成了一道细线,连嘴唇都已经看不出来了,同时眼睛却熠熠放光。她的手放在了我的肩膀上,手指牢牢地抓着我。

"关于他和你之间的事,"她低声说道,"我知道了。"

噢,上帝啊。也就是说,在我经过了那么多次关于要不要告诉她的自我反省之后,不知道用了什么办法,她终究自己发现了真相。而且她恨我。她肯定恨我。我能看得出来。我知道一旦朱尔斯拿定了主意,无论我做什么事,或者说什么话,都不可能让她改变心意的。

接着,她脸上的表情微微一变,我觉得我瞥见了那其中的一丝新意。

"我要是早知道……"与其说我是听到了她的话,还不如说是从她的口型上看出来的。"我要是早——"她停了下来,咽了口唾沫。接着她闭上了眼睛,闭了好一会儿,等她再睁开时,我看见她的眼睛里满含泪水。随后她向我伸出双手,我站了起来,她一把抱住了我。我感到她的身体开始颤抖,我也随之紧张起来。我意识到她在哭泣,大声而愤怒地啜泣着。我记不得朱尔斯上一次哭泣是什么时候了。我也记不得我们上一次像这样拥抱是什么时候了。或许从未有过吧。我们之间向来有那样一道鸿沟,但在这一瞬间,它消失不见了。而在其他的一切,在这一整晚带给我们的震惊与创伤之中,就只剩下我们两个人,只有我姐姐和我。

次日
汉娜
陪同来宾

查理和我坐在返回本岛的船上。大多数客人都先于我们离开了，那一家人则留了下来。我回头望了望那座小岛。现在天空已经放晴，阳光洒在海面上，可小岛却笼罩在上方云层的阴影中。它看上去就像一头蹲伏在那里的黑色巨兽，等待着自己的下一顿美餐。我把脸转了回来。

这一次，我几乎不再受船身晃动的影响了。当我昨晚发现威尔其实就是杀害我姐姐的凶手时，内心深处有种像是生病了的感觉，与之相比，一点小小的恶心真的不算什么。

我想起了就在不到四十八小时以前，在开往小岛的渡船上，我是如何紧紧抓着查理，我们又是如何一起开怀大笑的，尽管当时我身体感觉非常糟糕。回想起这些来令人心痛。

查理和我几乎没有说过话。我们也几乎没看过对方一眼。我认为我们两个人都已经沉浸在各自的思绪中了，回忆着在这一切发生之前我们最后一次谈话的情景。我觉得就算我想，此刻的我也没有力气再说话了。我感到身心俱疲……累得甚至都没法开始整理思绪，也搞不清楚自己的感受。很显然，昨晚根本没有人合过眼，然而还不止这些。

等一到家，我们便不得不去直面所有的一切，这是当然的。等我们回到现实以后，我们就得看看还能不能弥合修复被这个周末撕裂的东西。很多东西都被破坏了。

然而，就在那堆残骸中，有一件事彻底浮出了水面。谜题中缺失的一部分被找到了。我并不认为这就算完事大吉，因为那道伤口永远都无法完全愈合。我很生气，气的是我始终都没能得到机会跟他当面对质。但艾丽斯死后我一直在问的问题终于有了答案。而杀了威尔，你可以说杀他的凶手同时也为我姐姐报了仇。我只是很遗憾，我没有机会亲手把刀捅进去。

THE GUEST LIST © 2020 by LOST AND FOUND BOOKS LTD
Simplified Chinese edition copyright: 2022 New Star Press Co., Ltd.
All rights reserved.

图书在版编目（CIP）数据

宾客名单／（英）露西·福利著；周力译. —— 北京：新星出版社，2022.9
ISBN 978-7-5133-4898-0

Ⅰ.①宾… Ⅱ.①露… ②周… Ⅲ.①长篇小说－英国－现代 Ⅳ.①I561.45
中国版本图书馆 CIP 数据核字（2022）第 055686 号

午夜文库
谢刚 主持

宾客名单

[英] 露西·福利 著；周力 译

责任编辑：曹晓雅
责任校对：刘　义
责任印制：李珊珊
装帧设计：王柿原

出版发行：新星出版社
出 版 人：马汝军
社　　址：北京市西城区车公庄大街丙3号楼　　100044
网　　址：www.newstarpress.com
电　　话：010-88310888
传　　真：010-65270449
法律顾问：北京市岳成律师事务所

读者服务：010-88310811　　service@newstarpress.com
邮购地址：北京市西城区车公庄大街丙 3 号楼　　100044

印　　刷：北京天恒嘉业印刷有限公司
开　　本：910mm×1230mm　　1/32
印　　张：11.125
字　　数：254千字
版　　次：2022年9月第一版　　2022年9月第一次印刷
书　　号：ISBN 978-7-5133-4898-0
定　　价：59.00元

版权专有，侵权必究；如有质量问题，请与印刷厂联系调换。